漱石はどう読まれてきたか

石原千秋

新潮選書

漱石はどう読まれてきたか＊目次

漱石はどう読まれてきたか

はじめに

一九七〇年代に高校生活を送った私は、友人の家にあった菊判の『漱石全集』（岩波書店）の揃いをまぶしい思いで見たことをよく覚えている。友人は、「これ、オヤジが買ったんだ。俺は読んでないけどね」と言った。その口調を自慢げだと感じたのは、私の僻みだっただろうか。しかしそれは知的な生活の徴であって、私の家に欠けていたものを残酷なまでに形として示していた。少なくとも私はそう感じて、それまで見たこともないような大きな『漱石全集』の前でしばし佇んでいた。

夏目漱石の小説が世に出てからほぼ一〇〇年が経った。漱石の小説は生前から人気があったが、刊行された部数の推移を見ると、その死後の方がはるかによく読まれるようになったことがわかる。特に『こころ』は、戦前においては旧制高等学校の学生の必読書でもあって、正規のカリキュラムとしてではなく、彼らエリート学生たちの教養主義を支えるいわゆる裏のカリキュラムの中心に位置していた。そんなこともあって、漱石を読むことは読書人としての教養でもあり、ステイタスでもあり、ある種の教育でもあった。だから、昭和期に入ってからの『漱石全集』は、新興の中産階級によく読まれた。

戦後の大衆社会になってからは、かつてのエリートたちの裏のカリキュラムが中産階級のための正規のカリキュラムに組み込まれた。たとえば『こころ』は、一九六〇年代に高校国語教科書に収録され、やがて定番教材となっていまに至っている。それは教養主義の復活でもあり、名残でもあったろう。一九六〇年代からの高度経済成長期に成立した分厚い中産階級は、社会の中で戦前の旧制高校的なエリートの役割をいくぶんかでも演じることを求められたのだと言える。

そのような意味において、すなわち歴史の中で中産階級の教養の徴のような役割を引きうけさせられた小説家として、漱石はごく最近まではまちがいなく「国民作家」と言ってよかった。現在は「漱石は国民作家だ」という言い方だけはまだ流通しているが、実質としてはかなり怪しくなってきているように思う。それでも、漱石文学は文芸評論家や文学研究者にとって新しい読みの実験室のような役割を果たしてきた。現在ではそういう機能がかなり低下しているが、これからも新しい読みの実験室であり続けてほしいと願っている。

この一〇〇年の間、私たちは漱石をどう読んできたのだろうか。その記録は残っていないとも言えるし、残っているとも言える。どの作家の小説であれ、一般の読者がどう読んだかという記録は、ほとんど残されてはいないからである。仮に残されていても断片的で、一般読者がどう読んだかを研究する営みに耐えうるような規模においてではない。しかし、文芸評論家とか文学研究者がどう読んできたかという記録なら残されている。言うまでもなく、それらが活字になっているからだ。

ところが、文芸評論家や文学研究者の読みは「ふつう」でないことが多い。いや、文芸評論家や文学研究者はあえて「ふつうでない読み方」をするのが仕事なのである。よく、「学問とは常識を疑うところからはじまる」というようなことが言われる。小説の読みも同じで、「ふつうの読み方」がよくわかっている文芸評論家や文学研究者が、あえて「ふつうでない読み方」をするのがすぐれた文芸評論や研究論文の条件だ。もしそうでなければ、わざわざ活字にして世に問う価値などない。

実は、文芸評論家や文学研究者でもほどほどの常識的な読みしかしないか、あるいはできない人は少なくない。繰り返すが、それでは世に問う価値はない。その意味で、文芸評論家や文学研究者は世間から見れば非常に特殊な読みを競い合っているとも言える。私はそのことの意義を、ほどほどの常識的な読みは一般読者のものであって、それは研究とは言えない、なぜなら「研究者はたとえてみればテクストパイロットのようなもので、テクストの可能性を限界まで引き出すのが仕事の一つだからだ」（『大学受験のための小説講義』ちくま新書、二〇〇二・一〇）という言い方で説明したことがあった。先の「読みの実験室」という言い方もこれと同じことだ。

これはほとんど「誤読」に近いかもしれないが、「誤読」に少しでも触れる冒険を経験しないような読みは、文芸評論家や文学研究者にとっては読みの名に値しない。それがトリッキーだと感じるようでは、文芸評論家や文学研究者の資格はない。いや、思いきって「トリッキーでなければ読みの名に値しない」とでも言っておこうか。文芸評論家や文学研究者は、「誤読」に向けてどこまでも飛んでいこうとする小説のテストパイロットなのだ。

ただし、それが文芸評論家や文学研究者に特有の「仕事」なのだという自覚がなく、「文芸評論や研究の読みは高級で、一般読者の読みは価値が低い」などと考える人がいるとしたら、それは傲慢というものだろう。世間一般から見れば、文芸評論家や文学研究者こそが「誤読」ギリギリの非常に特殊な読み方をしているという認識が欠如しているからである。

それでもあえて言うが、少しでも「誤読」に触れないような平凡な読みは「商品」にはならない。特殊な読み（柔らかな言い方をすれば「個性的な読み」）だけが「商品」の名に値する。したがって、「漱石はどう読まれてきたか」というタイトルを持つこの本は、「個性的な読み」の「商品カタログ」なのだ。いや、正確には「商品カタログ」になることを夢見て書かれたのである。

　それにしても、漱石関連の文献や評論・論文は非常識と言いたいぐらいに多い。私が持っている漱石関連の単行本は約八〇〇冊だが、それでもおそらく全体の八割程度だろう。評論や論文ともなれば何万の単位だ。私はそのうちの何割を持っているのか、おおまかな見積もりさえできない。しかし、こうしたもののうち八割までは紙くず同然というのは、研究を生業としているものの実感というか、常識である。それでもあとの二割ともなればかなりの数になる。あまりに分厚い「商品カタログ」は読む気にならないだろう。この本は、なんとか四〇〇ページ以内に収めたかった。

　そこで蛮勇をふるってこれらをさらに厳選し、文字通り「画期」となった本や評論・論文だけを取り上げた。はじめに作成したリストだと六〇〇ページあってもまだまだ足りないことがわかったので、リストから多くの本や評論・論文を削ったのだ。ほんのちょっとしたコメントですませるのならはじめに作成したリストでも可能だったかもしれない。しかし、それでは「個性的な読み」の醍醐味や意義まで説明することはできない。

　それに、小間切れの文章をつないでいくやり方は、研究書でさえ読みにくい。取り上げる本や評論・論文のサワリの一節ぐらいは引用しておきたかった。どういうことをどういう言葉で書いているかを知ってほしかったのだ。そこで、泣く泣くリストからバッサリ削ったのである。それでも、それぞれの小説における「個性的な読み」の輪郭は十分理解できるように書いたつもりだ。

この本の構成を説明しておこう。

この本は三つの章からなる。第一章は、同時代評から戦前の評までを取り上げた。作品別にまとめて記述することも考えたが、漱石の評価の変遷がたどれるように基本的には年を追って記述した。もちろん、取捨選択や記述の仕方には私の好みが入っている。

第二章は、単行本にまとめられた漱石関連文献を取り上げた。これは漱石没後から現代までのものである。したがって、第一章と重なる時期もある。それはノリシロのようなものだ。ただし、現在のものを多く取り上げた。第三章は、この本の中核部分で、漱石文学の主要な小説に関する評論・論文をそれぞれ数本ずつ取り上げて、その小説の「個性的な読まれ方」の輪郭がわかるように書いた。現在の漱石の読まれ方を知りたい人は、ここから読み始めてもらってもいい。

最後に、この本のタイトルと、この本で引用する漱石文学の本文の問題について触れておこう。

タイトルの「漱石はどう読まれてきたか」と内容との関係については、微妙なものがある。「漱石はどう読まれてきたか」というタイトルは、当然「漱石文学はどう読まれてきたか」を意味している。文学研究には伝記研究や書誌研究や文化研究などさまざまなジャンルがあるが、その中で「読み」に関する評論・論文に焦点を絞ったからである。しかし、小説家としての「夏目漱石」や人物としての「夏目漱石」に関する評価が漱石文学に対する評価や読みにつながるケースも少なくはない。そこでゆるやかにではあるが、「作家夏目漱石」への評価も視野に入れた。その結果として、タイトルは「漱石はどう読まれてきたか」となったのである。

漱石文学をどの本文で引用するかについては迷った。最新版の『漱石全集』（岩波書店）の本文はいわば研究者向けであって、一般読者向けではないからである。この『漱石全集』は原稿が残っている小説についてはその原稿を活字化してあるのだが、ここに大きな問題がある。

原稿は、一度ゲラで漱石の校正を経てから新聞に発表され、さらにその新聞の切り抜きに漱石が朱を入れたものが単行本として刊行されている。と言うことは、この『漱石全集』の本文は、漱石の校正や朱入れ以前の、それまで一度も活字になっていない形を本文としているのだ。それはこれまで誰ひとりとして、つまり同時代の読者でさえ活字では読んでいなかった新しい本文である。その本文で漱石文学の読まれかたについて論じることができるだろうか。

たとえば『三四郎』。新聞に掲載された本文の、科学的な事柄に関する記述について、漱石は単行本にする際に手を入れた。ふつうならば、最後に活字になったその単行本が『三四郎』の本文となるべきだろう。これほどはっきりした例ではなくとも、他の小説でも事情は同じである。最後に活字になったものよりはじめて活字になったものの方が漱石の意図に近く、はじめて活字になったものより原稿の方が漱石の意図に近いという判断は、ずいぶん奇妙だ。

ところが、漱石全集編集部はこうした編集方針に従って、天理大学附属天理図書館に所蔵されている『三四郎』の原稿を活字化して本文としてしまったのだ。さまざまな異同（本文の違い）はすべて「校異表」（本文ごとの違いを記した一覧表）に回した。したがって、いちいち巻末の

「校異表」を見なければ本文を確定できなくなってしまったのである。この『漱石全集』は、研究者にとっても取り扱いが実にやっかいなのだ。

評論や書簡や手帳などについては、この『漱石全集』にしか収録されていないのでこれを使うしかないが（ただし研究者が付けた「注」はどの巻のものも有益だ）、私自身は、小説については次善の策として、伊藤整・荒正人が編集した集英社版の『漱石文学全集』の普及版をいまだに使っている。

この本の趣旨は、これまで研究という営みに閉じこめられていた漱石文学の読みを開放することにある。だとすれば、一般の読者がよく読む本文を用いるのが方法の一つかもしれない。もちろん文庫だ。それは、最もよく読まれた漱石文学でもある。そこで、漱石のテクストを多く読むことができる文庫の中から、漢字の平仮名への開き方が比較的少なく、元の本文の味わいを最もよく残している新潮文庫を用いることにした。繰り返すが、この選択には研究という営みを一般読者に開放したいという願いが込められている。

同時代評については以下の文献によった。これらの文献に収録されたもの以外にも同時代評があることを多少は知っているが、探し始めるときりがないし、それは私の不得手な作業だ。中途半端になるくらいなら、いっそのことこれらの文献に収録されている範囲で行おうと思ったのである。厚く感謝申し上げたい。

平岡敏夫編『夏目漱石研究資料集成』全一〇巻+別巻、日本図書センター。

平野清介編『雑誌集成　夏目漱石像』全二〇巻、明治大正昭和新聞研究会。
平野清介編『新聞集成　夏目漱石像』全六巻、明治大正昭和新聞研究会。

この本の趣旨を考慮して、これら同時代評を含めて、引用する際には漢字、平仮名を現在用いられているものに改めた。ただし、仮名遣いは旧仮名遣いのままとした。振り仮名は総ルビをパラルビにしたり、原文にないルビを補ったりして読みやすさを重視した。傍点は基本的に原文を尊重したが、傍点ばかりのものは省略したものもある。また年代の表記は、同時代評は元号を用い、それ以外は西暦を用いた。これは読者の便宜を考えてそうしたのだが、より多く私の好みの問題かもしれない。

第一章　同時代評とその後の漱石論

同時代評の先見性？

何百編にもなる同時代評を読んでいると、不思議な気がしてくることがある。「これはいまと同じだ」とか、「こういうことがこの時代にもう言われていたのか」といった感想を持つことがあるからだ。漱石の同時代評とはどんなものなのか。手はじめに一つのトピックを選んでみよう。明治四三年七月の『新潮』は、「夏目漱石論」という座談会を組んだ。すでに前期三部作『三四郎』、『それから』、『門』のうち、最後の『門』の連載を終え、作家としての地位も安定した時期だった。

どんな話題を振られても「知らない」などとそっけない対応に終始する森鷗外の慎重さというか、いやらしさは際だっているが、それに引き換え他の面々は「家庭の主人としての漱石」などと話題を振られると、知らないはずのことまでよくしゃべっている。中でも強烈な印象を与えるのが徳田秋江（近松秋江）である。「今日の地位に至れる径路」というテーマでは、こう言っている。

『朝日』と云ふ大《だい》新聞が文学の方にも重きを置いて漱石さんを買ひ、又、買はれたと云ふことは、何も不思議はない、自然ありうちのこと丶思つて居る。（中略）兎に角大学教授が然《そ》う云ふ風な筆が執れたと云ふこと（『吾輩は猫である』を指している──石原注）が珍らしいのだ。充《つま》り、漱石さんの立場が好かつたのだ。漱石さんが大学を止めて朝日新聞社に買はれたと云ふことは、寧《むし》ろ自然のことではないかと思ふ。

「『朝日』と云ふ大新聞」とあるが、漱石入社当時の『朝日新聞』の発行部数は『東京朝日新聞』と『大阪朝日新聞』合わせてわずか二二万部程度であって、七〇〇万部とも言われる現在とは文字通り桁違いだった。それでも、当時の新聞としては発行部数が多い方だった。明治の初期には論説を載せた中産階級向けの大判の大新聞《おおしんぶん》と、大衆向けの小さい判の小新聞《こしんぶん》にわかれていた。『朝日新聞』は小新聞だった。しかし、この区別も明治の中期にはなくなっていた。だからここは「大きな新聞社」という意味で、「だいしんぶん」と発言したはずである。その大新聞の専属作家となった漱石が、徳田秋江には羨ましかったのだろう。

当時、新聞は日清戦争や日露戦争の時期に部数を伸ばしたが、やがて国家的イベントだった戦争は終わる。そこで部数が落ちて、対策が必要になった。それが東京帝国大学講師にして小説家だった夏目漱石の専属作家としての獲得だった。たとえば明治三〇年代の『読売新聞』は、尾崎紅葉の『金色夜叉』のたびたびの休載によって部数が不安定になった。それくらい、当時の新聞小説は目玉商品だった。

しかも、商人階層から中産階級にマーケットを移そうとしていた『朝日新聞』にとって、漱石の知的な小説はぴったりだったのである。実際、漱石の入社によって『朝日新聞』のイメージががらりと変わったという証言もある。漱石も山の手の中産階級よりもちょっと上の階層を書くことで、その期待に律儀に応えた。漱石の入社以前によく掲載されていた講談ものは紙面から姿を消し、漱石が亡くなると復活した。『朝日新聞』における漱石の地位を示すエピソードである。

徳田秋江の発言に戻ると、『吾輩は猫である』を書いた漱石は「教授」ではなく「講師」だった。徳田秋江のまちがいは当時の夏目漱石について回った「学者小説家」という評価や、漱石と東京帝国大学のステイタスをよく現しているのかもしれない。それにしても、「大学教授」と『吾輩は猫である』のミスマッチ(?)が珍しかったから、漱石は『朝日新聞』が「買った/買われた」という物言いは、サバサバしていていっそのことすがすがしい。文学を新しい時代に見合った商品に「改良」しようと必死だった時代の姿が、この一言から見えてくる。

近年になって、小森陽一が「「文学」が商品であることを自覚していた夏目金之助の意識」とか、「「漱石」という筆名が、商品にほかならないことを、夏目金之助は自覚していた」(「文学の時代」『文学』一九九三・四)といった具合に、文学は商品だ、漱石は商品だと、当たり前の事柄について改めて注意を喚起しなければならないような状況と比べれば、徳田秋江の物言いははるかに健全だろう。小森陽一の論文は、「文学や作家は商品だとは自覚されていない」という奇妙な状況を想定しなければ意味を持たないからだ。

漱石が生きた時代には、文学で身を立てるために多くの青年が上京した。その一人である島崎藤村は、文学を「事業」と呼んだ。徳田秋江の「買った/買われた」という物言いは、こういう時代の雰囲気をそのまま言葉にしたものだったろう。小森が言う漱石の「意識」や「自覚」も、当時としてごくふつうのものだったろう。たとえ現代であっても、そのような「意識」や「自覚」のない浮世離れした作家がいるのだろうか。作家が「文化人」として扱われているとしても、霞を食って生きているわけではない。

現代では文学が読まれなくなったという嘆きが聞かれるが、要するに文学の文化的価値だけでなく、商品価値も下がったことが問題となっているわけだ。文学を魅力ある商品にしようと必死だった時代との対照は、こうしたちょっとした物言いにはっきりと刻み込まれている。

小説家漱石のデビュー（明治三八年）

『吾輩は猫である』の文章は淡泊か

同時代評は、やはり漱石が作家としてデビューした明治三八年からはじめるのがいいようだ。この時期の漱石は、『吾輩は猫である』で話題となる一方、後に『漾虚集』としてまとめられる、イギリス土産といった趣の短編を次々に発表していた。

ここでは、読売新聞社の社員でもあり、小説家・評論家でもあった上司小剣の『吾輩は猫である』評を挙げておこう。

▲『我輩は猫である』は子規氏の創《はじ》めた写生文を宗《そう》として、一寸横へ外《そ》れたものである。
▲飾らず、造らず、ありのまゝを書いた、白湯《さゆ》を飲むやうな文は、予の頗《すこぶ》る好むところで、『我輩は猫である』の如きも、白湯的趣味が甚だしく予の気に入つたのである。この白湯の味のよくわかる人は世の中に少なからう。
▲『我輩は猫である』は、頭も無く、尻尾も無く、アハ、、、と笑つてそれでお仕舞ひになつ

て、読んだもの丶頭脳に何も残らないところが、円遊の落語に似て居る、円遊に学問をさせたら、こんな話をするであらう、予はこれを高等落語と名づける、或人はこれを文明的膝栗毛といふた。

▲正直なところをいへば、所謂根岸派の文士中には、其の写生文を書く技倆に於て、夏目氏以上の人が幾人もある、併し『我輩は猫である』を他の人があれ以上に面白く書いても、世間の評判はあれほど高くはなるまい。こゝに於てか、大学の教授といふものが如何に世の中にえらがられてゐるかといふことがわかる。(『読売新聞』明治三八年一〇月一三日)

明治初期の文学者は西洋画の遠近法や写真に強い衝撃を受けた。そこで、文学でもそのようなことができなければ生き残れないと考えた。それが坪内逍遥の『小説神髄』(明治一八～一九年)が書かれた理由だった。それは新しい文体を作ることにほかならなかったが、二葉亭四迷『浮雲』(明治二〇～二二年)をほとんど唯一の例外として、『小説神髄』の理論に見合った文体は生まれなかった。

正岡子規は、明治二〇年代に勢力を誇っていた尾崎紅葉を中心とした硯友社の華麗な文体を批判し、まさに写真のように世界を写し取るような文体=写生文を模索した。明治三〇年代はじめのことである。文学史的には、写生文はやがて明治四〇年前後に一気に開花する自然主義文学に道を開いたと言っていい。『小説神髄』の理論からそれに見合った文体の出現まで、ほぼ二〇年かかったことになる。

『吾輩は猫である』がその写生文だと言われると、私たちはちょっと違うような気がする。あのくどいコテコテした文体のどこが「白湯的趣味」だろうかと思う。しかし、当の「猫」自身が自分の「報告」を写生文だとしている。事実、当時の文学的素養のある読者にとっては、すでに明治三五年に亡くなっていた子規と交流の深かった漱石は、写生文派だった。漱石もそう自認し、少し後にはそう公言していた。そして、写生文にはユーモアが必要だともいっていた。

『吾輩は猫である』と落語との関係はいまは研究上の常識だが、発表時からすでに指摘があったわけだ。「円遊」だけでなく、三代「小さん」を挙げるものもあった（月旦子「漱石と小さん」『新潮』明治三九年四月）。だから、「猫」の「報告」は写生文として読まれたのである。ちなみに、「根岸派」とは子規を中心とした和歌の会のことである。

こういう情報があるから、上司小剣には「白湯的趣味」と読めるのである。そして、「この白湯の味のよくわかる人は世の中に少なからう」と言うのだ。事情通ぶっているところがある。最後の一節は皮肉だ。しかし、「大学教授」（「講師」だということは先に指摘した）と『吾輩は猫である』との組み合わせが漱石を有名にしたのは事実だったろう。漱石は、図らずも（だと思う）自分の地位を最大限に利用していたのである。

学者小説家の評判

学者漱石は、こんな風に語られていた。

○漱石は深く、柳村は広い、濫《みだ》りに両者を上下するはよくないことだ。

○漱石の英文学の講義と云つたなら、早稲田の逍遥博士の英文学と云つた有様で、講義毎に二百名以上の聴講生がある、此の方の人望は大したもので、其の薀蓄のいかに深いかは之にも大方察せらるゝ。
○大学生が漱石の講義を批評してこんな言を云つた、（中略）誰れが講義しても兎角無味乾燥に陥り易い沙翁か、一度氏の手に掛ると、茲《ここ》に骨あり、肉あり、生命ある一個のものとなつて眼前に表はれて来るに至つては何人も先づ氏が外国文学紹介者としての手腕を認めぬ訳には往かぬであらう、夏目氏が唯に外形の研究や解釈に満足せずに其精神を伝へ、吾人をして帰趣する所を知らしむるのは大に心強く感ずる所であると。（紅児「柳村と漱石」『新声』明治三八年一〇月）

こうした学者漱石の評判も、『吾輩は猫である』の人気によって語られるようになったのだろう。もっとも、東京帝国大学文科大学英文学科における柳村（上田敏）と漱石との教授ポストを巡る出世競争（？）は以前から話題となっていた。漱石自身も上田敏をかなり意識していたようで、『吾輩は猫である』の中で実名で話題にしている。

『吾輩は猫である』を「白湯的趣味」と感じるのは、特別なことではなかったらしい。「全篇を通じて著者が其筆を遣るに最も無造作なる点」とか、「結構に於て坦々平々たるもの」とか、「其描かれた人物が何れも多少の滑稽趣味を帯びて居る楽天的類型のもの」といった評もあった（浩々生「婉約なる嘲罵不平宗」『新潮』明治三八年一一月）。どうやら、登場人物は滑稽だが、文章は「白湯的趣味」ということのようだ。当時、文章がいかに重視されていたかがよくわかる評価だ。

『吾輩は猫である』（大倉書店・服部書店）は三分冊で、上編は明治三八年一〇月、中編は明治三九年一一月、下編は明治四〇年五月と、順次刊行された。以下に引くのは、上編が刊行された時点での「新刊批評」（『中央公論』明治三八年一一月）である。

今日に於て事々しく此書を紹介するのは野暮の骨頂である。今年一月のホト、ギス誌上に初めてあらはれてから、月を重ぬること十、回を重ぬること五、（第六回は已《すで》に十月のホト、ギスに出た）苟《いやしく》も文学を談ずるもの、話頭に上らざることなき此有名の猫を捉へて珍らし相に云々するのは余程時勢に後れた人のすること、思ふ。今日若し「吾輩は猫である」を知らぬものあらば確かに一種の耻辱《ちじよく》である。若し外国などであつたら交際社会に入る資格がないと目せらるゝに違ひない。

大変な人気だったことがわかる。ただし、これを現在の感覚で読むとまちがいを犯す。何十万部も売れたような錯覚に陥りがちなのだ。しかし、文中に「苟も文学を談ずるもの」とか「交際社会」といった一節があることに注意しておきたい。これはどのくらいの数字を意味するのだろうか。

あの『朝日新聞』入社第一作として話題となった『虞美人草』（春陽堂、明治四一年一月）でさえ、初版は三〇〇〇部、漱石生前の累計で八五五〇部でしかないのだ（松岡譲『漱石の印税帖』朝日新聞社、一九五五・八）。他の小説はもっと少ない。記録がないので推定するしかないが、「『猫』の部数といふものは、断然他を圧して居た」としても、「漱石の生存中の全著作の売れ行きは（中略）十万部をさして越えて居るものとは考へられない」と言うのだから、おそらく初版三〇〇〇部程度だったろう。「いかにその頃の読書界といふものが狭かつたか」（同前）がわかろうというものだ。

現在の「国民作家漱石」という評価を、特に部数として漱石の生きた時代に持ち込まないようにしなければならない。何十万部も売れたのではなく、当時の狭い読書界の中では大変な話題だったということなのである。もっとも、「猫」という言葉が『吾輩は猫である』と関連づけられて、それ自体が記号論的な価値（ある種の特別なニュアンスや言葉としてのステイタス）を持って「ああ、あの漱石の『猫』ね」というように一般に流布したことはあっただろう。そうした広がりがなければ、朝日新聞社は漱石を「買おう」とは思わなかったはずだ。

「吾が輩は猫である」は『ホト、ギス』派の俳人として知られたる漱石氏が特得の写生文を大成して一家の文章を成すに至れるもの、或は之を以てユーモアの上乗《じようじよう》なるものとし、或は之を以て無味なれども絶えて厭味なき所に風情ありとなす。（無署名「卅八年の文芸界（一）」『東京日日新聞』明治三九年一月一日）

これが明治三八年の、『吾輩は猫である』狂想曲のまとめだった。

最も豊饒な年だった（明治三九年）

漱石は鏡花と似ているか

明治三九年は、漱石の作家生涯の中でも最も豊饒な年だったかもしれない。夏までには『吾輩は猫である』の断続的な連載を終え、『坊っちゃん』（四月）、『草枕』（九月）、『二百十日』（一〇月）を発表し、七編の短編を収めた『漾虚集』（五月）を刊行した。しかもどの小説も作風が異なり、その才能の豊かさを見せつけた。この年の文壇の注目は、島崎藤村の『破戒』と漱石の活躍に集まった。小説家漱石の勢いは、おそらくもう漱石自身にも止めることができなくなっていた。

『漾虚集』は、泉鏡花を引き合いに出して言及されていた。現在では泉鏡花と漱石はかけ離れていると思われているが、この時期の漱石は作風があまりに多彩というか、一定していなかったので、作品ごとに評価の基準が違っていたのである。それは同時代評の弱みでもあり、同時に強みでもある。

> 三、夢幻派の鏡花と漱石
>
> 等しく神秘趣味の作家にして、而かも如上の二人とは全然別殊の面目を有するもの、予輩は名けて夢幻派と言はん。（中略）泉鏡花と、夏目漱石とは、共に此種の不可思議なる、詩魂と才筆とを有する人也。（無署名「神秘派と夢幻派と空霊派と（上）」『帝国文学』明治三九年二

月）

明治三〇年代のはじめから尾崎紅葉門下として活躍していた泉鏡花にすれば、突然彗星のように現れた漱石と比べられるこういう批評は、あまり気分のいいものではなかったろう。それほど漱石の評価が一気に高まっていたのである。鏡花との比較については、もっと本格的なものもあった。

漱石氏と鏡花氏とが互に共通の点を有してゐる事は両者の作物が説明して居る。漱石氏のもので『一夜』『琴のそら音』乃至は此『草枕』を読めば余程鏡花に似てゐることがわかる、鏡花は天才的なり、漱石は智識的なり、鏡花は妖艶を極めて居るが、漱石は流石に俳句の心得あるだけに淡然たる所がある、鏡花は変幻怪奇を描くに殆ど没常識であるが、漱石は知つて知りぬいて筆を役して居る趣が見える、だから理窟ツぽいところがある。（破鐘「何が故に漱石氏の作物は好評を博せしや」『ホノホ』明治四〇年二月）

初期の漱石の小説と鏡花の小説とを比べるなら、それなりに納得がいく説明だ。問題は、現在の私たちにはそもそもこの二人を比べる発想が生まれにくいところにある。漱石自身の個性を越えて、ある時代が持っていた文化的文脈も大切にしたいと思う。

『坊っちゃん』における作者の位置

漱石の小説は「理窟ツぽい」と評されていたが、たとえば『坊っちゃん』を俎上に上せればまっ《ママ》たく別の面も見えてくる。

今では大学派文士第一の人気者たるのみならず、文壇全体よりいふも、五指の中に数へられる程の流行児となつた。其の健筆は驚くべく、此頃の「ホト、ギス」は殆んど過半を氏の作にて占め、しかも西洋物の受読《うけうり》はなくて、自分の新天地を作り出《いだ》したのは、大学出身者としては極めて珍らしい。（中略）吾人の通読した中《うち》では、矢張「猫」が最も傑出し、小説では四月の「ホト、ギス」に在つた「坊っちゃん」が最も興味が多かつた。人世社会の問題に触れるとか、煩悶や苦痛、人生の深い方面に接するとか、近時の他の小説家が描かんとする所とは全く範囲を異《こと》にして、万事を可笑しく滑稽に見やうとする。これ一は氏が俳諧的趣味に富める結果であらうが、さりとて脱俗的でもなく、人生全体を諧謔的に観じたのでもないと見えて、一篇の結構、首尾を通じての調子には大なる滑稽諧謔は認められぬ。部分々々の滑稽的観察を集めた者である。「坊ちゃん」の如き小説でも、作中の人物其物が滑稽を生むのではなくて、作家が冷笑的に批判して行くので、折々意地くね悪い嫌味もある。（正宗白鳥「大学派の文章家」『文章世界』明治三九年五月）

正宗白鳥は、言うまでもなく自然主義文学の小説家の一人だが、評論も多く書いていた。明治三九年には、日本には東京帝国大学と京都帝国大学の二校しか大学がなかった。そのうち

「大学派」とは東京帝国大学出身者のことを指す。超エリート集団である。近代以降、大学を中心として、日本の学校は西洋の学問を学ぶ洋学校であり続けたので、「しかも西洋物の受読はなくて」という言葉が意味を持つのである。

子規の弟子で、漱石の友人でもあり、『吾輩は猫である』の産婆役を務めた高浜虚子が編集していたので、漱石は『ホト、ギス』によく書いた。『吾輩は猫である』はもちろん、『坊っちゃん』は『ホト、ギス』の付録として発表された。しかも、この四月号の巻頭は『吾輩は猫である』の第十回が飾っていたのである。その意味では、「此頃の「ホト、ギス」は殆んど過半を氏の作にて占め」はやや大袈裟だが、四月号を見る限りこういう印象はあっただろう。

正宗白鳥の「「坊ちゃん」の如き小説でも、作中の人物其物が滑稽を生むのではなくて、作家が冷笑的に批判して行く」という分析は興味深い。おそらく先の「理窟ツぽい」という評と通底するところがあるが、現在の読みでは、〈坊っちゃん〉という人物の言動も滑稽だし、それをあのように語った〈坊っちゃん〉もまた滑稽だということになる。

しかし先にも述べたように、この時代には小説家の書き方や文章が特に重視されていた。『坊っちゃん』の語りは形式上〈坊っちゃん〉の語りであるという要素は、この時代にはまだ論じる対象にはなっていなかったようだ。もちろん、だからといって、現在の文学研究が語る「私」を分析に組み込む技術を持った以上、それを使ってはいけない理由はまったくない。

『坊っちゃん』については、「其文は学者之れを読み商人之れを読み書生之れを読み小童之れを読み而も其文に魅せらるゝに至りては一なり」（西山樵郎「夏目漱石を論ず」『文章世界』明治三九年五月）という評もあった。これは素人の文章で、当時のレトリックにありがちなやや大袈裟な表現だが、『坊っちゃん』が万人に受け入れられるような小説だと言いたかったのだろう。
では、〈坊っちゃん〉はどんな人物か。「坊ちやんの生長したのが苦沙弥先生である、〈迷亭寒月も皆同じ血を引いて居て従兄弟位には当たるだらう〉苦沙弥先生の一転化したのが野分の道也文学士である」（思潮子「丁未文壇」『二六新報』明治四〇年一月七日）という見立ては面白い。この三人はいずれも偏屈なところが一貫しているが、〈坊っちゃん〉に学問をプラスしたら〈苦沙弥先生〉になって、〈苦沙弥先生〉に道義をプラスしたら〈白井道也〉になるということだろう。

こう考えると、漱石の主人公たちは、底流で何か一貫したものを持っていて、それにそれぞれ何かをプラスしたりマイナスしたりした人物だということになる。ここからは「漱石文学の主人公の構造分析」という現代風のテーマが見えてくる。

同時代評は年代順に追っていくという方針を曲げて、ここでどうしても触れておきたい評論がある。それは、作中の〈坊っちゃん〉とそれを語る〈坊っちゃん〉ははたして同じ人間に見えるかという問題を提起した評論だ。

唯この作には表現上に一種の矛盾がある。先に言つた通り、この作の主人公は同時に『おれ』といふ一人称の説話者になつてゐるが、読者は説話者としての彼に於て、明かに作中人物として彼と異る人間を意識する。換言すれば、読者が説話者としての彼から得る感じと、作中人物としての彼から得る感じと同一でない。其の結果『坊つちやん』は読者に一種の不自然な感じを起させるのである。

この不自然感は主人公と説話者を同一人と見た場合に当然起るものである。誰でもさうだらうと思ふが、つまりあのやうな人物にあのやうな述作の出来る筈はないと感ずるのである。見ればすぐ分る通り、作中人物としての彼は滑稽を滑稽と意識せずに平気でやつてゐるやうな男である。然るに説話者としての彼はそれを十分に意識してゐるのみならず、心の中で分析し批判した上に、毀誉褒貶の主観までも加へて叙述してゐる。（石山徹郎「漱石氏の作物の研究」『水甕』大正五年一〇月〜一二月）

原稿用紙にして一〇〇枚にはなる力作評論の一部だが、『文学論』まで含めて漱石を実に丹念に読み込んだ結果出てきた疑問だ。一人称小説では、錯乱した自分を書く場合にも整然と書かなければならないようなところがあるわけだから、こうした疑問は常につきものだと言っていい。こうした一人称小説に起きがちな「矛盾」に関する疑問が当時すでに出ていたことには驚いておきたい。

石山徹郎は結局これを「破綻」と判断しているが、現在の私たちが手にしている分析の方法ならば、この「矛盾」を小説の分析に組み込むことができる。それが行われるのははるか先のこと、一九八〇年代に入ってから小森陽一の手によってだった。

『草枕』の非人情

『草枕』も評判になった。特に文壇受け＝玄人受けした点では『坊っちゃん』以上で、論評した文章が多く出た。

○草枕は、その冥想の理趣を得て造詣ある処、その題材の佳人を幽谷に求めて人事の複雑変転を自然の寂寞端粛《せきばくたんしゅく》の裡《うち》に描きたる処、鏡花の塁を毀つて露伴の城を陥れんとして居る、（中略）鏡花の想うて描き得ない処、露伴の描いて詩を破る処を、よく塩梅して、少くとも不着一字の詩趣神韻を得たとは、正に二家の欠《か》を補うたものと言はれる、（無署名「夏目漱石の草枕」『読売新聞』明治三九年九月一六日）

これ自体が鏡花ばりの美文だが、今度はその鏡花だけではなく露伴まで呼び出されたわけだ。漱石の『草枕』は、すでに文壇に確固たる地位を築いていた鏡花や露伴のお株を奪ったと言いたいのだろう。こうした受け止め方が、『草枕』が玄人受けした理由だったに違いない。

『草枕』のキーワードである「非人情」とは何かという点でも議論が起きた。

非人情哲学は、円満に動く哲学なり、一言に之を覆へば、人情を非とするにあらずして、人情に執着するを非とするの哲学也。否な更に一歩を進めていへば、人情に執着するを非とするを非とするの哲学也。（浩々生「非人情哲学」『新潮』明治三九年九月）

前半はわかりやすいが、後半は禅問答のようだ。「更に一歩を進めて」、わけのわからないことを言わないほうがよかった。ただ、後半部については直後にこう言い換えられている。「非人情哲学が、自己の意志を否定するは、之を他の方面より見れば、自己の意志を明確に肯定する也」と。こういう気取っただけの飛躍した表現は、この時代の文章にはよく見られることだ。この一文では、どうして「自己の意志を否定」することが「他の方面より見れば」、「自己の意志を明確に肯定する」ことになるのかがまったく説明されていないので、意味がわからない。しかし、先の「人情に執着するを非とするを非とするの哲学」=「自己の意志を明確に肯定する也」と言いたいのだということはわかる。

ややアクロバチックな解釈かもしれないが、なるほど『草枕』の末尾、別れた夫を戦地に送る那美の表情に「今までかつて見た事のない「憐《あわ》れ」が一面に浮いている」のを見て「それだ！ それだ！ それが出れば画《え》になりますよ」という画工は、那美が望んだとは言え、那美を自分の画の題材としてしか見ていない点において自己中心的で、「自己の意志を明確に肯定する」と言えるかもしれない。

こういう理解に比べれば、「美はしきものを只美はしと感じて、愛欲や喜怒哀楽の情を動かさないもの丶外に、情は動いても、余裕のある第三者の地位に立つて、芸術的にそれを味はふと云ふ境地」(羚羊子「『草枕』を読む」『芸苑』明治三九年一〇月)などは、平凡だがすっと受け入れやすい。いずれにせよ、「非人情」の一語で文壇の関心を集めた漱石の手腕はみごとなものだった。

いよいよ朝日新聞社入社（明治四〇年）

『野分』は「論文」である

「思ふに三十九年の文壇は漱石子の一人舞台なりと謂ふも、強《あなが》ち不当にあらざるべし」（「創作界と論壇」、「明治卅九年史」の中の一章、『太陽』明治四〇年二月）という一年が過ぎた。その余波で、明治四〇年も漱石に関する評論が多かった。しかし、『野分』（一月）は評判が悪く、やはり書き方に関する批評が多い。

此の作が真面目な現実生活に対する直接の興味を中心としてゐるに拘らず、茶番的の印象を与へるに止まるのは、作者が自己の特色を正当に現はす方法を誤つたからである。作者はこの作に於いて現実を現実としてありのまゝに直接に描かうと志し乍ら、尚現実に対して、作者の所謂大人の小児に対するといふ写生文的態度（一月廿日『読売』日曜附録漱石氏の『写生文』と題する一篇参照）を棄て去る事が出来なかつたのである。作者は現実を描いて大人が大人の所業を観察し批評するが如くあらんと志し乍ら、尚且つ自家の本質となれる大人対小児的、俳諧的観照の態度を棄て得なかつたのである。道也や高柳の演ずる所は児戯ではないと描き現はさうと思ひ乍ら、尚且つその描写の結果は、何時の間にか児戯視して描いた者となつてゐる。
（銀漢子「漱石氏の『野分』」『早稲田文学』明治四〇年二月）

自然主義文学の牙城『早稲田文学』と漱石とはこの頃からしだいに相性が悪くなっていくのだが、この場合は特に文中で参照されている漱石の『写生文』という評論が禍したようだ。漱石は『写生文』において、写生文における「作者の心的状態」は「大人が小供を視るの態度」だとして、「写生文家は泣かずして他の泣くを叙するもの」だと言っていた。この主張が、現実はありのままに書くべきだとする自然主義文学陣営を刺激した。それで、『野分』は現実から距離を取って書いてあるから「茶番」にしかなっていないという厳しい批判となったのである。

これを端的に言うと「『野分』は明らかに作者の失敗であつた。一と口にいふと、作者は真面目な生活を描いたつもりでありながら、それが頗《すこぶ》る道化た滑稽なものになつている」（片山天弦「文壇最近の趨勢」『ホトトギス』明治四一年一月）となる。

別の角度からの批判を見ておこう。

更らに『野分』に到つては、極端に此欠点（小説中に無駄な議論が多い欠点―石原注）を曝露せり。『野分』は小説にあらず論文なり。作者が便宜上小説の形を借りて自己の主張を発表せんとせる論文ならば、吾人また何をか云はん。（深山巌雄「小説界の異彩夏目漱石」『ハガキ文学』明治四〇年三月）

▲「野分」は力ある作物である。主人公白井道也を通してあらはれて居る一篇の大精神は読者を感激せしめて、一種偉大なる崇高なる想念を起さしめる。（酔美生・有頂天「文壇時言」『中央公論』明治四〇年二月）

『中央公論』は漱石に好意的な雑誌だったから褒めているのだが、「小説界の異彩夏目漱石」と同じことを裏返して言っていることは明らかだろう。この批判と賞賛はコインの裏と表の関係にある。『野分』が「作者が便宜上小説の形を借りて自己の主張を発表せんとせる論文」のようだという見方は、いまもそれほど変わってはいない。

こうした見方を気の利いた言い方で端的に表した評がある。「坊つちやんは純然たる江戸趣味で、草枕は純然たる俳句趣味で野分は純然たる学者気質である」（嶹陽子「漱石論」『趣味』明治四〇年三月）と。特に、「坊つちやんは明治の教育をうけた江戸つ子の代表である」という見方はいまでも参考になる。

不評だった『虞美人草』の「道義」

明治四〇年四月、漱石は教員生活に終止符を打って、朝日新聞社の専属作家となった。東京帝国大学講師が新聞社の専属作家となったので、世間では評判になった。現在の貨幣価値に換算すると、年収二〇〇〇万円ほどの条件だった。東大と一高を合わせて年収一五〇〇万円ほどだったと考えていいから、条件はよくなったのである。小説はすべて朝日新聞に連載する契約となっていたが、本として刊行する自由はあった。また、それ以外の論説的な文章はどこに発表してもよいという条件だった。

しかし、満を持して連載を開始した入社第一作『虞美人草』は、文壇では評論らしい評論は出なかった。「『虞美人草』を読み始めた時、何んだかジヨージ、メレデイスでも読むやうな心持がした」（秋骨「虞美人草を読みて」『東京朝日新聞』明治四〇年一二月一七日）など、この時期の漱石が最も影響を受けていたイギリスの小説家の名を指摘しているもの、「小説中の人物に「さん」といふ呼称を附した」（石黒鐵牛「露伴と漱石」『読売新聞』明治四一年一月二二日）といったユニークな指摘などが目だった程度である。そのなかでまとまったものを挙げておこう。

この作が与ふる中心の印象は、作者の談義を聴くといふ感である。作者は読むものゝ心を占領して、全面に作者の個性特色を印せずしては已まぬ気味がある。それがこの作を意外にも窮窟にする。この作者にはあまりに談義を好む癖がありはせぬか。

この作はある意味に於いて、作者の謂はゆる詩趣即ち文芸が道義の根本に基かねばならぬ意を表象したものとも見られる。女主人公藤尾の死は、第一義道義に立脚せぬ文芸の崩壊ではないか。結末はあはたゞしいが、道義を説いた意は明らかに読まれる。作者はさきの『草枕』に於ける如く、この作にも亦自家の文芸観乃至人生観を示したのであらう。たゞ第一義を説いて、而も其第一義の現実を描くに一膜を隔てゝせんとする作者の態度には、近代人の回避的傾向が見られる。ところ〴〵の揶揄の調子に、苦笑があるのもこの故であらう。これを要するに『虞美人草』は近代的痛苦観から得来たつた人生観乃至芸術観を、作者特殊のロマンティツクの衣に包んで見せようとしたものではないか。（天弦「『虞美人草』、『緑髪』、『雞頭』」『早稲田文学』明治四一年三月）

『虞美人草』は、漱石の哲学（道義）を読者に押しつけただけの小説だという批評は、これ以降の長い『虞美人草』評価の原型をなしている。

漱石自身の対抗意識もあって、この時期から漱石は自然主義文学との対比で論じられることが多くなった。そして、漱石の生前には小説を丹念に論じた評論はあまり見られなくなった。それは、朝日新聞社入社以後の漱石が、弟子たちに発表の舞台を作るために「朝日文芸欄」を主宰した時期をのぞいて、文壇から距離を置くようになったのが大きな理由だったろう。

次に挙げるような懸賞論文は、当時の自然主義文学の熱気をよく伝えている。

漱石氏は果たして当初より唯美主義に傾きしか否かは之れを知らずと雖も、草枕以来の彼は疑もなく一団の領袖なり、唯美主義の宣伝者なり。(中略)

乞ふまづ漱石氏を忘れしめんかな。

自然主義を奉じ一方に技巧を過重し、唯美に酔ふ者を以て文運革新の障害なりと信ずる予は、一日も其敵手たる漱石氏の存在を欲せず。(板東桂華「漱石氏を忘れよ」『文章世界』明治四一年二月)

板東桂華は『朝日新聞』の連載を読んでいないというのだから無責任だが、漱石に関するこれほどはなはだしい誤解を含んだ「賛辞」はそうはなかっただろう。自然主義文学の信奉者から見れば、漱石はこれほど大きな存在だったのである。

前期三部作『三四郎』『それから』『門』の時代（明治四一年～明治四四年）

漱石は三四郎を見下ろしている

『虞美人草』は、朝日新聞社入社直前に書いた『野分』と同じように「道義」をテーマとしたが、同時代評にも見えるように、これは失敗に終わった。漱石は「道義」にもとるとして藤尾を批判的に書いたが、読者は自分の意志で結婚相手を選ぶ「新しい女」を求めていたのである。漱石が設定した、親の約束通りに結婚するのが正しいという「道義」が、時代の潮流の中で古すぎたのだ。

入社以前の漱石は「無恋愛主義」（錦村「我が文壇の自覚」『読売新聞』明治三九年一二月二九日）の一人とも目されたが、「恋愛」なしには新聞小説としてやっていけないことも悟ったに違いない。おそらくそうした反省のもとに書かれたのが、前期三部作である。漱石の小説の中でも、書き方の上で安定したリアリズム小説となっている。

『三四郎』の同時代評は二編取り上げておこう。いずれも漱石の弟子によるもので、論じる人物が優秀な上に好意的なので、実にみごとな評論になっている。小説に限らず、何かを論じるときにはほとんどの場合オマージュでなければいいものはできない。批判的な姿勢で論じてなおかつみごとな評論になるのは、論者と論じる対象の両方がよほどすぐれている場合だけである。

『吾輩は猫である』の猫の役を勤めるものは、『三四郎』に於ては、福岡県京都《みやこ》郡真崎村小川三四郎といふ、今年熊本の高等学校を卒業して、東京の文科大学へ行く青年である。但し三四郎は人間だから猫ほど其存在を無視せられない。三四郎を中心として、若しくはだしに使つて、其周囲を描くと云ふよりは、始めて東京といふ新しい雰囲気の中に投じられた三四郎が、其周囲の影響に依て如何に生ひ立つかを描いたものと云ふ方が可《よ》い。

『三四郎』は其中へ出て来る人物が皆三人称で書かれてある。併し三四郎の出ない幕はない。三四郎の眼《まなこ》に触れ耳に入る所だけしか、此小説の中には出て来ない。其点から見れば一人称で書かれた物と同じ様であるが、作者は飽迄《あくまで》三四郎を視て書いてゐる。視下《みおろ》して書いてゐる。三四郎に成つて書いて居るのでは無い、三四郎の心持も書いてはあるが、それは三四郎自身の心持として出て居るのではない。三四郎よりはぐつと偉い人が三四郎の心持を書いて遣つて居るのである。だから三四郎の心持は一たび作者の批評を経た上で、間接に読者の頭へ映ずる。

（森田草平「「三四郎」」『国民新聞』明治四二年六月一〇日〜一三日）

はじめに注釈を。「東京の文科大学」とは、東京帝国大学文科大学を指す。当時、東京帝国大学はまさにユニバーシティーであって、複数のカレッジの集合体だった。文科大学というカレッジはいまの東京大学文学部にあたり、同様に法科大学、理科大学などとなっていた。ちなみに、野々宮は理科大学講師である。

この引用文から、三つのことがわかる。第一は、『三四郎』を若者の成長を書いた教養小説と見ていること。第二は、これまでの漱石の小説がそのように評されていたように、作者が登場人物より一段高い位置にいて、三四郎を「視下して書いてゐる」ように見えること。第三に、この時代の評論の特徴として、書かれた内容よりも書き方に関する論評が中心だということである。

近代小説がまだ若かったこの時代、どのように書くかが小説に対する中心的な関心事だったのである。

この引用部に続けて、作者が三四郎を「視下して書いてゐる」以上、「極端に云へば、読者は作者と一所に成つて、主人公たる三四郎を愚にしなければ、此小説の面白味は解らないと云つても可い」と、森田草平は言う。この点については、さらに例を挙げて説明している。上京の汽車の中で、三四郎は広田に出会う。そして広田の話を「随分詰らない事を云ふ人だと思つた」が、この時読者は、三四郎と一緒になって広田はつまらないことを言う人だと思ってはいけないので、「詰らないと云ふ三四郎が却て詰らなく見える位でなけりやいけない」と言うのだ。これは小説内における読者の位置を論じたものとして、現在の文学理論にも当てはめることができる大変高級な分析だ。

さらに言う。「悲劇は見物人が我を忘れて、全く主人公の中へ没了」しなければならないが、作者が主人公を「視下して」書いている『三四郎』ではそれができない。したがって、喜劇そのものとまでは言えないが、「近代の作物は喜劇的傾向」があり、その意味において『三四郎』は「近代的」だと言える。ただし、それよりも「ユーモリストの作」と捉えた方がよいと、森田草平は結論づけている。漱石と三四郎との距離をユーモアと捉えたわけだ。

現在の分析の密度から見れば飛躍が多いが、小説の構造分析として一つの達成を示している。また、こうした小説の書き方や論評から、当時の小説が作中人物の扱いにおいて模索中だったことがわかる。特に三人称小説はまだこなし切れておらず、それで漱石も『三四郎』を実質的には一人称小説として書かざるを得なかったのかもしれない。森田草平はその点もきちんと指摘している。

『三四郎』における主人公の問題系

小宮豊隆は『三四郎』を論じるに当たって、「何を、如何《いか》に描いてあるか」をテーマにしたいと宣言して、「作者は、三四郎を中心に置いて、三四郎が浮游してゐる周囲の空気全躰に興味を持つて此一篇を書いたものである。それだから大きな意味に於て、キヤラクター、スケツチの小説である」(「『三四郎』を読む」『新小説』明治四二年七月)とする。「空気」云々は、漱石の『三四郎』予告」(『東京朝日新聞』明治四一年八月一七日)によっている。いま、その「予告」の全文を引用しておこう。

田舎の高等学校を卒業して東京の大学に這入つた三四郎が新しい空気に触れる、さうして同輩だの先輩だの若い女だのに接触して色々に動いて来る、手間は此空気のうちに是等の人間を放す丈である、あとは人間が勝手に泳いで、自ら波瀾が出来るだらうと思ふ、さうかうしてゐるうちに読者も作者も此空気にかぶれて是等の人間を知る様になる事と信ずる、もしかぶれ甲斐のしない空気で、知り栄《ばえ》のしない人間であつたら御互に不運と諦めるより仕方がない、たゞ尋常である、摩訶不思議は書けない。

小宮豊隆のテーマ設定は、この「予告」に沿ったものだということがわかる。問題は、これまでの西洋の小説や戯曲では主人公の「周囲」の人物を生かしきれていないことが多い点にあると言う。これは主人公が「周囲」の人々の影響を受けながら成長する「ビルドゥングス、ローマン」（教養小説）でさえ、うまくはいっていなかった。しかるに――

要するに今迄の小説は多くは、ある特定の一二を主人公にして書いてゐるか、或は多勢《おおぜい》の人間を出してゐても、其人間が活きてゐないか、或は多勢の人間を活かさうとしたが為めに、全躰のしめくゝりが附かなくなつて、支離滅裂な作になつてゐるか、何れかに帰着してゐるやうに考へる。

『三四郎』の中には、三四郎を中心として外に、六人の人間が出て来る。此七人が同様な明瞭さを以て、何づれも主人公たり得べき資格を以て、活躍するやうに出来てゐる。さうして其の七人の活躍が、全局から見て、全躰の纏りをつける上に、一挙一動、相関連して、ぬきさしがならぬやうに出来上がつてゐる。全躰が有機的統一を有してゐる。此点に於て、『三四郎』は最も困難なる方法を採つて、しかも成功したものである、此点に於て『三四郎』は新たらしい。

（「『三四郎』を読む」『新小説』明治四二年七月）

小宮豊隆は自他共に許す漱石の高弟だったから、西洋の文学と比べても「『三四郎』は新たらしい」という評価などは贔屓の引き倒しのような趣がないわけではないが、坪内逍遥が『小説神髄』で「主人公」という小説上の装置を紹介してから二〇年、日本の近代文学が「主人公」の扱いに試行錯誤を繰り返してきた跡がほの見える記述だ。

小宮豊隆は、『三四郎』では他の登場人物がうまく書けているから三四郎が「主人公」に見えると言いたいのである。当時の文学者にとって、「主人公」は決して自然で使い慣れた登場人物ではなかった。「主人公」が「主人公」に見えるように書くことは至難の業だったのである。それを漱石は最も難易度の高いやり方で書いたと言いたいのだ。

小宮豊隆は、三四郎と美禰子との関係が「中軸」（メイン・ストーリー）で、与次郎が広田を大学教授にしようとする運動を「傍軸」（サブ・ストーリー）としている。『三四郎』の構成に関する捉え方だ。現在では後者はほとんど顧みられることがないか、ほんのエピソード程度の意味しか与えられていないから、この捉え方は面白い。おそらくは、〈広田＝漱石〉という図式が小宮豊隆の頭にあって、後者を「傍軸」と見たのだろう。

前田愛のように『三四郎』を東京帝国大学を中心とした〈本郷文化圏〉の物語と読めば（「夏目漱石『三四郎』―本郷」『幻景の街―文学の都市を歩く』小学館、一九八六・一一）、広田を〈本郷文化圏〉の中心に押し上げる力学が働いていたことになるのだから、なるほどこれは十分サブ・ストーリーとしての重みを持つ。

森田草平は三四郎と作者との関係を論じ、小宮豊隆は三四郎と他の登場人物との関係を論じた。それぞれ時代の刻印を帯びながら、すぐれた評論となっている。

美禰子は「自由」な女か

小宮豊隆の『三四郎』論はさらに『新小説』の次の号にまで続く。鋭い指摘が多いのだが、ここでは美禰子に関する考察だけを引用しておこう。

『三四郎』の中に出てゐる人間の内で、最も興味ある性格は美禰子の性格である。最も複雑であつて、最も箇性的《こせいてき》な女である。さうして近代的の色彩を帯びてゐる。あんな女は二十世紀でなければ、見ることの出来ぬ女である。

美禰子は、要するにあるポイントを境界線として、その境界線を超えない範囲内に於て、自由に、自在に活躍してゐる女である。其活躍が自由なるが為めに、終に三四郎及読者に、統一する事の出来ない性格である。（「『三四郎』を読む（承前）」『新小説』明治四二年八月）

前者は美禰子が「新しい女」だと言っているわけだが、この時代には「近代的」という言葉がまちがいなく肯定的に語られていたことがわかる。これが近代批判のイデオロギーを帯びた戦後の作品論の時代になると、美禰子は「近代的」であるがゆえに否定的に語られることになるのだ。後者は、美禰子が自由に見えて、その実〈本郷文化圏〉の男たちの間で「自由」に見えるように振る舞っていられたにすぎないことが示唆されている。

小宮豊隆が伏線もなくあまりに「突然」だと批判する美禰子の結婚は、いわば囲われた「自由」から美禰子が身を翻す意思表示だったと言える。もちろん、それこそ〈本郷文化圏〉の男の一人である小宮豊隆にはそこまでは見えていない。だから、美禰子の結婚が納得できないのだ。しかし、小宮豊隆には納得できなかった美禰子の結婚にこそ彼女の隠された物語があったと、現在の研究者なら読むだろう。

代助はハムレット？

『それから』に進もう。

小宮豊隆は、ツルゲーネフがあらゆる人間をドンキホーテ型とハムレット型に分類した説を引いて、代助はハムレット型であるとするところから論じはじめる（「「それから」を読む」『新小説』明治四三年三月）。たしかに代助がドンキホーテ型かハムレット型かと言われれば、誰でもハムレット型だと答えるだろう。ところがそう見ると、不満が出てくると言うのだ。

> 代助の性格が徐々に発展して、最後に唯一筋に自己全体を三千代に浴びせ掛けるプロセスは、実に巧妙を極めてゐると思ふ。此点から見て「それから」は得易からざる名品である。自分は、性格或は事件の層々発展を描く著者の霊腕は、いつもながら賛嘆の外はないと思ふ。けれども第一の高潮《ヘーエ、プンクト》に次いで種々な事件が最後まで繋がる処は、何となく非常に物足りぬ感があつた。最後の気の狂ふ処なぞも誇張の感があつた。しかし此物足りぬ感は、作其物の構成から来るより、寧ろ代助その人の性格に対する——換言すればハムレツト型の人間全体の行動に対する不満足感ではなからうか。（中略）
>
> 自分の「それから」に対する希望を云へば、代助が在来のアートの世界を捨てゝネーチユアの世界に入る処で筆を止めて貰ふか、或は一端ネーチユアの世界に入りかけても、どうしても一直線に進めない苦痛を書くかして貰ひたかつた。

小説として悲劇的な結末へ向かう構成はみごとだが、代助のハムレット型の性格がその構成に見合っていないということだ。小宮豊隆は、代助がドンキホーテのように悲劇的な結末に向かって「一直線」に進んでいくことを期待していたのである。それが、ドンキホーテのように「在来のアートの世界を捨てゝネーチユアの世界に入る」ことである。しかし、そうは書かれていない。だとすれば、道ならぬ恋に進む直前で終わるか、ハムレットのように「どうしても一直線に進めない苦痛を書」いてほしかったと言うのだ。

『それから』の構成はドンキホーテ型にはなっていない。とすれば、小宮豊隆の不満はこういう形に収斂する。「一体「それから」には悲哀とか、苦痛とか、寂味《さびしみ》とかの、情緒的分子が殆んどぬきにして書いてあるやうに思」われると。小宮豊隆は「代助の内部生活」を読みたかったと言うのである。この欲求は、小宮豊隆の文学的立場を考慮して読まなければならない。

おそらく自然主義文学の立場からすれば、『それから』は「代助の内部生活」を書きすぎていると批判されただろう。事実、田山花袋は「此作者の文章の煩瑣な感じを与へる理由の一つは、作者が常に作中人物の心理を説明する処から起つて来る」ので、「『それから』なども、描写式で行けば、其半分位の長さで、十分に其内容を示すことの出来る作である」(「漱石の『それから』」『文章世界』明治四四年四月)と、代助の心理に関する記述のくどさを批判している。

小宮豊隆のような反自然主義文学の立場と、田山花袋のような自然主義文学の立場とではまるで評価が逆になってしまうのだ。どの時代でもそうだが、評論や研究論文を読むときには、その人の立場を計算に入れておく必要がある。

『それから』における「自然」と「社会」

『それから』は、「自然」（代助と三千代との「愛」）と「社会」（その「愛」を反道徳的とみなす集団）の葛藤の物語と読んだのは、白樺派の中心人物武者小路実篤である。彼の「『それから』に就て」は、学習院高等部出身で東京帝国大学に進学したエリートたちの同人雑誌『白樺』の創刊号（明治四三年四月）の巻頭に掲げられた。『白樺』は、当時隆盛だった自然主義文学とは一線を画し、自分たちの文章を漱石に読んでもらいたい一心で創刊された雑誌だった。漱石も彼らの教養と品のよさを好意的に見るようになり、高く評価してもいた。

武者小路実篤は、まず『それから』の「作者の思想の豊富」な点と、「作者の技巧の巧み」な点を評価するが、「巧みすぎる」とも言っている。これは賛辞だ。『それから』の結末、その先（それから）が読者には伝えられないオープン・エンディングについて、「あすこで筆をおかれるのが最も適当」として、漱石は作家として「人がわるくなつた」という、一ひねりした褒め言葉を使っている。

オープン・エンディングは物語としての纏まりを嫌った自然主義文学の十八番でもあるが、『それから』のオープン・エンディングはかなり劇的で、武者小路実篤の関心を惹いたのだろう。もっとも、武者小路実篤の『それから』分析は、それまでの多くの漱石評と根本的なところで共通している。それは、「『それから』の大部分は主観小説」だが、一つは「代助の性格を明らかにする為に」、もう一つは「自分の考を発表する為に代助の主観は書かれてゐる」と見るところにある。その結果、「自分は『それから』の終りまで読んで漱石氏は代助より遥かに賢いと思つた」と言うのだ。

漱石の小説が「作られたもの」だという批判は、田山花袋のものが有名だ。田山花袋は、漱石が『三四郎』を「ズーデルマンの『カッツェンステッヒ』」の「筆法」で書くつもりだと聞いたとしたうえで、「ズーデルマン」の作品は「作者の拵え者」(「評論の評論」『趣味』明治四一年一一月)にすぎないと、いかにも自然主義文学の中心作家らしく批判した。もちろん、間接的に『三四郎』を批判しているのである。

これに対して漱石は、「拵へものを苦にせらるゝよりも、活きて居るとしか思へぬ人間や、自然としか思へぬ脚色を拵へる方を苦心したら、どうだらう」(「田山花袋君に答ふ」『国民新聞』明治四一年一一月七日)と応酬した。

書かれた内容は書かれる前に既に存在しているのではなく、書かれたときに書かれたように生まれると考える現代の文学理論から見れば、既にある現実をそのままに書けとする自然主義文学の主張よりも、「自然としか思へぬ脚色を拵へる方を苦心したら、どうだらう」と説く漱石に分があるのは自明である。しかし、武者小路実篤にしてやはりこういう感想を抱かせるのが、漱石の小説だったのである。

武者小路実篤は、『それから』のテーマをこう読む。

「それから」に顕はれたる思想を、自然の力、社会の力、及び二つの力の個人に及ぼす力に就ての漱石氏の考の発表と見ることが出来ると思ふ。自然の命に背くものは内に慰安を得ず、社会に背くものは物質的に慰安を得ない。人は自然の命に従はなければならぬ。しかし社会の掟にそむくものは滅亡する。さうして多くの場合、自然に従ふものは社会から外面的に迫害され、社会に従ふものは自然から内面的に迫害される、人の子はどうしたらいゝのだらう。

「自然」と「社会」の二項対立の構図は幼い感じさえするが、身近な家制度に代表される「社会の力」と必死に戦っていたこの時代の文学者にとって、これは切実な問題だった。武者小路実篤の希望的結論はこうだ。

終りに自分は漱石氏は何時までも今のまゝに、社会に対して絶望的な考を持つてゐられるか、或は社会と人間の自然性の間にある調和を見出されるかを見たいと思ふ。自分は後者になられるだらうと思つてゐる。さうしてその時は自然を社会に調和させやうとされず、社会を自然に調和させやうとされるだらうと思ふ。さうしてその時漱石氏は真の国民の教育者となられると思ふ。

誰であっても「社会を自然に調和」することなどできようはずはないので、無理な注文をしているのだが、やがて「社会を自然に調和」させるために「新しき村」を設立して失敗する武者小路実篤の面目躍如たる評論だと言える。

代助がわからない

力作評論「『それから』を読む」(『東京朝日新聞』明治四三年六月一八日、二〇日、二一日)を書いた阿部次郎も漱石の弟子だ。彼が後に書いた哲学的エッセイ『三太郎の日記』(東雲堂、大正三年四月）を漱石は評価しなかったが、これは旧制高校での愛読書の一つとなった。

阿部次郎は、『それから』のテーマを「個人生活と交渉する点に於て日本現在の社会状態を描写し批判すること」と、「現実との曖昧なる妥協に生きる外面的常識的生活に堪へずして第一義的、哲学的生活に驀進する精神状態の描写」とした。つまり、「我国現在の人文状態の批判」だと言う。

武者小路実篤の評論もそうだったが、こういう具合に小説のテーマをすぐに社会と結びつけてしまうのは、必要以上に力みかえっていてやや滑稽にさえ見えるが、日本がまだ若かったこの時代においては小説も社会変革をするための一手段として捉える傾向があったので、時代の文脈の中では必然性があったのだろう。

それにしては代助がわからないと、阿部次郎は言う。阿部次郎は、小説の展開に沿って、代助の内面には三段階あったとする。第一期は過去のことで、「父の教育と青春の無経験とから来た空しき美しき道徳」だが、これは「空想」だと言う。第二期では「此空想と自己及社会の現実との矛盾をしみ〴〵感ずる様になつた」。そして、第三期では「最早此矛盾に堪へられなくなつた」と言うのである。この第三期の状態を導いたのは「三千代の恋」だ。

こうした捉え方は、三千代の存在が代助の「矛盾」を露呈させたとする点において、あるいは代助に「矛盾」を感じさせたとする点において、基本的には武者小路実篤の『それから』の理解と通じるものがある。これは、現在の一般的な読みでもあるだろう。その原型は、同時代評の中にもうあったのだ。

ところが、阿部次郎は『それから』が第三期までたどり着いたことには満足しない。それどころか、第三期の代助が理解できないというのだ。

過去の回顧と之に伴ふ情緒の美しく楽しい半面は秀抜に描写せられて歩一歩事件を高潮に導いてゐる、自然に逆ひし愚を悔ゆる心も亦明《またあきらか》に描き出されてゐる。併し代助は三千代を棄てた当時の意志に其性格の不純を認めて昔の罪を恨悔する心がない、処女を愛する如き甘さを以て三年間平岡と共棲した三千代の精神と肉体とを愛してゐる。自分には之が不思議である。其愛の充実を失へるに非ずして誰か単なる義侠心の為に其愛人を他に譲り得やう。理智の判断に反抗する痛恨と嫉妬となくして誰か他人の妻を恋し得やう。此苦《くるし》さと此苦さを包む深さとが代助と三千代との如き恋の特色でなければならぬ。此方面の描写が截棄《すて》られた為に代助の全経験が十分の深さを以て吾人の心を剜《えぐ》り得ぬのは遺憾に堪へない。

上来の所説を要するに「それから」の欠点は情緒的方面の省略にあると思ふ、

代助は第一期から第三期までの経験を経ている。ところが、それに当然伴うべき内面の苦悩が書かれていないのが不満だというのである。「情緒的方面の省略」と言えば、小宮豊隆も「一体「それから」には悲哀とか、苦痛とか、寂味とかの、情緒的分子が殆んどぬきにして書いてあるやうに思」われると批判的に述べていた。

阿部次郎は一歩進めて、三千代との関係において当然起こるべき内面の苦悩が「省略」されてしまっているというのだ。いま風に言えば、代助の他者と向き合えないナルシスト的な側面を批判したことになるが、それを代助の人物論としてではなく、「省略」という書き方の問題として論じるところにこの時代の小説をめぐるパラダイムの特質がある。

『門』は物足りない

『門』は地味な小説で、そのせいもあるのだろうが、このあたりから漱石の小説は文壇ではあまり話題にならなくなっていった。また、『門』は自然主義文学の書き方に似てきているという評が聞かれるようになった。現在、当時の文壇政治のような力学を無視して読めば、たしかに『門』は自然主義文学の書き方に近い。あるいは、自然主義文学であるかないかは、もはや問題ではないという感じさえする。しかし、それでも自然主義文学の中心人物である田山花袋はやはり気に入らなかったようだ。

『門』を読んで、最初に感じたことは、これだけの内容をこんなに長く書かなくても好さそうなものだといふことである。これを三分の一位に緊張させて書いたら、もつと有効に作者の目的を達することが出来たらうと思つた。この作は冗漫、煩瑣といふ評は甘んじて受けなければならない作品で、そしてその冗漫、煩瑣が別に意味を持つて顕はれても来ない。(「夏目漱石氏の『門』」『文章世界』明治四四年四月)

田山花袋は、宗助・お米夫婦の過去にあれだけのことがあったのに、二人の生活が「単調平凡」なのはリアリティーがないという意味の批判をし、そして例の批判が最後にやってくる。

『門』読過後の感は、作者が二人の生活を再現して見せて呉れたといふよりも、説明して聞かせて呉れたといふ感じである。感じが無理に圧しつけられるやうで、背景を味ふといふやうな深い味が出て来ない。

繰り返すが、この時代の自然主義文学には、表現する以前に既に現実があって、それを表現が「再現」するのだという大前提があった。文学は「事実」以外は書いてはならないことになる。現代思想や文学理論から言えば、書かれてはじめてそれが「事実」になると考えるのだが、そういう考え方はまだまったく生まれていなかった。

だから、三分の一に縮めればいいと言う一方で、きちんと「再現」できていない、「説明」でしかないと批判するのだ。ふつうに考えれば、三分の一に縮めればむしろ「再現」は困難になる。田山花袋の批判は矛盾しているのだが、一貫しているのは、漱石の文章は「説明」にすぎないという一点である。初期の「学者小説家」という評価以来、何度も繰り返されてきた批判だ。

田山花袋が漱石を目の敵にしていたことを割り引いても、同時代の文学の中での漱石の文章の質は改めて問われてもいい。私自身は、高校生の頃に文庫で読める漱石の小説をすべて読んでから自然主義文学を読んだら、あまりにもスカスカで、小説ではなく「小説の梗概」としか思えなかった。漱石と自然主義文学とでは、小説の文章に関して根本的なところで決定的な理解の違いがあるようだ。

そもそも、宗助という人物に魅力がないという類の批評もあった。

宗助を現在には生活其者に対するイラ〳〵がない、不満がない。又お米を友達から取つて果して幸福にしてゐるかどうかといふ自省もない。其辺は案外呑気に無頓着に見える。毒気のない善人な代りには深い反省悔悟がない。ヂツトして居られない様な不安がない。自分は、男としての宗助にお米などに持てないさういふ不安と不満をもつて鮮かに見たかつた。（宮本生「漱石氏の門を読む」『東京朝日新聞』明治四四年四月一〇日、一二日）

これでは宗助は自意識も野心もない腑抜けだ。少なくとも、「現在」の宗助の性格には必然性がないと読んだのである。この批評は、ただ宗助という登場人物への不満ではなく、『門』には宗助の変化を十分に納得させるだけの展開がなく、構成上の欠陥があると言っているのである。友人安井の妻（実際には「内縁関係」にとどまっていたと、私は読むが）を奪っただけで、宗助はなぜあれほどまでに罪の意識を持つのか、持たされるのかという問題は、現代でも『門』を読む際の課題である。

こうした問題をすでに指摘していた小説家がいた。谷崎潤一郎である。谷崎潤一郎は『それから』は成功作だが『門』は失敗作だとする。その理由はこうだ。

然し現今の社会は此の二人のやうな罪人に対してかほど迄に厳粛な制裁を与へる程鋭敏な良心を持つて居るだらうか。世の中の因果応報と云ふものは、案外もつとルーズな、ふしだらなものではなからうか。少くとも其の富を奪ひ、其の健康を奪ひ、其の三人の子を奪ふ程惨酷なものであらうか。僕は此の点に関して疑なきを得ない。世間はもつと複雑な、アイロニカルな事実に富むで居る筈である。甚不遜な申分ながら、若し先生が真に世間は斯う云ふものだと解して居られるなら、其は極めて甘い見方だと云はねばならぬ。たまたま先生の作物が、読者の胸に痛切な響を与へないと云はるゝ点は此処にあるのであらう。（「『門』を評す。」『新思潮』明治四三年九月）

『門』における漱石は「恋は斯くあり」ではなく、「恋は斯くあるべし」と書いたのだと、谷崎潤一郎は言う。その窮屈さを指摘しているのである。これも『野分』は「論文」だとする批判以来のパターンかもしれない。この宗助・お米夫婦の過剰な罪意識に関する問に一つの答えが出されるのは、遠く一九七〇年代に入ってから、山崎正和の『こころ』論である「淋しい人間」の中においてだった。

さて、この時期に漱石の文章の特徴をみごとに言い当てている評論があるので、その一節を引用しておこう。

子供がものを言ふ場合と同様に、凡ての事を、殊更らに「あらためて」言ふ、そこから起る。普通の人が、凡て知り尽して居ると思つて居る事を、珍しく見たものゝやうに、驚異の目を開いて見て、それを話す……それを聞く人の耳には一種、自分の普通と行き逢つた感じがされる。（水野葉舟「夏目漱石氏の小品」『文章世界』明治四四年一〇月）

少しでも文学理論の心得のある人なら、これはロシア・フォルマリズムの言う「異化」表現のことだとわかるだろう。異化とは、「あるものをその名で呼ばずに、はじめて見たもののように記述する表現」である。水野葉舟にその知識があったかどうかはわからないが、漱石にはその知識があった。そして、小説に異化表現を多用した。その特質をみごとに言い当てていることに驚く。

後期三部作『彼岸過迄』『行人』『こころ』の時代（明治四五年〜大正三年）

敬太郎は「主人公」か、あるいは漱石論的転回

『彼岸過迄』は、漱石が以前から腹案を持っていた短編連作の形式を取った。もっとも、それぞれの短編が完全に独立しているわけではなく、漱石の言葉を借りれば「個々の短篇が相合《あいがつ》して一長篇を構成するように仕組んだ」ものである。そして、そうしてできあがった長編を貫く人物は大学を卒業して就職活動中の田川敬太郎である。

問題は彼が主人公と呼べるかどうか、主人公の資格を備えているかだと、最近の研究では囂《かまびす》しい。なぜなら、いわば「漱石的人物」は敬太郎ではなく、小説の後半で長い物語を敬太郎に聞かせる須永市蔵だからである。しかし、当時の評論にはそういう「漱石的人物」といった概念はまだなかったようだ。思えば「漱石的人物」は『彼岸過迄』の須永市蔵、『行人』の長野一郎、『こころ』の「先生」と、このあとの小説で姿を見せるのだった。だからこの段階ではその概念はなくてあたり前だったのだ。ただかなり不思議に思ったようで、思案投げ首の様子である。

「彼岸過迄」はいふまでもなく田川敬太郎と云ふ青年を主人公として其の周囲を書いたもので

ある、併し其の主人公は普通の小説や物語に出る主人公のやうに悲劇や喜劇の中心となつて周囲の人物を其の活動の材料に駆使したり現実の渦巻に飛込んで其の粉々雑々を経験すると云ふやうな気の利いた役目は勤めない、少くとも著者はさう云ふ英雄的な地位を主人公に附与しなかつた、彼れは其周囲に出て来るいろいろの人物中では一番平凡な人間として辛うじて読者の忘却から免れるほどな人物を言ひ付かつた、たゞ此の主人公は幾多の興味ある挿話《エピソード》を織出す所縁として見えがくれに此の物語の背面に付き纏つて来た、主人公は一種風変りな物語を作り出してはそれを読者の眼前にぴよい〳〵と投げ出して置いて直に姿を隠して終ふ、（白「「彼岸過迄」を読む」『大阪朝日新聞』大正一年一〇月一三日）

敬太郎は奇妙な主人公だとは感じていても、主人公ではないとは言えなかった。『彼岸過迄』の主人公は須永市蔵だという定式ができあがったのは、鈴木三重吉が編集した「現代名作集　第一編」という小さな本に『夏目漱石作　須永の話』（東京堂、大正三年九月）だけを切り取って収録したのがきっかけだったのではないかと、山本芳明は論じている（「漱石評価転換期の分析―『彼岸過迄』から漱石の死まで―」『文学者はつくられる』ひつじ書房、二〇〇〇・一二）。

鈴木三重吉がなぜそうしたのかと言えば、分量の問題もさることながら、この時点で完結したばかりの『行人』の影響が大きかったからだ。「須永の話」の特別視は、『行人』から逆算された「漱石的人物」への「新たな評価軸」の形成にあったのではないかと、山本芳明は結論づけている。

鈴木三重吉はこの本の「序」で、「この一篇は、漱石氏の最近の作風を代表するに充分である」と述べている。「漱石氏の最近の作風」という一節に注意すれば、なるほど山本芳明の推論もうなずける。この本に置かれた鈴木三重吉による前説を読めば、さらにその感を強くする。

この「話」の全体は、概言せば須永市蔵といふ作中の人物が、田川に話した千代子なる女と彼自身との交渉である。この作品に於て最注目せらるべき点は、漱石氏に独特な、徹底的理性批判と、感情的魅力とを傾注した、一種の恋愛心理の創造とその描写とにあると思ふ。詳しく言へば須永と千代子との二つの特種なる性格と、須永の心理解剖の中に示唆される、人生批判の創作的価値である。千代子と須永との如き性格は漱石氏に独特な創造である。殊に一篇の中心的興味となつてゐる如上の心理描写が与へるごとき、深刻な思索的暗示に到つては、われ〳〵が受ける多くの作品中、ひとり漱石氏の作物にのみ見得る種類の異彩であつて、漱石氏の作物の大きさと重みとを形造つてゐる主要なる特質である。

後に児童文学雑誌『赤い鳥』で知られることになる鈴木三重吉も漱石の弟子の一人だったが、そうした弟子の中でも、これまでのように漱石の書き方を「説明的」とは言わなかった。漱石の「心理描写」には「深刻な思索的暗示」があるとして、それを漱石の「独特な創造」と捉えているのだ。

こうした鈴木三重吉による、「美」を書く作家から「深刻な思索」を書く作家への「漱石論的転回」（コペルニクス的転回、あるいは言語論的転回をもじってみた。パラダイム・チェンジのことである）がなければ、あるいは後の旧制高校の教養主義的漱石像はなかったかもしれない。いまの私たちには前期三部作と後期三部作との違いは見やすいものとなっているが、鈴木三重吉は、『彼岸過迄』以前の小説と『彼岸過迄』以降の小説の違いをいち早く捉えていたようだ。

この鈴木三重吉編集の本で「須永の話」を読み、初期の漱石とは作風が違ってきたことを認識していた文学者がいた。正宗白鳥である。


鈴木氏出版の小冊子で、漱石氏の「須永の話」を読んだ。これは「彼岸過迄」の一部分ださうだが、「先生の遺書」よりは遥に面白かつた。高木とか千代子とかはさしてよく描かれてゐるとも思はないが、主人公須永の心の動揺は微細に説かれて、男女間の心理について深く捜つてゐるやうに思はれた。この一部分だけで立入つた批評は出来ないかも知れないが、「彼岸過迄」全部を通読したくなつた、兎に角以上二つの小説によつて最近の漱石氏が、「草枕」時代とは作風が非常に異つて来たことを、おくれ馳せに認めた。（「読んだもの」『読売新聞』大正三年一〇月八日）

文中に「先生の遺書」とあることについて、少しだけ注釈をしておこう。

漱石は『こころ』も『彼岸過迄』や『行人』と同じように短編連作とするつもりだった。そこで、全体のタイトルを『心』として第一編を「先生の遺書」として連載を開始した。ところが、いつもの癖でそれが長くなった。しかも、次の連載を依頼していた志賀直哉が断ってきたので、その代わりが決まるまで漱石は自分の連載を引き延ばさなければならなくなった。それで、『心』

は「先生の遺書」だけで完結してしまったのである。漱石は、単行本にするときに全体を「先生と私」、「両親と私」、「先生と遺書」と三編に分けて、短編連作の形だけ整えて刊行した。正宗白鳥は新聞の連載だけしか読んでいなかったので、「先生の遺書」と書いたのである。

正宗白鳥も、鈴木三重吉の「前説」に呼応するように、「心の動揺は微細に説かれて」と述べ、「漱石論的転回」があったことを認めている。その要因の一つは、「須永の話」を切り取ったことで、須永市蔵が主人公と認識されたことにあるだろう。少し大袈裟に言えば、主人公を田川敬太郎から須永市蔵に捉え直したことが「漱石論的転回」を引き起こし、後の「現代知識人の苦悩を書いた漱石」というイメージを作り出したのである。そして、それは日本の近代小説が主人公という存在と概念を少しだけ自由に扱えるようになった証だったかもしれない。

「漱石は日本のメレディスか」論争

「漱石論的転回」をもたらした『行人』については、ささやかな論争めいたやりとりがあった。この経緯については、先の山本芳明『文学者はつくられる』においてすでに丁寧に整理されている。同じ資料体を使っているので同じような整理のしかたしかできないが、省略するわけにはいかないので進めよう。なお、山本芳明は『行人』の広告まで検討した上で、「漱石論的転回」において『行人』が決定的な役割を果たしたと論じている。

事のはじまりは、「S」という人物が、やや揶揄的に漱石を「日本のメレデス」と呼んだことからはじまった。

日本のメレデス夏目漱石氏の近業「行人」は、新聞小説としては可也成功したものであらうが、純芸術品としては寧ろ失敗の作でないかと思ふ。言葉の裏に蔽はれてある謎を解く推理力は、氏の従来の作物よりも一層余計に働いて居るが、推理力其物は同時に作物の深さにはならぬ。否寧ろ此推理力から生れて到る処に伏在して居る暗示は、平面的に事件の推移をはかる伏線としか思はれない。単に此れ丈の事ならば、平板的の説明のみから成立つて居る「坊ちやん」などの方が、遥に佳い感じがする。最も著者の考へでは、主人公を路行く人に譬へて、これに行会ふ出来るだけ多くの人間を描写しやうと努めたものらしいが、それにしては肝心の主人公が如何にも漠然して居る。

著者が読者の注意の焼点になる考へからか、可也多くの説明を加へて居る兄の性格も、少しも的確でない。(S「「行人」を読む」『時事新報』大正三年三月九日)

この評論にはすぐに批判が出た。それは漱石を「日本のメレデス」と見立てたところに集中しているが、その文章を引用する前に確認しておきたいことがある。

それは、「S」が『行人』の主人公を明らかに長野二郎だと認識している点である。「言葉の裏に蔽はれてある謎」という言い方も、この「言葉」は一郎のもので、その「謎」を解こうとするのが二郎だという前提がある。二郎を主人公と捉えた上でのことだ。これは「知識人の苦悩」を生きる長野一郎を主人公と捉える「漱石論的転回」以前の認識である。善し悪しの問題ではない。主人公の捉え方で小説の評価ががらりと変わってしまうのである。

漱石はなぜ「日本のメレデス」ではいけないのだろうか。その意見を聞こう。

S氏は漱石先生を日本のメレジスだと云つてゐるが第一に之れが自分の腑に落ちぬ成程之れは過去の漱石氏「坊ちやん」や「猫」や「二百十日」やを書いた頃の漱石氏は或はメレジス風の軽快な筆致であつたかも分らない、しかし今の漱石先生「行人」を書かれた漱石氏はメレジスではない比較的楽々書き流されてゐる三沢や岡田やに貞さんの風致にさへもメレジスらしい処はない。氏は又「行人」を純芸術品ではないと言はるゝが然らば純芸術品とは一体どう云ふものを言はるゝのであるか「行人」の特に後半の如きは芸術を更にさらにエラボレーションした感のある純芸術品である。唯これ感じの良し悪を以て評すべからず著者の学識と人格と豊富なる思想とに依て遺憾なく抽象化されたる作物であるS氏は「行人」を浅薄なる作物であると云つて居られるが一体どこを見てそんな事を云つて居らるゝのであろうかしら（音羽住人「漱石先生の為に弁ず」『時事新報』大正三年三月一五日）

漱石が「日本のメレデス」ではいけない理由は、『行人』が「メレジス風の軽快な筆致」で書かれてはいないからなのだ。ここで「「坊ちやん」や「猫」や「二百十日」」を「メレジス風の軽快な筆致」と言っている以上、音羽住人は明らかに『行人』に「漱石論的転回」を見ていることになる。『彼岸過迄』も『行人』も前半と後半とでは調子が違っていて、構成上の破綻が指摘されることがある。この時期に、後半の須永市蔵や長野一郎が主人公の資格を与えられることで「漱石論的転回」が起きたのだ。それが、その後長い間にわたって漱石文学の理解を決定づけた。

『こころ』は肝心なことが書かれていないのか

現在の高校国語の定番教材となった『こころ』についても、それほど多くの同時代評が出たわけではなかった。その中では、短編「先生と遺書」で示される先生の遺書にすべてが書かれていたのか、書かれていなかったのかという問題について意見の違いが浮かび上がった。すべてが明かされたという意見を聞こう。

「心」には大分印象的な筆致が加はつていやな冗漫は省かれた処が見えるがその代り今度は作者の機智が読者の頭の中へ飛び込んでそこで別様な悪戯《わるざれ》を行はうとあせつてゐる、終りの「先生」の遺書を高調するため、遺書によつてすべての不思議がとかれるまでは出来るだけ「先生」の思想も生活も匿し終せて時々挑発的な端片を見せびらかせつゝ、読者の研究的な好奇心を追々思ふ壺まで引つ張つて行かうとしてゐる点がそれである、其結果斯うした横道の古い技巧のため、何の職もなく妻君と二人で暮してゐる高等游民としての一人の学者を夏目氏らしい文化批評の下に見出す機会が殺され、永い間引つぱられてやつと見せられた「先生」の半生涯も却てあつけない「つくり事」に流れてしまはうとする、作者が力を注いでゐる「先生と遺書」及び「先生と私」よりも却て副の位置の「両親と私」がよほど面白く読まれるのはこゝには機智の悪戯がないからではあるまいか、（無署名「漱石氏の「心」」『大阪朝日新聞』大正三年一二月二七日）

全体として、『こころ』に批判的だ。漱石特有の書き方を「機智」や「技巧」と批判的に捉える筆者は、おそらく自然主義文学の方を評価する立場だろう。毎度のことながら、漱石の小説は「つくり事」であって、平々凡々な日常が描かれる「「両親と私」がよほど面白く読まれる」と感じるのも、高等遊民を批判すべきだという意見も、筆者の立場から出てくる感想だろう。それはそれでいい。特に、現在では短編「両親と私」を『こころ』論の中に組み込むのに苦労させられている状況にあるので、こういう立場からなら組み込む可能性があるという意味で参考にもなる。問題は「「先生」の思想も生活も」が遺書によって明かされるのを、「あつけない」と評しているところだ。この筆者は「「先生」の半生涯」がわかれば、それでいわば「謎」が解けたと言っているように見える。実は、これは「先生」が青年に自分の半生（実際には生涯になるわけだが）を語った遺書を書く動機でもあった。「思想＝生活」という立場だ。青年は「先生の過去が生み出した思想」だから、「先生の過去」が知りたいと言っている。

しかし、おそらく青年は「先生の過去」を知るだけでは満足できなかったのではないだろうか。直接「思想」を聞きたかったはずだ。そういう青年の立場から『こころ』を論じた人物がいた。一番弟子の小宮豊隆である。

小宮豊隆は自分の『こころ』論においては、「長所」は自分には「当然」すぎるので、あえて「不満足の点丈けを、書き記し」たと言う。その四つのポイントを順に引用しておこう。

①然し此興味の深い主題《テーマ》は、『心』に於いて一種特別な取扱ひ方を受けてゐる。夫は、例へて云へば主題《テーマ》の頭と尻尾とを書いて肝心の胴中を抜かしてゐると云ふ気を起させるやうな、罪を犯すに至る迄の経過と罪を犯して後の十幾年に出来上がつた態度とのみが書かれてゐて、罪の

重みに悩みつゝ一つの態度から段々他の一つの態度へと移つて行く「先生」の内面の経過が、殆んど示されてゐないと云ふことである。

②「先生」の友人が死んだと云ふ事実は、何うしても枉《ま》げることの出来ない事実である。然し其事実から出て来る罪の意識は、何うしても枉げることが出来ないものであらうか。又縦令《たと》ひ枉げることが出来ないものであるとして、猶夫に対する自己弁護の抗争が起り得る余地はないものであらうか。――私は此「先生」が此罪の意識を、思ひ切りよく不可抗のものとして仕舞つてゐるらしい処に、大きな不満足を持つてゐる。

③『心』の中の『先生』は奥さんを非常に愛してゐる。然し奥さんから愛しられることを欲しない人のやうに見える。此「先生」の目から見るとき、男は何日でも与へる者（強者）であり、女は何日でも受ける者（弱者）でなければならないことになつてゐるらしい。

④例へば、今にも死にさうな父を跡にして東京へ「先生」の処へ駈けつけやうとする主人公の心理も、若しくは自分が活《はた》らき掛けた為に竟《つい》に一人の親友に自殺させたと云ふ「先生」の其死骸を見た前後の心理も、若しくは「先生」が愈《いよいよ》自殺するときの心理も、漱石先生は場合が場合であるに拘はらず、成るべく避けて通り抜けやうとしてゐられるとしか考へられない。（「漱石先生の『心』を読んで」『アルス』大正四年七月）

①は、『こころ』のテーマを「学識ある、誠実な、倫理的意識の鋭敏な、一人の紳士が、自分に背負された過去の因果のために、人生に対する態度を如何に把持すべく余儀なくされたか、さうして其背負された因果とは何う云ふものであるか」を書こうとしたことだとする。「然し此興味の深い主題《テーマ》」とはこれを指している。そして、小宮豊隆は「「先生」の内面の経過が、殆んど示されてゐない」以上、このテーマは十分書き込まれてはいないと言うのである。この疑問を突き詰めれば、「先生」はなぜ自殺したのかという形を取ることになる。これは、現在でも『こころ』論の重要な論点の一つだ。

②は、「先生」の抱えた罪意識があまりにも過剰すぎはしないかという疑問だ。この疑問は、戦後に大岡昇平が本格的に問うことになる。

③は、たとえば「男子は女子を愛するが故に愛し、女子は男子に愛せらるゝが故に愛するを常とす」（菊池武徳『女性学』朝野通信社、明治三九年九月）といった男女間の力学に、「先生」が何の問題意識もなく従っているように見えることに疑問を呈している。まるでフェミニストであるかのような趣がある。もっとも、小宮豊隆は『虞美人草』連載中に藤尾が魅力的だと手紙を書いて漱石を慌てさせたようだから、彼にしてみればこういう批判も当然のことだったろう。現在では、フェミニズム批評がこの問題から「先生」や、場合によっては漱石を批判的に検討している。

④は、「漱石先生は一体異常生活と云ふものが嫌ひ」なので、肝心要のことを書かずにすませてしまったのではないかと言うのだ。

小宮豊隆が挙げたいくつかの疑問点はいまでも『こころ』論で問われ続けている。ここで一点注意しておかなければならないのは、小宮豊隆がごく自然に青年を「主人公」と呼んでいることだ。小宮豊隆の多くの疑問は、おそらく自分を青年の位置に置いて読んだ結果生まれたものだったのだろう。何度も繰り返すが、小説の作者にとっても読者にとっても、主人公がいかに重要な要素かがわかる評論だと言える。

こうしてみると、小宮豊隆の批評の水準がいかに高かったかがわかる。その根本のところは、先の「漱石氏の「心」」がいわば事実さえ書かれていれば「先生」がわかったとする立場なのに対して、小宮豊隆は書かれなかったことにこそ読みたいことがあるという立場を取っていたことによっている。言うまでもなく、現在小説を読むことは、小宮豊隆のような立場に立つことを意味している。

晩年、『道草』『明暗』の時代(大正四年〜大正五年)

淋しい夫婦の物語

漱石に関する知識のある読者なら、『道草』が自伝的な要素の濃い小説だということはすぐにわかる。それで、つい「偉大」といった言葉を使いたくなるような傾向があるが、あくまで小説として、気持ちがすれ違う夫婦を冷静に論じた赤木桁平の評論が有名だ。

健三も愛に渇してゐる。細君も愛に渇してゐる。そしてその両者の何れにも愛せんとする意思は充分に働いてはゐるが、極端に自意識の強い二人の性格と、健三の特種な個性に基く細君の夫に対する無理解とが、あくまでこの二人の精神的抱合を反撥して、そこに殆んど間断なき愛の闘争を醸生する。——作者の覘《ねら》つた境地は、充分意味ある問題を含んでゐる。（中略）健三は淋しい。健三には絶えず理解を求める心がある。この欲求を自己の外界から満足することの出来ない償ひとして、彼は更に自分の細君から二重の理解を得ようとする思念を抱いてゐる。併しそれが到底空望に過ぎないと自覚するところに、彼のやるせない淋しさがある。彼の落付かない焦慮がある。（中略）

だから健三と細君との交渉には、常に性格の「必然」とサイコロヂーの「必然」とが伴うてゐる。其「必然」に従ふ二人の運命を眼前に見ながら、読者は「これは仕方がない」と独語する。そこに健三と細君との変な夫婦関係を描かうとした作者の成功がある。（「『道草』を読む」『読売新聞』大正四年一〇月二四日）

「健三も愛に渇してゐる。細君も愛に渇してゐる」と書く赤木桁平は、健三とお住の夫婦を上下の関係ではなく、いわば平行関係と読んだ。「円い輪」（『道草』）の上をぐるぐる回りながら出会うことのないこの夫婦関係を、的確な言葉で分析している。『道草』自体もそれをあまりに念入りに書いてしまっているために、この夫婦を分析してこの評論以上のことを言うのは非常に難しい。健三とお住の夫婦を論じて、赤木桁平「『道草』を読む」が超えられることはほとんどなかった。

ここでもズルをして、かなり先の文章に触れておこう。正宗白鳥「『道草』を読んで」（『読売新聞』昭和二年六月二七日）である。白鳥は、漱石を「文章のうまい通俗作家」だと感じているとする。そして、漱石の文章に「軽妙な味はひ」や「気の利いた洒落」などがあるのは漱石が

「都会人」だったからだと言う。実は、これは後に江藤淳が漱石を称揚するのに、自然主義の作家たちは上京者が多いから漱石より文章が下手だという意味のことを言ったが、いわばその裏返しである。それでも白鳥は、こう言うのだ。

「道草」でも少しくどく思はれたが、他の長編にも、無理に筋をつくり上げたやうでくどい感じがするものが少くない。多数の読者を念頭に置いたゝめではなからうか。新聞小説を義務として書続けないで、「草枕」や「猫」や「ぼつちやん」のやうに、自由に興によつて書放したなら、漱石の残した文学は遥かにいゝものであつたらうと、思はれないでもない。

『道草』は、現在の私たちは漱石の小説の中でも「枯れた文体」で書かれている印象を受けるが、当時の読者にはそれでも漱石の小説は説明過剰、「くどい」という印象を与えたようだ。もっとも、多くの新聞小説がみな「くどい」わけではないだろうから、新聞小説を「義務」として書いたことを理由に挙げる白鳥の説明の仕方は説得力がある。

漱石は朝日新聞社の専属作家だったことを考えると、たまたま新聞小説を書いた作家とはやはり意識は違っただろう。「朝日新聞社の専属作家」という職業意識が、新聞連載時の風物や事件を小説に多く書き込んで読者サービスに努めさせたとはよく言われることだ。それが、同時代的には漱石を「通俗作家」に見せた要因の一つだった。

ただ、漱石の文体が同時代評の中でこれだけ「説明的」とか「くどい」と評されるのを読むと、それを問題として扱わないわけにはいかないだろう。漱石の職業意識が小説の文体にどのように作用したのかという問題はまだ研究の日程に上っていないが、重要な研究課題かもしれない。

漱石、エゴイズムを書く

同時代評的には、『明暗』は不幸な小説だったかもしれない。『明暗』よりも漱石の死の方がはるかに大きな「事件」として受け止められたからだ。漱石の死に関する文章は、それまでのそ知らぬふりなどまるでなかったかのように、大賑わいだった。文壇は、と言うかマスコミは、いつの時代も現金なものだ。それは自然なことだったかもしれないが、その結果として『明暗』に関するやや本格的な評論が出たのは、漱石の死の翌年、大正六年になってからだった。

『早稲田文学』が大正六年三月に、田山花袋の近作『一兵卒の銃殺』と『明暗』とをセットで論じる企画を立て、五人の文学者がそれに参加した。最初の正宗白鳥は『明暗』に触れていないので、あとの四人の評論を取り上げよう。ここに、すでに後年漱石を語る図式がはっきり現れている。

相馬御風「『明暗』を読む」は、「N――兄」に語りかけるスタイルを採っている。

君は此の作を読んで何を観、何を得られたか知りませんが僕は日々夜々に僕等の心を暗くし、弱くし硬くし、貧しくし、不安にし、濁らせつてあるセルフイシユネスを、悪いイゴイズムをこれ位痛刻に、これくらゐ厳密にえぐり出された作品に、近頃全く接しなかつたやうに思ひます。自己の境遇から、因襲から、教育から、更に不聡明から、恐らく現代の僕等ぐらゐ悪いイゴイズムの苦しみを課せられてゐる者は嘗てなかつたとまで思ひ込むやうになつて来た、（中

略）

僕には矢張僕自身が自らのうちに苦しみ且憎んで居るイゴイズムを、痛刻に厳密にえぐり出してくれた点で此の作は僕にとりて最も多くの意義と価値とがありました。これだけ奥深い自己批判を促し進めてくれる作品が、現代の日本のどこにあるだらうか――僕は全くさうまで有り難く思はないでは居られなかつたのです。

相馬御風は『明暗』の「主人公」を津田由雄だとしているから、彼の言う「イゴイズム」とは津田由雄のものだ。ここに「『明暗』は津田由雄のエゴイズムをテーマとした小説である」というテーゼがはっきりと作られたのである。このテーゼは、このあとに漱石の「天に則りて私を去る」（則天去私）という言葉が引かれることで強固になる。その後長く、『明暗』は「エゴイズム対則天去私」という図式で語られ、論じられることになる。

この図式は、次の本間久雄「自分の世界と他人の世界」にも見られる。

『明暗』は未完のまゝですから、全体として作者はどういふところを狙つたのかわかりません。たゞ私が一番この作から興味を感じた点は、そこには、吾々――今少し限つて云へば私――といふ人間の内面の姿、而もそれは醜くい、汚らはしい人間性の一面をまざ〳〵と描かれてあるといふ点であります。事実私は、この位深刻に私達の醜くい、汚ない一面を鋭く描かれた小説を近頃見たことはありません。

どんな点が醜く汚ないか。それは外でもない。作中人物の多くに見る利己と偽善と虚構とです。

「エゴイズム」という言葉は使ってはいないが、それに相当する「利己」などの言葉をちりばめて、私たちに反省を迫る小説として『明暗』が語られる図式である。その意味では、漱石は武者小路実篤が予言したようにまちがいなく「真の国民の教育者」になったのである。つまるところは「エゴイズムはいけません」――国語の定番教材のような道徳的なテーマだ。このことを少しばかりの皮肉を込めて確認しておこう。

しかし、書き方については依然として批判があった。相馬泰三「『人間』を求めて」から引用しておこう。

「明暗」のなかに、私は社会、人生に対する多くの意見を読み、諸々の観察に接した。また、巧みな多様の心理解剖を見せられた。また、随所に、適度な気品に粉飾された警句や諧謔や詩題やをも味つた。が、何所にも真物《ほんもの》の人間を遂に見出すことが出来なかつた。「明暗」のなかに出て来る諸人物は、必ずしも凡てが死んでゐるとは云へないかも知れない。しかし、彼等は彼等自身、自由に呼吸し、思ふまゝに勝手な振舞の出来る独立した人間では決してない。

「漱石の作中人物は、作者に操られている」という批判は、もうクリシェ(お決まりのセリフ)になっているようだ。もちろん、実際そう感じたのだろう。だから、それは研究の日程に上せないといけない。中村星湖「二つの作品」もその書き方を「例の夏目式」と呼んで、六つの特徴を挙げている。

理屈つぽい、といふよりはブツキシユの心理的説明が第一である。克明な綺麗な物の描写が第二である。人物と人物との会話が、誰と誰との場合であつても、いつも機智と諧謔とに富んだ禅坊主の問答のやうなのが第三である。すべてに低徊的なのが第四である。一糸乱れずといふ取りかたづけた気の利いた文章が第五である。モデルはあるとも言ふし無いとも言ふが、また作者自身の色んな方面を色んな人物に具象させたのだとも言ふが実際は生きてゐさうもない個性がハツキリしてゐるらしくして案外に類型的な人物がちやうど好い時に出て来て、ちやうど好い時に引つ込んで行くのが第六である。(人物の会話の出入れにも同じ感がある。)

漱石文学を研究していると、どうしてもあの文章が小説のスタンダードであるかのように思いこんでしまう。そういう思いこみに痛棒を食らわせる力のある文章だ。第一から第六まで、「その通り」と言うしかない。特に登場人物が「類型的」という指摘は、漱石文学は「通俗的」という評価とも直結しているようで、きちんと受け止めなければならないだろう。漱石文学は『明暗』に向かってあたかも進化論的に「成長」したかのような論の立て方が多い現在においては、特に『明暗』において「類型的」という指摘の持つ意味は大きい。

中村星湖はこの直後にもう一編『明暗』論を書いている。結末について述べているサワリの部分だけ引用しておこう。

この清子の性格がお延とはずつと異なつた物だといふ事が解るだけで幕が切れてゐるので、もうそれ以上に進めないわけだが、自由を許して貰つて私の想像を語ると、清子がお延とは違つた性格を持つてゐる。すくなくともあれ程に機鋒が尖鋭でない所に、作中人物の津田と同様に、作者は或期待を持つてゐたらしい。そして津田が清子と合し得るか撥かれてお延へ戻つて来るかに依つて、作者の人生哲学の究極を示さうとしたのではないか？（「「明暗」を読む」『時事新報』大正六年三月三日、六日、七日、一〇日）

『明暗』の構成を考えると、最後の「津田が清子と合し得るか撥かれてお延へ戻つて来るかに依つて、作者の人生哲学の究極を示さうとした」という指摘は、ほぼ納得ができそうだ。と言うよりも、漱石を論じた多くの人はそう思ってきたのではないだろうか。

近年になって水村美苗が『明暗』を書き継ぎ『續明暗』（筑摩書房、一九九〇・九→ちくま文庫、二〇〇九・六）を刊行した。当時、かなりの反撥があった。この大作を書き継いだこと自体にも反撥があったが、尾崎紅葉『金色夜叉』などは書き継がれたものが多いので有名だ。おそらく、水村美苗『續明暗』がお延の物語になっていたことへの反撥だったのではないかと、中村星湖の文章を読んだいまになって思う。それまで、『明暗』はあくまで津田の問題として論じられてきたからだ。同時代評は、たくさんのことを教えてくれる。

その後の漱石論の時代（大正六年〜昭和二〇年）

漱石の小説は文体も構成も嫌いだ

漱石の死後、昭和二〇年までを同時代評の時代としておいたが、ほぼ三〇年にわたる期間であり、無理があることはわかっていた。しかも、「漱石（文学）はどう読まれてきたか」というこの本のテーマからすれば、漱石の偉大さを明らかにするために小説について論じられる傾向が強いこの時代は、やや関心からは外れる。そこで、この期間を同時代評の時代としておいたのである。苦し紛れに「その後の漱石論の時代」とでも言っておこうか。

それにしても評論の数はあまりに多い。大正五年に漱石が亡くなって、それからしばらくは「人間夏目漱石」が集中的に語られたから、これ以降はこの本のテーマにとって「これ！」と思われるものだけをピックアップしながら進めていこう。

この「その後の漱石論の時代」においてどうしても逸することができないのが、正宗白鳥の「夏目漱石論」（『中央公論』昭和三年六月）である。ほとんど漱石全否定に近いのだが、それでいて不思議な魅力を持つ評論なのだ。白鳥は、『坊っちゃん』を文体も登場人物も「きびきび」という言葉で語って非常に高く評価しながら、『虞美人草』には嫌悪と言ってもいいくらいの罵倒を浴びせ掛けている。

「近代化した馬琴と云つたやうな物知り振りと、どのページにも頑張つてゐる理窟に、私はうんざりした」、「彼れは美文的饒舌家である」、「思慮の浅い虚栄に富んだ近代ぶりの女性藤尾の描写は、作者の最も苦心したところであらうが、要するに説明に留まつてゐる」。白鳥は『虞美人草』の文体が嫌いなのだ。漱石の文体が同時代評から浴びせ掛けられた罵詈雑言をかき集めたかのような趣がある。最後の一節でも、藤尾自身ではなく「藤尾の描写」を「説明」と呼んで批判しているのだ。改めて確認すれば、この「説明」は、同時代評が漱石に与えた文体の否定的な特徴を語る言葉だった。

白鳥は、漱石の小説の構成も嫌いだった。「後に何か奇抜なことが出て来さうに読者に期待させながら、くどく長く読者を引きづつて行くので、読者には辛抱が入る」。『門』だけはそういう「読者を釣らうとする山気がない」と思って気持ちよく読んでいたら、「この腰弁夫婦は異常な過去を有つてゐることが曝露され」て、「激しい嫌悪を覚えた」と言う。「思ふに、責任感の強いこの作者は、新聞小説家として読者を面白がらせなければならぬと云ふ職業意識から、こんな余計な作為を用ひたのではあるまいか」。やはり、新聞小説家としての「職業意識」は、漱石の文体を考える上で非常に重要な要因のようだ。

この白鳥の文章には、漱石の生きた時代の文壇との関係を雄弁に物語る興味深いエピソードが紹介されている。その部分を引用しておこう。

森田草平氏の「煤煙」が朝日新聞に連載されて、評判になつてゐた時分のことである。ある日、私は、博文館の応接室で、田山花袋、岩野泡鳴両氏と雑談に耽つてゐるうち、談たま〳〵「煤煙」の価値に及んで、誰れかゞ非難の語を挿んでゐたが、

「しかし、漱石の比ぢやない」と、泡鳴は例の大きな声で放言した。

「それはさうだね」と、花袋は軽く応じた。

私は、黙つてゐたが、心中この二氏の批評に同感してゐた。「漱石の比ぢやない」といふ評語を、今日の読者が読んだら、「草平の作品は漱石には及びもつかない」といふ意味に解するかも知れないが、あの頃なら、その評語は、「煤煙は、評判ほどのものではないにしても、漱石物のやうな詰らないものではない」といふ意味に受入られるのであつた。それほど、あの頃の漱石は、一般の読者には盛んに、歓迎されてゐたに関はらず、文壇からはをり〳〵侮蔑の語を投げられてゐた。


この文章が書かれた昭和三年と言えば、折からの円本ブームに便乗して、岩波書店が普及版の『漱石全集』(全二〇巻)を三月から刊行しはじめた年だった。予約は一〇万部にも上ったという。当時としても驚異的な数字である(矢口進也『漱石全集物語』青英舎、一九八五・九)。

円本ブームとは、改造社の企画した一冊一円の文学全集で、『現代日本文学全集』(大正一五年)が三五万部の予約を取るなどの大成功をおさめたのを見て、他の出版社も追随した。新潮社の『世界文学全集』(昭和二年)は五八万部も売れたと言う(木谷喜美枝「円本ブームと文学者」『講座昭和文学史　第一巻　都市と記号』有精堂、一九八八・二)。それにしても、個人全集で一〇万部は大変な数字だ。

この円本ブームで、忘れられかけていた明治文学が復活したと言われるが、菊池寛が「大正時代の文学は随分眼に触れる機会が多いが、明治時代になるともう読んでゐる人が大分少くなつてしまふ」（『日本文学案内』モダン日本社）と書いたのは昭和一三年一月だったから、ほんの一時期のブームだったのかもしれない。

白鳥の語る先のエピソードは文壇のいやらしさを存分に示している。生きているうちは無視、亡くなれば知人面をする。いや文壇に限らず、同業者に対して持つ感情の九九パーセントは嫉妬ではないかと思えてくるほどだ。それに比べれば、漱石が生きているうちから批判的な評論を書き続けていた白鳥や花袋は立派な人間だと思う。そんなわけで、漱石が朝日新聞社入社以後の同時代評は数が少ないのである。

『門』からはじまって『行人』へ

この正宗白鳥「夏目漱石論」を受けて書かれたのが、犬養健「漱石小論」（『大調和』昭和三年一〇月）である。犬養健は、白鳥が『門』を思いっきりくさしたのを意識して、いきなり「漱石の小説は「門」から本道に入つたものだと思つてゐる」とはじめる。そして、こう言って『門』を弁護している。

白鳥はこの作の後半のプロットに嫌悪を感じて、殊に主人公の参禅を愚劣だと云ふ。「門」の主人公のやうな労苦に悩む人間にとつて参禅が——「門」の発表された明治末期にあつても——最上唯一の道かどうか疑問だといふ意味では僕もそれに同意する。しかしわれわれ人間にとつて、殊に東洋人にとつて、禅宗の精神が少くも全然無意味なものでない以上、作者が「門」の主人公のやうな性格の人間に参禅をさせて見て失敗させる事は、あの小説の構造としてさう失敗だとは僕は思はない。

白鳥を立てながらも、「参禅」そのものから「参禅の失敗」に論点をズラして評価する、なかなかみごとな弁護の仕方だ。なるほど「参禅の失敗を作者として予定してゐる」ことで、そしてそれは「漱石が人生に理想を持たうとした人だから」だと理解すれば、納得しやすいだろう。結局犬養健は、「『門』を境界にしてその前後の作品はあきらかに違ふ」と言い、「『行人』や『こゝろ』の文章はひどく高潔だ」と、『門』を転換点として、それ以降の小説を高く評価する。さらに、漱石の小説は新聞の連載小説である以上、「必然的に或る程度以上のプロットが必要だつた」とも述べている。

漱石とプロットとの関係については、こういう意見もあった。

それから『虞美人草』までは先生は所謂素人で、作者意識といふよりは、自分で書きたいものを書くといふ感じでお客様本意ぢやなかつた。併し四十年大学を辞して朝日新聞に入つて書くといふことになつてから先生の態度は多少違つて来た。つまり読者といふものを予定して、而も読者に媚びて自分の節を曲げるといふのでなく、自分で自分を出す、その一方にいつでも読者といふものを考へてゐなければならないといふこともあつたらう。早く云へば『虞美人草』以前のものは先生の余技で、職業として書いたものではない、従つて『虞美人草』以後のものは新聞社へ入つて新聞小説を書かうといふのだからプロットがまるで違ふ。（松岡譲「漱石先生と『倫敦塔』」『現代』昭和一〇年七月）

新聞小説は新聞小説なりのプロットが必要だったという理解は、それを否定的に捉えようと肯定的に捉えようと、しだいに共通のものとなっていくことを確認しておこう。

犬養健の評価の仕方は、前期三部作とか後期三部作という分類に慣れている私たちにはやや奇異に感じられるが、三部作という分類を知らずに漱石を読んだ人の中には、『門』から文体が変わると感じる人は少なくないようだ。そしてこの「その後の漱石論の時代」には、意外にも『行人』の評価が高いことも指摘しておこう。

昭和の初期に、ロシアの哲学者シェストフの『悲劇の哲学』に導かれて、現実への虚無感から、その不安だけにリアリティーを感じる「シェストフ的不安」という「不安」が文壇を覆いつくした時期があった。唐木順三は、この「シェストフ的不安」を踏まえて、「『行人』に示されてゐる「多知多解」の、主知的なものの、割切れない現実に臨んだ場合の不安と焦燥を、我々は知識の不安、より詳しく言へば分析知の不安と名づけうるであらう。芥川龍之介の不安はこの延長であり、彼の一生は『行人』の続編であつたとも言へる」(「明治文学と不安の精神」『文芸』昭和一〇年三月)と書いている。

いつの時代にもその時代の流行語で何でも語ってしまおうとする軽薄な人がいるものだが(もちろん、私はその一人だ)、唐木順三もそういう一人だったようだ。この文章で注意しておきたいのは、『行人』の評価の高さと、漱石と言えば「知識」という言葉で語ろうとする姿勢が定着しているらしいことである。その『行人』も『門』からはじまったと、犬養健は言っているわけだ。

私の最初の勤務校は東横学園女子短期大学と言って、鉄道会社である東急系の短大だった。その縁で、隣町にある大東急記念文庫の貴重な収蔵品を学生に見せる行事があった。そのなかに『門』の完全原稿があったので（たしか一枚だけ欠けていたと記憶している）、引率として数回以上見せて貰っている。書きはじめは他の原稿と同じように字もしっかりしているのだが、最後の方は字の形が崩れてインクの色もやや薄く感じるほどに力がないのだ。胃病がかなりひどかったのが、よくわかる感じだった。ここで、強引な結論。『門』の文体は、漱石の胃病が作りだしたものだったかもしれない。

「知性の悲劇」という決まり文句

亀井勝一郎は、「漱石における知性の悲劇」（『思想』昭和一〇年一一月）を、『それから』と『行人』に見る。この「知性の悲劇」というような言い方も漱石を語るときのクリシェとなっていた。亀井勝一郎がなぜ「『それから』の発展としてはやはり『行人』をとる」のか、その意見を聞いてみよう。

> 爛れた知性から自己を救ふためには、おのれの家庭を破壊し、社会的地位を投げうたねばならぬ。行為の人、肉体の人、遂に激しい異端の人として習俗の嘲笑を一身に浴びるところまで行かねばならぬ。彼に思はせぶりとみえた涙や煩悶や熱烈に身を横へなければならぬ。恋について言ふならば、自己の恋を真向から肯定し、自分にも相手にもそれを信じさせる狂熱の恋である。そのためには世間を顧慮してゐられぬ。代助が最後に到達したこの実践的な気もちを、

より拡大し、実験しようと苦しみ、からみつく懐疑と格闘した記録が「行人」であつた。この格闘は惨憺たるものだつた。智慧の悲しみは裏には呪ふべき小心になつてゐた。換言すれば、実践を望みながら、その前に萎縮してしまふ自我に、漱石は、苛酷な鞭を振つたのであつた。

引用していても恥ずかしくなるような、亀井勝一郎自身が「狂熱」した文章だが、要するに、家庭や社会に代表される世間は知性にとって否定すべき桎梏でしかないから、恋の力でも何でも使ってそこから逃れなければならない。『それから』がまさにそれだが、そういう知性を家庭に持ち込んで格闘した無惨な記録が『行人』で、『行人』の価値はまさにそこにあるということらしい。こういう具合に「立派な知性／汚れた世間」という二項対立で漱石を語るのがクリシェとなったのだ。

この「知性の悲劇」が「自意識の悲劇」に言い換えられるようになるのは戦後になってからだが、すでに阿部知二に「恐ろしき自意識小説『行人』を当時の新聞読者の胸にたたみ込んだ腕をみよ」（「漱石の小説」『新潮』昭和一一年二月）という指摘がある。

最後に、戦前期のプロレタリア文学の影響を受けた漱石評を二編見ておこう。当時は、「知識階級」をどう評価するかが問題となっていたことがわかる。

古谷綱武「漱石の「道草」について」（『文芸』昭和一一年一〇月）は、「漱石の一聯《いちれん》の小説は、よい意味でも、わるい意味でも、いはば観念小説ともいふべきものである」として、こう語る。

彼の小説には、教養か情熱と化したひとの荒荒しい閃きはない。頑固に教養に頼つたひとの眺める風景があるのである。多くの読者を捕へ得たのは、おそらく彼の思想の独自な深さのためではない。明治四十年代の知識階級風俗の如実な写し手として、唯一の作家であつたといふことに原因があるのであらう。同時に彼が風俗画家として、生涯、破綻を見せないですんだのは、彼が登場人物とともに人間探求をなさず、ただ高所から人間を眺めてゐるだけで終つたからである。

この時代のプロ文(プロレタリア文学)的な語り方を踏まえれば、漱石はインテリゲンチャ(知識人)として高みの見物を決め込んでいて、大衆とともに生きなかったと批判しているのである。

唐木順三に「『行人』と『心』はブルジョア知識階級の一般的不安と孤独を画きだした記念塔」だが、「漱石の、ブルジョアジイに対する攻撃は常に横槍の範囲を脱することが出来ず、又、ブルジョアジイを止揚するものが見落されてゐる以上、予め敗北が宣告せられてゐた」(『現代日本文学序説』春陽堂、昭和七年一〇月)という評がある。「止揚」は「アウフヘーベン」の訳語で、相矛盾する二つの命題を超える第三の命題を作ることを言うが、ここは「ブルジョアジイを超えるもの」というほどの意味に読んでいいようだ。

古谷綱武と同じような用語を使い、同じような語り口ながら、まったく逆に評価した評論もあった。

「須永の話」は、要するにさうした意味での、明治末期の自我的自由主義者《インテリゲンチア》が味はつてゐた被圧迫感と、それから孤独感と寂寥感とを、凝集的に表現して見せたものであつたのである。然も離れてそれを観る代りに、さうした世界の中に生きてゐた作者は、それを聽《やが》て人生の全相だと観じてゐたのである。作者の人生展望は、此処まで来ると、当然絶望的な悲観に塗りつぶされなければならなかつた。（片岡良一「「彼岸過迄」の意義」『文学』昭和一二年一月）

さて、漱石は「革命的」思想家であったのか否か。つまり、あくまで知識階級の位置から大衆を見下ろしていたのか、そうではなかったのか。答えは、漱石は革命家ではなかったということのようだ。

この二編の評論は、どうにでも語れるという見本である。この時代だからこそ本人は真剣なのだが、ここまでくると言葉遊びの様相を呈してくる。同時代評を政治的な言葉で語り直しただけの評論で、同時代評の方がよほど現在の研究の参考になる。しかしこれが戦前の漱石研究の遺産である以上、戦後の読みはこういうレベルから出発しなければならなかったのである。

第二章　単行本から読む漱石

書名に「漱石」を冠した単行本はおそらく一〇〇〇冊ほどはあるのではないだろうか。はじめに書いたように、どれもが重要というわけではない。研究の常識から言えば、八割までは紙くず同然である。この本の趣旨は「漱石文学はどう読まれてきたか」なのだが、この章ではややゆるやかに「漱石はどう読まれてきたか」という観点から、全体として統一した漱石像を作り上げているすぐれた本を選んだ。その結果、やや古い本の比重が高くなった。

作品論以降の本は、個々の論文としては面白いものが含まれてはいるが、全体をまとめるテーマ設定が明確でないものが多いので、どうしても選びにくかった。それに、現在の漱石文学の各作品の読みの面白さに触れるのは第三章のテーマである。そこで作品論以降の仕事は、基本的には本としてではなく、個々の論文として第三章で取り上げることにした。

本の選択に私の好みが入っていることは言うまでもない。別の人が書けばまた別の形になるだろう。私は「客観的」などということは一切信じていないので、当然のことながら中立的な立場もあり得ないと思っている。学会誌の編集委員などにでもなれば、必要上「中立的な立場」を装わなければならないが（中にはそれができない人もいるので困るのだ）、この本ではそれもしなかった。ただし、好みではないが研究状況を反映していると判断した本は残した。だから好みは入っているが、好みだけでもない。

そんな風にして残った大切な本たちと、漱石をめぐる冒険を楽しみたい。

赤木桁平『評伝　夏目漱石』（新潮社、一九一七・五）

書名は、奥付にはただ『夏目漱石』とだけあって、箱には『評伝　夏目漱石』とある。赤木桁平の本名は池崎忠孝だが、箱や中表紙が赤木桁平で奥付が池崎忠孝だからややこしい。こういうことは、この時代にはよくあった。赤木桁平は後に実業家を経て国会議員となり、国家主義的な立場を採った。漱石の弟子は小説家や学者が多く、思想的にはリベラルな者が多かったから、赤木桁平は経歴においても思想的な面でも、漱石の弟子では変わり種である。

赤木桁平はこの本によって漱石を「神格化」する一方で、その刊行の直前には「「遊蕩文学」の撲滅」（『読売新聞』一九一六・八・六、八）を発表し、遊里などに遊ぶ様子を書いた文学を激しく攻撃し、「遊蕩文学撲滅論争」を引き起こした。結果として、志賀直哉を「人格者」として祭り上げる文壇の構図ができあがったという（前出『文学者はつくられる』）。

『評伝　夏目漱石』は漱石の死の翌年刊行で、本格的な漱石論としては最初の記念すべき本。三部構成で、前編は漱石の評伝、中編は漱石文学論、後編は漱石文学をあつかった芸術論となっている。漱石文学の展開を、朝日新聞社入社以前の「ロマンチシズムの時代」、『虞美人草』から『門』までのロマンティシズムからリアリズムへの「転向の時代」、そして『彼岸過迄』から『明暗』までの「リアリズムの時代」と整理する。最も評価するのは、最後の「リアリズムの時代」の小説だ。『こころ』について論じた一節を引いておこう。

人間の本性を司配するイゴイズムの威力と醜悪とに就いて、先生はこれを盲動的な本能として『彼岸過迄』の中に描いた。『心』に至つては、それよりも一歩を進めて、さらに意識の上に現前する動かしがたい事実としてこれを描いた。「人間の本性を司配するものには道念もある。併し、道念の力は未だイゴイズムには及ばない。最後の一瞬に於いて、人間の意思を駆役し人間の方向を決定するものは常にイゴイズムである。道念ではない。その最後の一瞬は何であるか、常人に在つては金、非常人にあつては恋。」――先生が『心』に於いて具象しようとした思想は、大抵以上の言葉に尽きてゐる。併し、先生の取扱つた問題は、単にそこまで行つたゞけで止まなかつた。先生はさらに今一歩を進めた。曰く、「イゴイズムを満足しえた後の道念の反噬《はんぜい》」――ある意味に於いて、それは嘗て『門』の宗助が逢着した問題であり、『心』にあつては、『心』の主人公が出会した問題である。和辻哲郎氏は云ふ、「利己主義と正義との争ひ」と。

赤木桁平は『明暗』の「根本思想」もずばり「イゴイズム」だという。同時代評にも出はじめていたが、後期三部作以降のテーマを「イゴイズム」とその超克と読む雛形がこの時点ですでにできあがっていたのである。いかにも「『遊蕩文学』の撲滅」の筆者らしいテーマの把握だ。

実生活では大切なことであっても、文学評論としては実に退屈で平凡でつまらない読み方だ。まるで「ふつう」なのである。少なくとも、いまはそう見える。しかし、これが長く続いた。戦後の漱石研究もこの枠組から遠く離れてはいなかった。私の大学生時代も、漱石のレポートでは「我執」（＝エゴイズム）がどうのこうのと書きさえすればそれなりの点が貰えた。逆に、そう書かないと良い点は貰えなかった。「学校」で教えるにはうってつけの小説だったわけだ。だからこそ、漱石は現在も教科書作家でいられるのかもしれない。

夏目鏡子述・松岡譲筆録『漱石の思ひ出』（改造社、一九二八・一一）

漱石の妻・鏡子が話し、それを漱石の弟子で、長女筆子の夫となった松岡譲が書き留め、雑誌『改造』に連載したものに加筆訂正して単行本とした。

決して夫婦仲がよかったとは言えない妻の側からの「事実」の記録なので、微妙な扱いにならざるを得ないが、第一級の「資料」であることにまちがいはない。漱石に関心を持つ読者にとってはエピソードの一つ一つが興味深いが、残念ながらそれを紹介しているゆとりはない。あえてここで取り上げるのは、この本が漱石像を決定づけたからにほかならない。

鏡子は「話の順序として結婚前のことからお話しいたしませう」と、語りはじめる。しかし、「結婚前のこと」がなぜ「話の順序」なのだろうか。どうしてもはじめに語っておきたいエピソードが「結婚前」にあったからだろう。それを前提に、この本を読んでほしいということだ。

それは、漱石・夏目金之助が大学を出たてで法蔵院という寺に間借りをしていた頃の話。トラホームを患って井上眼科に通っていたところ、大変気だてのいい娘さんがいたと言う。ところが、その母親が「見栄坊」で意地悪をする。それで東京がいやになって松山へ都落ちをしたが、そのごたごたの最中に、自分の所へお見合いが舞い込んだと思いこみ、兄を問いつめたことがあったと言う。いきなりこういうエピソードを紹介した上で、鏡子はこう語るのだ。

其後洋行からかへつて来て千駄木にゐた頃、――この事はいづれ後で詳しくお話しますが――全くお話にならない乱暴を家《うち》のもの、殊に私にしますので、私もほと〳〵困つて、或る日兄さんに話しますと、兄さんもいろ〳〵私の話を聞いて、法蔵院時代のことを思ひ出して、「それでやつとわかつた。何故あの時金ちやんがあんなにぷり〳〵してゐたんか、わたしには長いことまるで合点が行かなかつたんだが、するとさういふ精神病があの人のうちに隠くれてゐて、それが幾年おきかにあばれ出すんだね。」

と言はれたので、私も前にそんなことのあつたのを聞いて、初めてそれが病気だなといふことをさとりました。其後精神病学の呉さんから診て貰ひましたところ、それは追跡狂といふ精神病の一種だらうと申して居られました。

「いづれ後で詳しく」話すという、漱石がイギリス留学から帰国した頃は最もひどかった時期らしい。漱石が鏡子の実家にしつこく離縁を迫ったときには、鏡子は母親に「夏目が精神病ときまればなほ更のこと私はこの家をどきません」と啖呵を切ることになる。また鏡子によれば、漱石は胃の具合が悪いときには不思議に「頭」(当時はこういう言い方をした)の具合の方はよかったという。こうした一連のエピソードによって、漱石は「精神病」にされてしまった。まさに「紙一重」の部類になったわけだ。

基本的にはこの本で語られたことが元になって、その後精神科医によって「漱石の精神病七年周期説」という「診断」が下されたりもした。「病名」もいくつか挙げられたりしている。いまとなっては、病名も真偽のほどもわからない。ただし、弟子たちの証言からも、漱石に精神的に不安定な時期があったことは事実のようだ。

この本は、ちょっと面白い評価のされ方をしている。ある時期までは漱石と並び称された文豪森鷗外の親族がこぞって鷗外を弁護するような文章を残しているのに対して、漱石はいわば後ろから矢を放たれるような仕儀に陥っている。それがいかにも無防備で、「庶民派作家漱石」らしくてよいではないかというのだ。もっとも大岡昇平は、漱石は自分の死後に何か書かれる予感がして自伝的小説『道草』を書いてアリバイを残しておいたのだと、穿ったことを書いている。『漱石の思い出』は、いまは文春文庫で読むことができる。

小宮豊隆『漱石の藝術』（岩波書店、一九四二・一二）

『漱石の藝術』は、昭和一〇年版『漱石全集』（岩波書店）に小宮豊隆が書いた全巻の解説を本にまとめたものである。したがって、成立の順序としては、評伝の『夏目漱石』よりもこちらが先である。

小宮豊隆はこの本で、「則天去私に向かつて人格を形成していく物語」を唯一の説明原理として漱石の全業績を意味付けようと試みた。もっとも、この説明原理ではうまく読めない小説もある。たとえば、前期三部作の解説は明らかに精彩を欠いている。小宮豊隆ががぜん元気になるのは、後期三部作以降の小説の解説においてだが、「則天去私」との関わりでやや滑稽な感じさえするのが『虞美人草』の解説である。

小宮豊隆は『虞美人草』を、漱石が「より高い所にゐる自分の判断を、読者にはつきり叩き込まうとした」と読んだ。そこで、こういう風に自問自答してみせる。

然しこの事と、漱石が晩年に自分自身の生活のモットオとした「則天去私」とはどう結び付き得るのであるか。此所で漱石が、藤尾や藤尾のお母さんや小野さんの私を問題にしてゐる事は、「則天去私」の私と十分繋がり得るとしても、文章に厚化粧があり、会話に厚化粧があり、構成に厚化粧があり、作品全体を貫ぬく態度の上に、主観が露出する事を憚らないのみならず、自分自身の判断をそのまま読者の判断として、読者に強ひる傾向があるとすれば、その作者自身の私と「則天去私」の私とは、どう繋がり得るのであるか。

「厚化粧」の繰り返しで有名な一節だが、作者が自分の判断を読者に押しつけるのは「則天去私」の態度ではないと思案投げ首の様子である。『虞美人草』は失敗作だったと言ってしまえばすむ話だ。それがどうしてもいやなら、この時にはまだ漱石の手に「則天去私」はなかったと言えばいい。いや、スパッと「繋がらない」と言ってもよかった。ところが、『虞美人草』と「則天去私」をどうしてもつなげたいために、こういう奇妙な文章が書かれたのだ。微笑ましいというか、バカがつくほど正直というか。

後期三部作の『行人』と『こころ』との関係については、「自分の自己肯定の心を『行人』に於いて、ぎりぎりの所まで押し詰めたあとで、自分の自己否定の心を『心』に於いて、ぎりぎりの所まで押し詰めたものに相違ない」と説明する。こういう「絶対矛盾的自己同一」（西田幾多郎哲学のキーワードを使ってみた）のような試みの果てに「則天去私」が見えてくると言いたいのである。『行人』と『こころ』との関係は、いまでもこのバリエーションで説明されることがある。「漱石は『行人』において一度狂気を体験し、『こころ』において一度死んだのだ」とかなんとか。この手の説明は、みな小宮豊隆の遠い受け売りだ。

いよいよ、「則天去私」神話完成の時期が来た。小宮豊隆は『明暗』のモチーフについてこう説明している。

漱石が、それに仕へる事を無上の歓びとした、より高きイデーとは何であるか。――それは言ふまでもなく、漱石の所謂「則天去私」の世界である。天に則つて私を去る世界である。換言すれば、漱石が、人間の心の奥深く巣喰つてゐるエゴイスムスを摘出して、人人に反省の機会を与へ、それによつて自然な、自由な、朗らかな、道理のみが支配する世界へ、人人を連れ込まうとする事である。

だから、結末はこう予想される。

津田が果して小林のいふやうに、「事実其物に戒飭《かいちよく》される」ものかどうかは、『明暗』が未完成のままで終つてゐるのだから、確実には分からない。然し『明暗』全篇に与へられた傾斜から考へると、小林の予言は、同時に作者の予言であり、最後に津田が「事実其物」によつて「覿面《てきめん》」に「切実」に「戒飭される」事は、殆んど疑ふべからざる事実であつたやうに思はれる。さうでもしなければ津田は、津田の業から救抜される期が、竟にないのではないかと思はれるのである。

こうした読み方も長く引き継がれた。たとえば、唐木順三は『明暗』の冒頭を捉えて、「医者は作者自身である」として、「かくして『明暗』一篇は津田の精神更生記であることが、その第一節において約束された」(「『明暗』論」『夏目漱石』修道社、一九五六・七)と論じている。この「津田の精神更生記」というフレイズは、その後何度も何度も引用された。

単純な事実を確認しておきたい。漱石にとって『明暗』が最後の小説になったのは偶然でしかない。それなのに、なぜ漱石論者は『明暗』に漱石文学の到達点を見たがるのだろうか。それが不思議でならない。「さうでもしなければ津田は、津田の業から救抜される期が、竟にないのではないかと思はれるのである」。小宮豊隆はなぜ津田を救いたいのか。言うまでもなく、その救いこそが「則天去私」の境地だと言いたいからだ。だから、どうしても津田は救われなければならないのだ。

これは『明暗』という小説の要請というよりも、「則天去私」という説明の枠組の要請である。しかし、原理的に小説はそのようにある枠組からしか読めない。したがって、小宮豊隆の説明の仕方は実はまちがってはいない。そもそも、正しいかまちがいかの問題ではない。説得力を持つか持たないかの問題でしかない。繰り返すが、いま小宮豊隆の読みの枠組はハッキリとは支持されてはいないが、形を変えて再生産されてはいる。私はそれらを支持しないだけのことである。

「事実」によって津田が救われるという説明は、その後広く行われるようになった。しかし、「その「事実」とは何ですか」と聞いても、漱石論者は答えられなかっただろう。ある時期の漱石論者にとって、「事実」は「則天去私」の別名だったのである。そして、それ以上でもそれ以下でもなかった。すなわち、水戸黄門の印籠のように「事実」と言えばみなが黙る、漱石論者の手の中だけにある中身のない符牒だった。しかし、小説の読みに内実のない符牒が使われることは、いまも決して珍しいことではない。

小宮豊隆『夏目漱石』（岩波書店、一九三八・七）

よく比較されるように、妻鏡子の『漱石の思ひ出』が漱石の「裏面史」なら、一番弟子によるこの本は漱石の「正史」と言ってもいい。なにしろ第一章は「系図」からはじまるのだから。そして、漱石の書いたものを小説だけでなく、手紙や断片なども大量に引用しながら（もちろん、都合のいいところだけだ）、「則天去私」に向かって「成長」（？）していく一人の文学者の人生として書ききった。

おそらく『漱石の思ひ出』を意識していることはまちがいなく、たとえば鏡子があれほど強調しているイギリス帰国後の家庭のごたごたなどはそ知らぬ顔でやり過ごしているのだ。松山行きにしても、「漱石の失恋などを持ち込む余地は、全然なささうに思ふ」とにべもない。

小宮豊隆が後に「漱石神話」と呼ばれるこうした「人格形成物語」を作り上げる一つの装置は、「修善寺の大患」の神話化だった。「修善寺の大患」とは、『門』を書き終えて胃潰瘍を悪化させた漱石が、医師の薦めで伊豆の修善寺に転地療養に行ったところ、逆に大吐血してしまい、人事不省に陥った「事件」を言う。明治四三年のことである。

この大患で、漱石は「死」について考え、ある種の「恍惚状態」を体験し、自分を気遣ってくれる人々に感謝の念を持つようになったと言う。こうして、漱石は生まれ変わったというわけだ。そして、最後にはこういう境地に至ったことになる。

漱石は死を生の中に織り込み、生を死の中に織り込み、かうして相互に反撥し矛盾する二つのものを、一つのものに連接させたいと希つた。「則天去私」はその事を可能にする唯一の道であつた。「則天去私」の道が成就し、漱石の「生きんとする盲目の意志」が、道理によつて馴致され、常に道理に従つて動くやうになるならば、恐らく漱石の生と死とはなだらかに繋がり合ふ事が出来たに違ひない。

そこで、絶筆となった『明暗』ではこうなる。

『明暗』では、人人のかういふ関係から出て来る、いろんな言語動作が描き出されるのである。さうしてその言語動作の奥に潜む私が——打算と技巧と支配慾と見栄と無神経と無反省と反感と毀傷と虚偽と我慾とが、丹念に掘り出され、容赦なく笞うたれるのである。

読んでいても気が滅入りそうである。しかも、これは漱石自身の心に潜んでいる「私」（＝我執＝エゴイズム？）でもあったから、「それを漱石は、午後の日課として漢詩を作る事によつて、綺麗に洗ひ浄めようとする」というのが、小宮豊隆の考え出した説明原理だった。午前中は『明暗』を書いて午後は漢詩を作るというこの時期の漱石のスタイルは、いまでも漱石の東洋回帰として説明されることが多い。これには〈自我の西洋／無私の東洋〉といった図式が背景にある。それを、漱石の午前と午後に振り分けたのだ。

晩年の漱石が、山鳥を送ってくれた人に（食用のためである、念のため）、「勿体ない事です」と礼状に書いたことに触れて、小宮豊隆はこんな風に言っている。

是は漱石に、人の親切に対して感謝する念と、人が自分に是程親切を尽してくれるのに、自分はとかく相手の事を思ひ出す事がない、それは人の親切に対して寔《まこと》に申訳もない事であるといふ自責の念とが、更に深まつてゐた事を證明する。さうしてこの事は漱石の、当時の、私を滅する修業の深さと、密接に関聯する。即ち漱石は、是ほど人生に対して、寡慾になつてゐたのである。

「漱石神話」のサワリの一節だ。さまざまな事柄が、そしてほんのささいな事柄がみな一様に「則天去私」と、それにまつわる言葉で説明されていく。それが「神話」の力学だ。こういう漱石像は、当然のことながら小説の解釈を規定する。

こうして小宮豊隆が作り上げた「則天去私」による精緻な「人格形成物語」の説明原理は、いまも形を変えて再生産され続けている。この『夏目漱石』は、いまは岩波文庫（全三冊）で読める。

なお、岡崎義恵にズバリ『漱石と則天去私（日本藝術思潮　第一巻）』（岩波書店、一九四三・一二）という分厚い本まである。

江藤淳『夏目漱石』（東京ライフ社、一九五六・一一）

小宮豊隆の二冊の漱石論の影響力は絶大で、その後長い間漱石論においては退屈な光景が続いた。その「則天去私」神話を打ち破ったのがまったく無名の評論家（と言うか、この本によって評論家と認知された）江藤淳だったことは、新しい「神話」のように語り継がれている。

この『夏目漱石』におけるポイントは、四つある。第一は「則天去私」神話批判、第二は「低音部」というキーワードの導入、第三は「他者」という概念の導入、第四は『明暗』のお延と小林に漱石文学の新しい可能性を見出したことである。

まずは、第一の点から見ていこう。

> 漱石の偉大さがあるとすれば、それは漱石が特別な大思想家だったからでも、「則天去私」に悟達したからでもなく、漱石の書いていたものが文学であり、その文学の中には、稀に見る鋭さで把《とら》えられた日本の現実があるからである。

江藤淳の試みようとしていることは実に簡単で、漱石を「則天去私」という道徳を説く思想家から、近代日本の現実を書く小説家にしようとするだけのことだったのである。つまり、小宮豊隆以来の多くの漱石論者は、漱石から思想しか読まなかったというわけだ。

漱石と同じく英文学を学んでいた江藤淳には、漱石はまず小説家に見えたのだ。しかも、「メレディスなどの影響を受け、のちにジェイン・オーステンを師とあおいだ、未完成の作家にすぎない」というように。ただ、先の引用を読むと、漱石が「未完成の作家」でしかあり得なかったのは、漱石の問題ではなく、より多く近代日本そのものの問題だとおそらく江藤淳は考えていたようだ。これだけのことが大事件だった漱石研究はいったい何だったのだろうと思う。

第二の点を見よう。

管絃楽の低音部がセロとコントラバスによって奏でられるように、漱石の低音部にも二種類の楽器の音色が聴かれるのであって、その最低音は、東洋趣味的な表徴を持つ世界によって奏でられている。この世界は、いわば「則天去私」以前の「則天去私」的風土なので、あの英文の断片にあった「無」の象徴であり、漱石の文人趣味の故郷である。

漱石の心の深層には「則天去私」よりもっと根本的な感覚があって、江藤淳はそれを「低音部」と呼ぶことで、「則天去私」を相対化しようと試みている。評論だから許される一種の美文。論文ではこういう意味のない文章は書けない。ところがこれが意外に大きな効果を上げて、その後「低音部」という言葉は論文にもさかんに引用されたのである。それは、江藤淳のいう「低音部」が当時流行だった実存主義哲学でいう実存的感覚と響き合っていたからだ。「低音部」は、いわば日本的実存感覚として受け止められたのだろう。

第三の点を見よう。江藤淳は『道草』の末尾を引用して、次のように意味付けている。

これは日常生活の側の完全な勝利の容認である。健三は、「愛」の不可能な世界を、平然としてこのように健全な常識が蹂躙《じゅうりん》して行くのを、恐怖の眼で見つめるにすぎない。彼自身すら「思想」によってより、むしろこの常識に支配されて行動しているではないか。（中略）妻である女の「我執」に屈しようとしない健三は、その中にある人間を超えた意志——「自然」には甘んじて屈しようとする。これは「人間」の名によってではなく、「自然」の名に於ける「我執」の承認。これは極めて巧妙な、日本的な妥協である。人間的な「我執」を「我執」として認めるのではなく、「自然」の反映として認識し、自己の敗北を人間的な次元から消去しようとする。これは元来解決不可能な「道草」の戦いで、漱石の考え出した、いわば唯一の外交的解決策であった。

しかし、「道草」を非私小説的作品にしているものは、このような他者の認識があるからだけではない。もともと外交的解決などというものが紛争を完全に打開したためしがないように、あの日常生活に対する生理的な嫌悪感は、お住の中にある「自然」に屈服したあとでも健三にとりついてはなれないのである。

小宮豊隆以来の漱石論者は、「則天去私」の対立概念として「我執」という言葉を好んで使った。漱石文学は、人間の「我執」を乗りこえる「則天去私」という思想に到達したというわけだ。それに対して江藤淳は、「自然」の名において「我執」を認めたのが『道草』だと言ってみせることで、「則天去私」による「我執」の否定という構図を壊そうとしている。漱石論ではそれ以前から使われていたが、「我執」という言葉をかえって広めたのはこの本だったかもしれない。

ここで注意しておかなければならないのは、健三にしろお住にしろ、「我執」などという強烈な言葉で呼ばれなければならないほどの言動をしているのかという点である。この夫婦の営んでいる生活は、私たちの日常と何も変わらないのである。小宮豊隆さんにも江藤淳さんにも聞いてみたい気がする。「日常生活において、あなたたちはそんなに清廉潔白なんですか」と。江藤淳も健三とお住夫婦の日常生活を「我執」と見る点において、小宮豊隆と変わるところがない。

江藤淳のこの本に「漱石は how to live という問題と、how to die という問題を、二つの全く次元を異にする世界で、全く別種の態度で解いて行こうとした人であった」という一節がある。江藤淳が意識していたかいなかったかという次元の問題ではなく、この一節が先に引いた小宮豊隆の「自分の自己肯定の心を『行人』に於いて、ぎりぎりの所まで押し詰めたあとで、自分の自己否定の心を『心』に於いて、ぎりぎりの所まで押し詰めたものに相違ない」という言い方と相似形をなしていることは明らかだろう。変な言い方かもしれないが、人は敵に似せて自分の甲羅を作るものだ。江藤淳は「我執」という言葉によって小宮豊隆と手を組んでしまっている。

「『道草』は自伝的小説ではあるが、私小説ではない」という、自然主義文学から私小説へと展開した流れを仮想敵にして『道草』を称揚する論調も、江藤淳が広めた。ただし、『道草』が書かれた時代には「私小説」という言葉はまだなかったので、この言い方には注意が必要だ。文学史的に言えば、『道草』が「私小説」でないのは当たり前の話だからである。江藤淳の言いたいことはこうだ。私小説には他者がいないが、『道草』には他者がいる、と。そこで『明暗』の評価、第四の点になる。

「『明暗』が、ぼくらの所有する数少い真の近代小説の一つであることについては、諸家の評価が一致している」と、江藤淳は『明暗』を論じる章を書き起こしている。そして、小説のリアリズムとは「女性中心の世界である「家庭」を素材とすることによって最もよく描き得る日常性を土台として成立」しているので、漱石の『明暗』の成功は「女性的要素の発見、及び、「詩」のない日常生活に対する非感傷的な認識」にあるとする。そのために、「女性を独立した他者」として捉えたのだという。その代表はお延だ。

彼女の目的としているのは、家族制度にも日常性にもけがされない「絶対の愛」の獲得である。ここに見られるのは、明治以来今日まで、日本の女性が莫然と感じつづけて来た個人主義的人間関係への憧憬の具象化であって、あらゆる「目覚めた」女性はお延のような強烈な意志の所有者になろうとして来たといっても過言ではない。つまりお延は新しい理想を持った新しい女なのである。(中略)しかしお延は新しい女であると同時に、いやそれ以上に女である。

『虞美人草』の藤尾は「女であるより先に新しい女であった」が、『明暗』のお延は日常生活を生きるただの一人の「女」だったということだ。この対比はみごとだ。江藤淳はそれを漱石の小説家としての進化であるかのように論じる。それはまちがいではないかもしれないが、現在の研究なら、『虞美人草』が書かれた明治四〇年と、『明暗』が書かれた大正五年というほぼ一〇年の間に「女」が置かれた時代状況の変化をも論じるだろう。

『明暗』を「女性中心の世界」と読む江藤淳の『明暗』論の枠組によれば、津田は宿痾を再発して死に、勝利者は清子かお延でなければならないという。ただし、清子を「則天去私」を体現した女性のように読むそれまでの漱石論は否定する。清子が勝利するとしたら、それはお延やお秀のようなただの「女」としてというわけだ。

そして、小林である。江藤淳は「小林の中には、当時漸く流行しはじめた社会主義思想と、漱石が文筆生活中に接触せざるを得なかった社会的劣敗者であるインテリと、ドストエフスキイによって代表されるロシア文学との三つの要素が存在」しており、津田やお延に嫌がらせを繰り返す小林は、その実「極めて魅力的な人物」だとする。

漱石が、「明暗」で小林を描くことによってロシア文学的要素を導入したことは、そのまま、従来の彼の世界には見られなかった、完全に人間的な連帯意識を導入したことでもあった。「明暗」では、この二つの色彩——非人間的な視点と人間的視点からの二つの視線の交錯が、非常に奇妙なコントラストを示している。（中略）「則天去私」の作家は世俗的な感情である階級的復讐心を持った小林を、貧乏インテリのすね者に設定した時、不幸にも「則天去私」を放棄したのである。

こういうことだろう。小林の「階級的復讐心」はたとえ「復讐」という否定的な形であったとしても、階級間に「連帯」を生む。つまり、小林の「復讐心」が異なった階級をつなぐ。津田たちの属する中産階級と小林の属する下層階級をつながなければ「復讐」にならないからだ。こうした構図を用意したとき、もはや漱石はそうした人間関係の外から書くことはできない。すなわち、「則天去私」の高みにはいられないということだ。

「則天去私」が高みに位置するとすれば、「低音部」は文字通り低さに位置する。「高さから低さへ」。こう捉えれば、江藤淳の戦略が見えてくる。だが、繰り返そう。人は敵に似せて自分の甲羅を作る。

長くなってしまったが、漱石論をどれか一冊と言われたら、私は迷うことなく江藤淳『夏目漱石』を挙げるだろう。この本を読めばそれ以前の「則天去私」神話に頼っていた漱石論の水準もわかるし、いびつながらも「則天去私」神話以降に漱石文学の可能性を読む試みが見えてくるからだ。いまは、江藤淳がこれ以降に書いた漱石に関する文章も増補した『決定版　夏目漱石』が新潮文庫で読める。

岩上順一『漱石入門』（中央公論社、一九五九・一二）

現在ではほとんど忘れられ、言及されることもない漱石論。

新日本文学会の初代書記長になるなど、共産主義の立場から文芸評論家として活動し、五一歳で亡くなった著者の遺稿をまとめたものである。未完成な感じも与えるが、サヨク的な立場からの近代批判のスタンスは、その後の作品論の時代に引き継がれた。特に、やや大袈裟に言えば、「知識人」と「自我」と「近代」というキーワードだけで漱石論を仕立て上げた読みの枠組は、これ以前の漱石論とこれ以後の漱石論をつなぐ役割を果たしている。その意味において、重要な位置を占める本だ。

長短はあるがすべての小説を論じていて、全体は四部構成。「初期の理想主義的作品」は『漾虚集』に収められた短編、「社会批評小説の誕生」は『吾輩は猫である』から『野分』まで、「理想と現実の文学」は『虞美人草』から『門』まで、「漱石文学の頂点」は『彼岸過迄』から『明暗』まで。ストーリーの解説的な記述も多く、本のタイトルはあとで付けられたものだが、たしかに「入門」としての性格も持っている。ただし、そのストーリーの解説的な記述と岩上順一の結論部分がうまく接続されておらず、全体として飛躍の多い論述に終始していることは否めない。

岩上順一の立場がよくわかるところを引用しよう。『それから』を論じた一節である。

漱石は『三四郎』のなかで、近代的自我意識にめざめた人々の群像を描いている。「無意識の偽善」アンコンシャス・ヒポクリシイに陥ったのは美禰子ばかりでなく、三四郎も広田先生も野々宮さんでさえそうである。ところが『それから』では、漱石はこれらの近代人群像がおかされていた文明病としての近代的自我意識を、たった一人の人物代助のなかに集中している。そして、代助の意識と行動を分析追及することで、近代人の本質にせまっていこうとしている。

ここに「近代的自我意識」が「文明病」と診断されてしまったのである。では「近代的自我意識」の何が「病」なのだろうか。それがハッキリは書かれていないのである。「則天去私」がそうであったように、「近代的自我意識」も中身のないマジックワードだったようだ。

この一節からは、「無意識の偽善」が「病」であるように読める。つまり、人が自分の意識をコントロールできないことだ。あるいは『行人』を論じて、「夫婦の不調和の原因となった社会関係や家族生活の環境をかなり具体的にまた現実的に描いて」いるが、「主人公一郎にそのことをほとんど意識させていない」のは「芸術的な欠陥」とまで述べているので、単純に社会主義的発想が根底にあって、意識が下部構造である社会を認識できないことを「病」と言っているのかもしれない。

この問題は『こころ』を論じた章の記述でかなりハッキリする。

いま『こゝろ』の漱石は、近代人を描こうとしながら、主人公である先生をして、自我の醜悪と罪悪をみつめる力やたえる力のない人間、自我の罪悪を日々みとめながら生きていく力のない人間として描いている。漱石の近代人観は宿命論におちこみ、一歩後退した姿勢を見せている。『こゝろ』は漱石の近代人観での昏迷をあらわしているように思える。

「則天去私」が漱石を高みに押し上げるマジックワードだったとすれば、岩上順一の言う「近代」は漱石を批判するためのマジックワードだったようだ。そして、この本の末尾。『明暗』論の末尾である。

漱石は小林の性格と思想と行動のなかに当時芽生えつつあったアナーキズムの傾向を反映させながら、これにたいして同情と批判とを加えているように思われる。漱石は小林のアナーキズムに似た行動の底にある人類愛を見落してはいないが、同時に小林のその行動のエゴイズムの醜悪さ下劣さを容赦なく暴露しているように思える。

意識がキッチリ認識の仕事をすること、それが「近代的自我意識」ということのようだ。

ところで、岩上順一は漱石文学の女性たちについて、いまならフェミニズム批評と言いたくなるような見方をしている。『三四郎』のよし子に「永遠の母性」を読むのもかなり早い時期のものだし、一方で団子坂の菊人形見物の折に美禰子が「責任を逃れたがる人」という言葉を口にしたことをとらえて、「男は一家の主人であり、女にたいして家庭生活にたいして責任を持つべきである」という「ふるい意識」を持っていると指摘している。また、『こころ』の静についてはこう言っている。

漱石は彼女もまた先生に劣らぬ近代性をそなえた女であり、すくなくとも先生とおなじく、どのように醜悪で汚れた自我であろうと、その自我のありのままの真実において生きようとのぞむ女であったとしているのである。

静は美禰子とは違うというわけだ。ふつうは美禰子を「新しい女」の系列に位置づけ、静を「古い女」に位置づけるだろうから、この捉え方は珍しい。

こうした一連の論述で、岩上順一の『漱石入門』は作品論の時代の論調の基礎を用意したと言ってもいい。もっとも、多くの文章の主語が「漱石」であるような文体は、いまでは違和感を持たないでは読めない。ナイーブすぎて、いまこの文体で「研究」とは絶対に認められないだろう。評論としてもかなり厳しいと思う。岩上順一は、漱石文学から直接的に思想を読み取ることができると信じるパラダイムをまだ生きていたのである。

荒正人『評伝　夏目漱石』（実業之日本社、一九六〇・七）

荒正人は第一次戦後派と呼ばれ、戦後すぐに『近代文学』という評論誌で活躍した評論家だ。漱石研究における荒正人の最大の功績は、集英社版『漱石文学全集』の編集と、その別巻として編まれた『漱石研究年表』だ。後者は漱石の活動が日ごとにわかるものすごい年表で、日本の作家でこれだけの年表を作ってもらった人は他にいない。荒正人の執念の産物である。

実は、この『評伝　夏目漱石』は特段ここで取り上げるほどの本ではない。ある一点を除いては。その一点とは、「漱石の暗い部分」（『近代文学』一九五三・一二）として発表された論文に加筆して収めた第四章「漱石の文学」である。何の変哲もない章名だが、荒正人はここで漱石文学を徹底してフロイトの精神分析の枠組から読む。

たとえば『夢十夜』の「第三夜」。男が六歳になる「盲目」のわが子を負ぶっている。その子は男の行動を予見し、不気味な感じを与える。そして「もう少し行くと解る。――丁度こんな晩だったな」という。何が「こんな晩」だったのか。その子供は、「御前がおれを殺したのは今から丁度百年前だね」と言うのだった。こういう話だ。そこで、荒正人は次のような仮説を立てる。

精神分析学では、眼のつぶれることは去勢のしるしと解釈されている。では、眼のつぶれた子供とは、一体何のことだろうか。それは実際の子供ではなく、年老いた父親ではないだろうか。漱石は、五十四歳の父親に生れた子供である。記憶に残っている父親の姿は、六十に近い老爺であった。夢のなかで、この父親を百年前に殺したことがあると責められる。子供は急に重くなる。それは、この子供が大人の仮りの姿をしていることを意味する。（中略）「第三夜」

は、奇怪な夢の話である。その根底は、フロイトの言う「父親殺し」がひそんでいる。物語では、父と子の関係が逆になっているが、それは夢のなかの倒錯とみてよい。最後にこの倒錯がもとに戻るのである。盲目というのは、年老いて、性的能力を失った父親のことである。その父親を殺した罪を自覚する仕組みである。漱石は、多くの作品で罪の意識を強調している。倫理的に敏感で、自分の罪も、他人の罪も強く意識したためであろう。しかし、漱石の深層心理には、「父親殺し」が宿っていたのではなかろうか。それは人間の罪悪感の根底をなす原罪である。

「父親殺し」があれば、当然セットで語られるのは母子相姦だ。荒正人は漱石の「コムプレックスとしての恥じや怖れの根源」をそこにみる。

　私はためらった末に、それは、母子相姦にまつわる感情ではなかったかと想像する。漱石は、十三四歳の少年時代に母に死に別れた。母は年老いていた。（中略）漱石の知りたかったのは、若い母であった。早く母に別れたので、この願望が一段と強かった。それは、魂の故郷を知ろうという願望でもあった。だが、この願望の深く暗い部分には、別の願望がひそんでいる。それは母をただ知るだけではなく、「創世記」の「カインはその妻を知った。」という場合の知るという意味も秘められているのではないか。それは、母子相姦である。

研究史の流れからは、江藤淳が「低音部」と呼んだものに、フロイトのエディプス・コンプレックスの理論を当てはめて漱石文学を読み、父親殺しと母子相姦という実質を与えたということになるだろうか。

荒正人はあくまで「漱石の暗い部分」を論じている。しかし、『夢十夜』が実際に見た夢だという証はないし、仮に実際に見た夢だとしても、現在の研究ではフロイトの夢分析には疑問が出ている。その意味で現在そのまま通用する議論ではないが、こういう漱石論があったということは知っておいてもいい。それに、漱石文学をフロイトの枠組で読むということならば、現在でも可能性はあるかもしれない。

なお、元になった評論「漱石の暗い部分」は漱石論のアンソロジー『日本文学研究資料叢書 夏目漱石』(有精堂、一九七〇・一)で読むことができる。この方が手に取りやすいだろう。

越智治雄『漱石私論』(角川書店、一九七一・六)

まだ作家とはつながってはいるが、小説を小説として読もうとする「作品論の時代の漱石論」の代表的な漱石論である。実は、この時期このレベルの漱石論ならほかにいくらでも書かれているが、最も影響力があり最も批判されたという意味で(どちらも東京大学教授という肩書きのせいでもあったろう)、この本を取り上げることにした。

この時期の漱石論は本としての統一感はあまりなく、小説ごとにさまざまな角度から論じた論文集が多かった。そういう次第だから、一冊の本の中でも論文ごとの出来不出来の差が激しかった。それらのすぐれたものは第三章で個別の論文として取り上げるので、「作品論の時代の漱石論」はこれ一冊にした。

この時期の論文を読んでいると、学会や文学部だけに発信する傾向が強まったと感じる。文体が開かれていないのだ。それは高度経済成長期に特に女性の大学進学率が上昇し、文学部が膨張した物質的基礎も背景にあったにちがいない。その結果、論文を学会や文学部にだけ発信すればすむような自給自足体制ができあがってしまったのである。いまや物質的基礎は失われたのに論文の文体は開かれておらず、文学研究は自らの首を絞めている。

では、なぜ作品論だったのか。三好行雄(彼も東京大学教授で、当時東京大学は作品論の牙城のような様相を呈した)が作品論を提唱したのは、それまで古典文学研究が規範となっていた、いわゆる「実証的研究」から近代文学研究を自立させようとしていたからだという見方があった。その結果、作品論は研究ではなく評論に近いと言われもした。

文学部の学生が増えすぎて、レベル的にも現実的にも、それまでのように伝記研究を行ったり作家の全集を全部読んだりして卒業論文を書く条件が失われてきたことも理由の一つだったかもしれない。作品論を提唱した当の三好行雄が、文庫本一冊で書けるお手軽さとのちに揶揄的に語らなければならない状況が生じていたのである。

『漱石私論』は、良くも悪くも、まさにこうした条件をほとんどすべて備えている。漱石文学と漱石研究に相当精通していなければ意味がとりにくい文体と構成。私は何度試みても、どの論文もきちんと要約することができない。越智治雄の論理的思考力が独特なのか、私の頭が悪いのか。とにかく、章ごとに断片的な指摘の羅列なのである。ほかの研究者の作品論はもっと読みやすい。

そんなわけで全体を統一して紹介することはできないが、この本を特徴づけているところをいくつか引用しておこう。まずは「喜劇の時代」という『虞美人草』論の一節。

もちろん漱石は悲劇を信じているだろう。そしてそうである以上、漱石に悲劇の存在は疑われていなかったと言ってもよい。その成立を容易に許さない現実の諸条件にうち克って、悲劇を現前させることにも確信があったはずである。（傍線石原）

どうやら越智治雄は、『虞美人草』は終わりに主人公の甲野欽吾の悲劇の哲学が提示されるが、それは茶番でしかないと言いたいようだ。この一節は、たしかに漱石は悲劇を信じていただろうが、しかし――と展開するところだ。「それにしても漱石の頭の中がよくおわかりだ」と皮肉の一つも言いたくなるような文体である。作品論の時代には、こういう文体がまだ残っていた。

そしてもう一つ。そうは言っても、やはり漱石の頭の中のことを断言はできなかった。それでも「信じているだろう」と推定形を使うことが多かった。ところが、この文が推定形であるにもかかわらず、すぐにあとでは「そうである以上」と、推定が事実として扱われてしまうのである。越智治雄と三好行雄が好んで用いたこの展開の詐術は、谷沢永一によって厳しく批判された。思うに、漱石に触れるのがまちがっていたのだ。無理をして漱石に触れるから、「推定→事実」という詐術を行わなければならなくなったのである。これは作品論の時代の文体の典型だ。『虞美人草』論の終わり近くを引用しよう。先の「しかし――」以降が書かれている。

甲野さんが自身のエゴイズムを意識すれば、悲劇の哲学はとうてい語れない。悲劇の哲学も実に危うい場所にまとめられているので、悲劇のみならず、その哲学も崩壊の可能性は十分考えられるのである。もちろんそれは世界の意味の崩壊とアナロジーをなしていると言ってよい。

だから、小説の終わったところから、実際はすべてが始まる。生き残った人たちにただ一つ可能なのは、愚かしい現実、しかし「行くも帰るも徒事《いたづら》では通れない」（十三）荒海とも言える現実を生きることだろう。甲野さんもまた化石せんとの願いを捨てて、その生命のあかしを求めるべく現実のただ中に身を投じなければならない。それが人生なのだ。当然、漱石にもまた領略すべき世界が明瞭に見え始めている。

一種の美文。「領略」という単語も三好行雄がさかんに使い始めて、こうして大流行になった。その意味でも、作品論の典型だ。

甲野は悲劇の哲学で世界を意味付けようとしているから、それが崩壊したら世界の意味は崩壊するが、それでも現実を生きていこうと、越智治雄は熱く語りかけている。これはもう研究ではない。人生論だ。こういう傾向を見かねて、人生論で銭が稼げる研究者がどれだけいるのかと揶揄した研究者もいた。もっとも、越智治雄はこの本を「私論」と呼んでおり、「研究論文」だとは思っていなかったふしもある。

『こころ』論から、ある一定の調子を帯びた文章を次々に引用しておこう。この論文が、「意識」と「存在」の対句仕立てでできていることがよくわかるはずである。

先生は多くの点で「私」の無意識な部分を意識化した存在なのである。

多分、一郎も先生も常に分析的な自意識の徒なのである。

先生だけはまさしく花も人も見えない深淵、存在の深淵を常にのぞいている。

人間存在の不安定さをみつめて放さないのである。

先生は常に人間存在の危うさに恐れを抱いている。

そうした枠の背後にとらえどころのない人間存在の深さが、静かに確実に姿を現わしていることを忘れてはならないだろう。

どれほど意識を働かせても完全には見えてこない点にまず「心」の深さがありそれへの怖れが湧いてくることを見落としてならない。

結婚後の自身についてつづる遺書の筆は、それまでに暗示されてきた人間存在の実態についてのきわめて正確な言葉に満ちている。

ここで先生は、奥さんに自身の現在と同様の自意識の地獄への道を歩ませたくないのである。

ほとんど極限に近い裸形の自意識が鮮やかになってくる。

こうして文脈を無視して引用してみると、「先生」の不幸は、彼の自意識が存在の深淵をのぞいてしまうところにあるというのが、どうやら越智治雄の寄り道的記述の多い『こころ』論の論旨であることがようやく見えてくる。三好行雄の漱石論とともに「存在論的漱石論」と呼ばれていた。

それまで否定すべきものとして「自我」がキーワードになっていたが、越智治雄は「意識」あるいは「自意識」を「文明の病」としてキーワード化した。過剰な自意識を持たざるを得ない時代として、「近代」を批判したのである。当時日本では、公害問題が連日報道され、「近代批判」が一気に吹き出した。そして、「近代批判」が「知識人」のモードとなった。越智治雄の漱石論は、こういう時代の変遷と軌を一にしていた。

それにしても、「存在の深淵」とは何かは論文を読んでもサッパリわからない。越智治雄にとって、「存在の深淵」とは「則天去私」に替わるマジックワードだったようだ。「則天去私」が高みに位置するとすれば、「存在の深淵」は深みに位置する。「高いから深いへ」。こう捉えれば、越智治雄の漱石論がまさしく江藤淳の「低音部」を踏まえ、継承していることがよく見えてくる。

蓮實重彥『夏目漱石論』（青土社、一九七八・一〇）

蓮實重彥は、自己の批評のスタイルを「表層批評」と呼んでいる。蓮實重彥は、テクストを何か抽象的な言葉でまとめ上げたり、意味付けて物語化したり、テクストの外から思想を持ってきてあらゆる言葉をその思想で意味付けて神話化してしまったりすることを一貫して拒否してきた。この本が批判の的としているのは、江藤淳の一連の漱石論だ。江藤淳は「則天去私」神話を破壊したが、「結局のところは破壊の対象たる風土と同質の圏域へと自分を閉じこめることになってしまった」と言う。「人は敵に似せて自分の甲羅を作る」というわけだ。直接的には、江藤淳が漱石のテクストから漱石の嫂《あによめ》登世への思いを「実証」しようとして新たな「神話」を作ったにすぎないと批判しているが（これ以後、漱石の恋人探しがはじまって、一時漱石は数名の恋人を持つ艶福家となった）、江藤淳の漱石論は一つの象徴であって、作品論全般への批判が根底にあったはずだ。

そこで、蓮實重彦はそもそも「夏目漱石」という存在を忘れてみようと提案する。この本の冒頭を引用しよう。

漱石をそしらぬ顔でやりすごすこと。誰もが夏目漱石として知っている何やら仔細ありげな人影のかたわらを、まるで、そんな男の記憶などきれいさっぱりどこかに置き忘れてきたといわんばかりに振舞いながら、そっとすりぬけること。何よりむつかしいのは、その記憶喪失の演技をいかにもさりげなく演じきってみせることだ。顔色ひとつ変えてはならない。無理に記憶をおし殺そうとするそぶりが透けてみえてもいけない。ただ、そしらぬ顔でやりすごすのだ。

キザな文章だ。一般にイギリス文学系の評論家は文章が平明で、ドイツ文学系の評論家は妙に難解で、フランス文学系の評論家は持って回った言い方をする。江藤淳はイギリス文学系、蓮實重彦はフランス文学系。その特徴がもろに出ている。「おフランス」とか「大陸系」とか呼ばれるあれである。でも、この文体が流行った。恥ずかしながら、私も一時期意識して真似ていた。いまでもいい年をしてまだ蓮實重彦の文体で書いている近代文学研究者がいるが、みっともない。では、どうすれば「夏目漱石」を忘れて漱石の小説を論じることができるのだろうか。それは「テマティズム」という方法で、蓮實重彦自身は得意な映画評論ですでに実践済みだった。第一章の「横たわる漱石」がテマティズムが最も成功した例だと思うので、その冒頭を引いてみよう。

> 「生憎主人はこの点に関して頗る猫に近い性分」で、「昼寝は吾輩に劣らぬ位やる」と話者たる猫を慨嘆せしめる苦沙彌の午睡癖いらい、「医者は探りを入れた後で、手術台の上から津田を下した」という冒頭の一行が全篇の風土を決定している絶筆『明暗』の療養生活にいたるまで、漱石の小説のほとんどは、きまって、横臥の姿勢をまもる人物のまわりに物語を構築するという一貫した構造におさまっている。『それから』の導入部に描かれている目醒めの瞬間、あるいは『門』の始まりに見られる日当りのよい縁側での昼寝の光景、等々と逐一数えたてるまでもなく、あまたの漱石的「存在」たちは、まるでそうしながら主人公たる確かな資格を準備しているかのごとく、いたるところにごろりと身を横たえてしまう。睡魔に襲われ、あるいは病に冒され、彼らはいともたやすく仰臥の姿勢をうけ入れるのだ。横たわること、それは言葉の磁場の表層にあからさまに露呈した漱石的「作品」の相貌というにふさわしい仕草にほかならぬ。

簡単に言えば、漱石の小説では人物が横たわるとその人物の周辺で物語がはじまり、その結果その横たわった人物が主人公たる資格を持つということだ。なるほどそうだと思いつつ読み進んで、あっと驚かされるのは、『こころ』の次の引用文を見せられたときだ。

私は自由と歓喜に充ちた筋肉を動かして海の中で躍り狂った。先生は又ぱたりと手足の運動を已《や》めて仰向になったまま浪の上に寐た。私もその真似をした。青空の色がぎらぎらと眼を射るように痛烈な色を私の顔に投げ付けた。（傍点蓮實）

こんなところでも、漱石文学の登場人物は横たわっていたのか。なるほど、横たわることから「私」と「先生」の物語もはじまっているではないか。蓮實重彦は、以下「ここにもある、あそこにもある」と、これでもかと言うほどに漱石の小説から「横たわる」姿勢を拾い上げる。私はこれを「あった、あった主義」と呼んだが、これもひとつの才能だと、後に蓮實重彦自身が語っている。もちろん、蓮實重彦の言うとおりだ。

蓮實重彦は、この引用文に続けてこう言う。「私」が「先生」を模倣するがゆえに、「先生」は「先生」と呼ばれるにふさわしい人物となるのだと。「いや、「先生」は「私」の興味を引き、尊敬されているがゆえに「先生」たり得ているのではないか、どうも因果関係が逆ではないか」と思う読者に、蓮實重彦はこうたたみかける。

つまり、「先生」は、無言のうちに、横たわる術を青年に教えているのである。しかし、無邪気な模倣によって貴重な存在との接近を果しえたと信じて有頂天になっていた青年の傍らで、実は「先生」の方が真の接近の試みを組織していたという点は見落してはなるまいと思う。ここでの「先生」の沈黙は、とりあえずのものにすぎず、青年が横たわることの意味を体得しうるかどうかその沈黙においてためしているまでのことなのだ。「先生」とは、やがてその口から洩れるであろう言葉を隠し持った、語るべき存在として『こゝろ』の小説的構造を支えているのであり、その意味で、「先生」が「私」に課する試練は、たんにその人格にかかわるものにとどまらず、「私」が漱石的「作品」にふさわしい「存在」たりうるか否かをも標定すべきものなのだ。

ここで「存在」がカギ括弧でくくられているのは、彼等登場人物たちは言葉でしかないからだ。だから彼らは「とりあえず」（この言葉も大流行した！）の「存在」でしかない。しかし最も興味深いのは、仮に「先生」が青年（私）に「横たわること」の意味を教えていたとして、どうして一登場人物でしかない「先生」が、同じ登場人物である青年が「漱石的「作品」にふさわしい「存在」たりうるか否か」というレベルのことを試し得るのかという点にある。「先生」が青年を漱石的「作品」にふさわしい「存在」かを試す？

こうしたレベルの攪乱に蓮實重彥の評論の面白さがある。主人公たる人物は、たとえば「横たわる」といった漱石的「作品」にふさわしい振る舞いを心得ていて、それができる人物を信頼するというわけだ。「先生」が青年を信頼したのは、青年の「命が真面目」（人格）だからだけではないのだ。「横たわらなければ話ははじまらないよ」と。そして、「横たわること」の意味は決して問わない。それが蓮實重彦流の表層批評なのである。

これをごくふつうの文学用語で言えば、「作家の想像力のパターンの研究」ということになるだろう。ふつうは繰り返されるパターンの意味を問いたくなるが、意味を問えば「表層」を離れて「深層」を志向することになる。だから、蓮實重彦は決して意味を問わない。「なぜ?」という問いは、表層批評においては禁句なのだ。

以下蓮實重彦は、漱石的「作品」では「依頼、代行、報告」が繰り返されるとか、女性は必ず水とともに登場するといった「想像力のパターン」を指摘し続ける。最後に、修善寺の大患に触れた漱石のエッセイ『思い出すことなど』をもってきて、漱石こそが「横たわっている」と言って、読者を驚かせる。「夏目漱石とは、漱石的「作品」を模倣し反復しつくした人間にのみふさわしい名前である」と言うのだ。身も蓋もない言い方をすれば、漱石文学は漱石自身さえそれを真似てしまうほどワンパターンで、だからこそ漱石は「作家」たり得ているということだ。だからタイトルは「夏目漱石論」なのである。

近代文学の研究者はこういう批評を見たことがなかったから、よくあることだが、お年寄りや中堅は反撥し、若手の間では一気に流行した。初版では登場人物の名前に多くのまちがいがあって、これこそ本書の趣旨にふさわしいと皮肉な書評を書いたベテラン研究者もいた。


相原和邦『漱石文学の研究―表現を軸として―』(明治書院、一九八八・二)

「この人はどこでまちがってしまったのだろう」という感想を抱かないではいられない本だ。

A5判六〇〇頁以上の大冊。それが、ほぼひとつの方法意識で貫かれている。もちろんそれ自体はまちがったことではないどころか、むしろ研究者はそうでなければならない。「あった、あった主義」の蓮實重彥もそうだが、愚直さは研究者の美質でなければならない。しかし、その方法とそれを支える言語観がどうもおかしいのだ。

「自然」とか「事実」といった特定の言葉の出現率の差によって、漱石文学の変遷を意味付けようとした。当時「計量国語学」というジャンルがあったが、相原和邦の方法を「計量国文学」と呼んだりしたものだ。相原和邦が『道草』に見出した「反措定叙法」という文体の発見や、お住は「実質の論理」を持っているという説明などによって、『道草』研究は飛躍的に進展した。それでも孤高の研究書というイメージがあるが、その独自性のゆえに一項目を立てるべきだと判断した。この本から学ぶべきことはまだ多いと思う。

はじめに『明暗』ありき——これが相原和邦の漱石文学に対する価値基準だろう。『明暗』に向けて成長する作家の物語。これ自体は珍しくはない。陳腐でさえある。いや、相原和邦の研究がこういう成長物語をいっそう陳腐にしたのかもしれない。それだけの迫力があった。この成長物語を、相原和邦流の「表現研究」から根拠づけたところにこの本の独自性がある。そのモデルケースを『虞美人草』論から見ておこう。

相原和邦は、「天」や「自然」といった語を「作者の価値観を直接に呈示し、絶対的概念を含んでいる」として、「絶対語」と名づけた。そして、それを判断基準として登場人物を位置づけている。すると、甲野欽吾や宗近一は「天」と「自然」という語に親和性があることがわかったから、小説の中で中心的な存在だという。一方、藤尾は「天」や「自然」に唾する人物だから、作者に支持されている「甲野や宗近の「天」に真向から反逆する」のだという。ただし、藤尾は漱石の信じた「自己本位」という哲学を持つ女性だったので、「作者に弾劾されればされるほど魅力を発揮する」ような「逆説的な構造」を持ったと結論している。この結論部分は、屁理屈の気味がある。

この本の圧巻は、『道草』と『明暗』を論じた部分である。『道草』には次のような文章の展開が、二〇例ほどあるという（なぜかその二〇例をすべて挙げていないので、私は『道草』論を書くときに自分で探し出さなければならなかった）。

> 彼はこの事件に就いて思い出した幼少の時の記憶を細君に話さなかった。感情に脆い女の事だから、もしそうでもしたら、或は彼女の反感を和らげるに都合が好からうとさえ思わなかった。（十五、傍線相原）

傍線部では、「彼」（健三）が実際には思いもしなかったことが記述されている。相原和邦はこれを「反措定叙法」と名づけ、そのほとんどが健三に集中していることを突き止めた。これらによって、健三の「学問ないし観念性への依拠、つぎに、自己本位の思想、および思いやりの欠如、また、認識の自己撞着、さらに、「偏屈な」性格、等」が批判された。そして、「反措定叙法は健三に集中に用いられて、その人格・知性ないしはそれらから派生する悪を引き剝ぎ、インテリとしての健三を庶民の側に引き下ろす働きをしている」と結論した。

『道草』は自伝的小説である。だから、漱石＝健三と読まれることが多かった。それでも、お住は健三を相対化する存在だとは読まれていた。ただし、それはお住という登場人物の存在感に依るところが多かった。しかし、相原和邦はそれをさらに進めて、『道草』には、表現上健三を引きずり下ろす力が働いていると検証したのである。これは画期的だった。
『明暗』はこうだ。

「あの細君はことによると、まだあの事件に就いて、己に何か話をする気かも知れない。その話を実は己は聞きたくないのだ。然し又非常に聞きたいのだ」（十三、傍線相原）

この傍線部は、第一文と第二文とでは矛盾したことを言っている。そこで、これを相原和邦は「矛盾叙法」と名づけた。

津田は殆んど取り合わなかった。その冷淡さは正に彼の自尊心に比例していた。彼は精神的にも形式的にもこの妹に頭を下げたくなかった。然し金は取りたかった。お秀はまた金はどうでも可かった。然し兄に頭を下げさせたかった。（百、傍線相原）

傍線部では、津田とお秀との対比が書かれている。そこで、相原和邦はこれを「対比叙法」と名づけた。
『明暗』ではこの二つの叙法が非常に多い。そのことから、相原和邦はこれを叙法による「相対把握」と呼んだ。『明暗』の登場人物が相対化されていることはそれまでも指摘があったが、この分析によってそれが表現上もたらされたことが明らかになったのである。これも画期的だった。

では、どうしてこの研究書に孤高のイメージがつきまとうのだろうか。一つは、相原和邦の表現研究が、それまで言われていたことを相原和邦流の表現分析によって跡づける範囲に終わったことによるだろう。その膨大で精細な分析に比して、漱石文学の読み方や評価の決定的な転換はなかったのである。

もう一つは、あえて言えば、相原和邦の文学や文学研究への勘違いがあった。相原和邦はこの本を「近代文学研究においては、果たしてどのような方法がもっとも有効であろうか」という一文から書き起こしている。そして、伝記研究など他の研究方法と「表現研究」との優劣を論じてしまっている。

たしかに文学に本質が存在するなら、それを究明する最もよい方法があるかもしれない。しかし文学には本質など存在していない以上、さまざまなアプローチがさまざまなことを明らかにしていくだけである。ありていに言えば、「表現研究」が最も優れた文学研究であるという宣言に白けてしまったのだ。

相原和邦の本質主義は、たとえばなぜ「天」や「自然」といった言葉に注目したのか、その理由にまったく触れない結果を生んだ。言葉にも本質があると考えていたのではないだろうか。しかし、これでは恣意的という批判は免れない。相原和邦の研究姿勢は、言葉の意味は言葉同士の差異にすぎないからその差異を説明しなければ確定できないと考える現代思想からも、言葉の意味は歴史的・文化的状況からしか確定できないと考えるカルチュラル・スタディーズからもかけ離れていた。

この二つがこの本を孤高の存在としている理由だと、私は思っている。

小谷野敦『夏目漱石を江戸から読む　新しい女と古い男』（中公新書、一九九五・三）

メインタイトルが読みの枠組をキッチリ示し、サブタイトルが結論を示している。サブタイトルからは、読みの枠組としてジェンダー批評を使っていることもわかる。一九八〇年代以降のすぐれた近代文学研究は、このように読みの枠組をキッチリ設定することが求められるようになった。

それは一つは、文学研究が「全体像」や「本質」を示すことができるなどということはあり得ないという認識から来ている。「文学研究は、ある角度（枠組）から読んだときにだけ、限定的ではあるが、あるまとまりを持った意味を引き出すことができる」というまっとうな姿勢が広まったからだろう。もし仮に「全体像」や「本質」があるのならば、一度誰かがそれを手にすれば、それ以上その小説の読みは更新できないことになる。しかし、それなら「古典」の読み直しが起きるはずもない。

もう一つは、ポリティカル・コレクトネス（政治的正しさ）を執拗に求める風潮が広まって、研究者の主体の質が問われるようになったことからも来ている。そういう風潮の中で「私はこう読む」という姿勢を取るのはあまりにもナイーブで、あまりにも無防備すぎるからだ。「私はこう読む」式では、研究が批判されたら研究者自身が批判されたことになってしまう。「こう読む私」を人間的に問うのではなく、「こう読む枠組」を理論的に問うように、文学研究をもう少し知的な仕事にしたいという願いもこもっていたと思う。

この本の結論をごく簡単に言ってしまえば、江戸から読むという枠組と、ジェンダー批評から読むという枠組によって、女性嫌悪《ミソジニー》（「女性蔑視」とも言う）の趣の濃い漱石文学が女性たちの主体を奪っている理由を、漱石が読んだだろう江戸文学的な恋と漱石が学んだイギリスのヴィクトリア朝文学的な恋愛との文化の差が、小説上で錯綜してしまっているためだと読むところにある。恋愛を内発的自然などと捉えずに、あくまで文化の型として捉えて論じているのである。これが知的な文学の論じ方というものだ。

小谷野敦の読みの枠組が最もみごとに機能している、「女性嫌悪のなかの「恋愛」」（『三四郎』論）から引用してみよう。

日本の文化的伝統の中では、恋のテクニックまがいのものが発達したのは、遊廓においてである。だがそのテクニックを身につけていたのは、もっぱら、それが恋であるかのように客に思わせる女郎の側であり、そもそも遊びの相手と定められた女郎のもとへ通ってくる客の側には、あるコードに定められた振る舞いが要請されているだけである。しかも決定的なのは、女郎は始めから疑似恋愛の対象として静的なカテゴリーのなかに収まっているのに対し、美禰子のような素人女性の場合では、そもそも彼女が、「恋愛の対象」であるのかないのかという、男の側から見た彼女の所属カテゴリーを定めることがテクニックの重要な一部になってくるということだ。つまり三四郎を悩ませたのは、彼の前に現れる女を、「恋愛の対象」として見ていいのかどうかというカテゴリーの問題だったのである。（中略）

ここで問題なのは、「恋愛小説」『三四郎』が、ある慣習的思考のなかで独特の変形を被《こうむ》っているということのほうなのだ。つまり、なぜ『三四郎』には、主人公による恋の対象の過剰な美化という過程が抜けているのか、なぜ彼の「恋愛」は、女性嫌悪と同時に始められなければならないのか、ということである。

仮に美禰子が「女郎」だったら、三四郎にとっては文化的には恋愛ごっこの対象だっただろう。しかし、美禰子は「素人女性」であって、「女郎」ではない。そこで、三四郎は困ったのだ。明治のインテリ青年は、個人レベルの問題ではなく、文化レベルの問題として、「美禰子のような素人女性」と交わす恋のテクニックを持っていなかったからだ。しかし、小谷野敦はこの問題をこうした時代背景で解くのではなく、「文学的記憶」(つまりは江戸文学を参照すること)を辿ることで解こうとしている。これが、「漱石を江戸から読む」実践である。

その答えを、聞こう。

まさに恋愛の主導権は美禰子に握られている。だが、それは美禰子が「新しい女」だからではなく、三四郎が江戸的な意識のなかにあって自ら主導権を握ろうとしていないからなのである。三四郎はまさに「エゴイスト」であり、自分は自尊心を含めて何一つ犠牲にしようとせず、美禰子が向こうから「ほれて」くれるのを待っている。江戸文芸、ことに都市としての「江戸」を中心として生まれ育った後期江戸文芸のなかでは、助六にせよ『梅暦』の丹次郎にせよ、女に「ほれられる」ことが男の価値であり、当然そこでは、男が一人の女に身を捧げるという考え方は出てこない。三四郎もこうした意識のなかで、美禰子に惚れて苦しむのではなく、美禰子に惚れられたいと思って悩むのである。(中略)惚れるのは嫌だが、惚れられるならいいと、三四郎は言っているに等しい。

美禰子との恋愛において、三四郎がいかにもボッとしていることを、三四郎個人の性格の問題に還元するのではなく、三四郎がいわば江戸文化圏に捉えられていたからだという解を導いたのだ。「エゴイスト」とは、メレディスの同名の小説のことを踏まえて言っているが、三四郎が「エゴイスト」にみえる理由もここにあるというわけだ。問の枠組と答えの枠組も一致している。だから問と答えの範囲が限定されてはいるが、きちんとまとまっているのである。知的な文学研究とはこういうものだ。

そして、小谷野敦はこう言っている。「『三四郎』以来の漱石作品がある種のどうしようもない混乱を含んでいる一つの原因は、この差異（江戸的な恋とヴィクトリア朝的な恋愛との差異――石原注）に無自覚なまま、登場人物が「西洋的な恋愛」をしようとしているからなのである」（「惚れる女、惚れられる男――『行人』」）と。

つまり、主人公の男たちは、江戸文化的な「惚れられる恋」に捉えられて自分からは身動きができないのに、男が主体となるような西洋的な恋愛を求めてしまうところに混乱が生じるということだ。西洋的な恋愛に憧れているから自分から求愛しなければならないのに、江戸文化的な「惚れられる恋」に捉えられて身動きができなくて、男たちは悩むのだ。そのとき、その責任は女の側にあるという女性嫌悪が生まれる。

ただし、男も無傷ではいられない。

もちろんお直という女は経済的自立など獲得してはいない。その代わり、もし一郎が強固な家父長の権力を用いる覚悟さえあれば、彼女を離縁することができるのだが、一郎にその度胸はないし、お直にはその危険を冒すだけの居直りがある。三四郎も、一郎も二郎も三沢も、自分が一人の女に思われているということを支えに生きていこうとし、それが叶わぬときに彼らの自我は崩壊に向かうだろう。彼らの自我は「女」が支持することによって初めて完成する。それが男性のアイデンティティーというものだ。

そうである以上、どの男をも愛そうとしない女ほど男にとってスキャンダラスな女はない。思えば、『三四郎』の美禰子はどの男も愛しているようにみえるから、同時に「どの男をも愛そうとしない女」に見えていたのではなかっただろうか。最後に用意された美禰子の突然の結婚が愛とは無関係に見えるとしたら、それは女性との関係でアイデンティティーを攪乱された男たちが作り出した幻だったのかもしれない。

一九八〇年代以降の文学研究の雛形として、この一冊を薦めたい。

石原千秋『反転する漱石』（青土社、一九九七・一一）

ここで、テクスト論時代の漱石論として、恥ずかしげもなく自分の本を挙げておく。それは、テクスト論時代の漱石論は意外に本にまとめられていないから、そして私がいまでも「逃げ遅れたテクスト論者」だからである。つまり、とうの昔に流行が去ったのに、私はいまだにテクスト論者なのだ。「テクスト」の原義は「織物」だ。つまり、テクスト論は小説を「作者の意図」通りに作られた構築物ではなく、読者が自由に作り出す「言葉の織物」として捉える。だから、テクスト論には固有の方法はない。ただ、小説の記述から「作者の意図」がわかるという幻想、あるいは日記や書簡などの記述を参照してであっても、「作者の意図」がわかるという幻想を持つのはやめよう。「作者の意図」通りに読まなければならないとか、「作者の意図」通りに読めるといった幻想を持つのもやめようというだけの話である。

誤解を招かないように言っておけば、「テクスト論」は「作者の意図」がないなどといっているのではない。それはどんな形であれ、あるに決まっている。ただ、それが復元できると考えるのはお約束の世界にすぎないと考えるのである。

たとえば日記や書簡に「これこれの意図で書いた」とあればそれを「作者の意図」とみなそうとするのは、文学研究の手続き上の「お約束」だということである。厳密に考えれば、人は日記にでも手紙にでも嘘が書けるからだ。小説を読んで「作者の意図」がわかると言うにいたっては、「私の読み＝作者の意図」としているにすぎない。

そういう幻想によって読む行為を縛るのはやめて、もっと自由に読もうというのがテクスト論の主張だ。だから固有の方法は持たない。時代背景を参照して読みの枠組とすることも、もちろんする。小説テクストごとに好みの方法や枠組を使えばいい。それをハッキリ示す。それだけの話だ。ただ、論文を「商品」とするためにそれまで一般的だったと思われる読みを、何らかの形で引っ繰り返そうという意図があることは言うまでもない。そうでなければ、わざわざ活字にする意味がない。

そういう意図がハッキリ現れている書き出しをいくつか並べてみよう。

高等教育の中の男たちという枠組で、『こゝろ』というテクストからどれだけの言葉を織り上げることができるだろうか。（「高等教育の中の男たち　『こゝろ』」）

『こゝろ』を、語り手である青年「私」と先生との葛藤の劇《ドラマ》として読み換えることは可能だろうか。（「『こゝろ』のオイディプス　反転する語り」）

代助の〈恋〉を中心にした読み方にさからって、代助と〈家〉との関係を中心に読んでみたら、『それから』はどのような相貌を見せてくれるだろうか。（「反＝家族小説としての『それから』」）

この本では、すべてではないが、多くの論が漱石文学を「家族論」の枠組によって読んでいる。そこで、全体が読みの枠組の違いによって「第1部　〈家〉の文法」、「第2部　〈家族〉の神話学」、「第3部　〈家庭〉の記号学」の三つのパートに配置されている。いま、「第3部　〈家庭〉の記号学」のパートに置かれた『明暗』論（「修身の〈家〉／記号の〈家〉　『明暗』」）の冒頭部を引用しておこう。

多くの読者が、まるで魅入られたように『明暗』の結末に何かを期待する。それは、この小説が未完に終わったからばかりではないだろう。結末への期待を駆り立てて止まないところに、

『明暗』の秘密があるからだ。小宮豊隆の「津田の精神上の病気」（傍点原文）が「根本的の手術」を受けるという予想や、唐木順三の津田の「精神更生記」説程ではないにしても、多くの読者は、津田由雄を嫌悪し、彼が罰を受けて、お延と「幸福」な夫婦生活を送るきっかけになるような劇《ドラマ》を結末に期待する。その時読者は、自らの期待が「家族語」によって組織されたものであることを十分に意識化してはいないはずだ。

「家族語」とは、精神科医のデーヴィッド・クーパーが『家族の死』（塚本嘉壽・笠原嘉訳、みすず書房、一九七八・六）で用いた言葉で、私たちが家族について語る言葉がフロイト思想の用語となってしまうことを指摘して、それを「家族語」と呼んだ。

この冒頭部で言いたかったのは、『明暗』の書かれなかった結末に、「幸福な家族」という平凡な結末を期待してしまっていいのかということにほかならない。文学は、そういう現在ある家族を肯定するような思想を攪乱するものではないのかという問いかけなのである。その方法を自分で解説した、この本の「あとがき」の冒頭部を引用しておこう。

> 文学を論じることの意味は、文学テクストが、どのような場でどのような意味を生成するのかを明らかにするところにあるのではないだろうか。テクストが書かれた時代にテクストを戻すことだけが、あるいは、はっきりした読みの枠組によって読むことだけが論文の仕事だとは思わない。しかし、極く自然にわかるものだとも思わないのだ。要するに、自分がなぜわかったのかを、何がわかったのかを明確にすることではないだろうか。そのためには、まず自分が

どのような枠組《コード》でテクストを読み解いたのかをはっきりと意識して、示さなくてはいけないのだと思う。そこが、始まりだ。

たとえば『明暗』論も、まさにそこから始めた。『明暗』の読者の結末への期待はある思想《イデオロギー》に縁取られている。そこで、テクストの〈地〉に背景化されがちな津田的な言説を〈図〉に反転させることで、これまでテクストの〈図〉から織り出されてきた結末への期待を相対化しようと試みたのである。この、遠近法が逆転されるプロセスの中で、結末への期待に隠されている読者の思想も炙り出しにすることができると考えたわけだ。もっと簡単に言えば、「津田は悪い」と言えてしまう感性はどのような感性かを知りたかったのである。

「小説は素手で読むべきものだ」という人がいる。不可能な話である。生まれたばかりの赤ん坊にでも読ませるのだろうか。現実には、その人が生まれてからその小説を読むときまでに得た情報を、「自分」という「素手」として見ているにすぎない。それを何の先入観もない「素手」のイメージで語るのは欺瞞だ。それは「私を信じなさい」と言っているのと同じことだ。『明暗』の場合、「「津田は悪い」と言えてしまう感性」がこの「素手」に当たるのではないかと言いたかったわけだ。そういう読み方があってもかまわないが、それはまるで宗教であって、信じるか信じないかだけである。しかも、この場合の宗教はたいていの場合「常識」の別名である。

それに、こうした読み方では文学は自分に新しい何ものをももたらさない。知的な仕事でもない。小谷野敦の仕事がそうであったように、私はきちんと読みの枠組を提示して議論しようと言っているにすぎない。土俵という枠組では相撲を取ろう、ピッチという枠組ではサッカーをしよう。そう言っているだけなのだ。

「テクストの〈地〉に背景化されがちな津田的な言説を〈図〉に反転させることで」――私は「反転」という言葉を好んで使った。絵画で家が描かれていたらそれが〈図〉、その向こうに背景として雲が描かれていたらそれが〈地〉である。ふつう人は、家を見る。多くの場合、それが「素手」で見ることだ。しかし、あえてその遠近法を「反転」させて雲を見ると、世界が違って見えてくる。そして、家だけを見ていた自分がどういう思想に絡め取られていたのかも見えてくる。自分の「素手」が一つの思想だったことが見えてくる。それが、テクスト論の仕事だ。

ここでは、テクスト論について語った。個々の論文については、必要に応じて第三章で触れたい。

若林幹夫『漱石のリアル　測量としての文学』（紀伊國屋書店、二〇〇二・六）

都市論、地図論で勇名を馳せた気鋭の社会学者による漱石論である。

この漱石論が近代文学研究者によって書かれていたら、私は激しい嫉妬を禁じ得なかっただろうと思う。それほど漱石をくまなく読み込んだ、近来出色の漱石論なのである。だが率直に言えば、この本のレベルは私の理解力の上限だった。いや、上限を少し超えていたかもしれない。そんなわけで、きちんと解説できるかどうか心許ない。

若林幹夫は、漱石の小説が描き出す「現実」がどのような物質的基礎によって「リアル」となり得ているかを徹底して「測量」する。そのために若林は、人々が自らの社会に対して持つ遠近法とその中に表れる社会の空間的様相を「風景」と呼んで重視する。この点について『こころ』

を例に説明したところを「序章」から引用しよう。

　両親から見てそうであるように、自分でも自身が「まるで足を空に向けて歩く奇体な人間」（「中　両親と私」六）であるかのような気持ちを折々起こす〈私〉は、東京を自分の根拠地と考えると同時に、家郷の両親の視線もまた内面化しており、自身に内面化されたこの家郷と東京が、彼の心的な葛藤を形作っている。同じように、自分が死んだ後に妻が一人田舎の家に残されることに不安をもちながら、息子に東京でよい地位を求めろと勧める〈私〉の父の矛盾した心理は、父の内面にもまた東京と家郷との矛盾し相剋する関係が、息子との関係を通じて内面化されていることを示している。それは、『こころ』に見られる家郷と東京との関係が前近代と近代の矛盾し、相剋する風景なのではなく、日本近代という社会の中で生きられる一つながりの風景、一つながりの地形であるということだ。（中略）

　私がここで〈風景〉と呼んだのはそのような、ある社会を生きる人びとに見出される自らの社会を対象化する視界《パースペクティヴ》と、その中に現れてくる社会の空間的な様相のことである。だから正確にはそれは、〈社会の風景〉と呼ぶべきものだ。

　ここでは、それ自体がすでに興味深い分析を例にして、この本の枠組が的確に提示されている。さらにこの「社会の風景」は「地勢学的《トポグラフィカル》」な現れ方をするという。つまり、「人びとの間の社会的な諸関係の構造やその表象が、地理的な世界における空間的な構造をもつものとして現れる」ということだ。

ここで私なりの例を挙げれば、こうなる。明治の立身出世の欲望は、人々を地方から東京に集中させ、それを皇居を中心とした山の手に再配置した。最も皇居に近いのが役人の居住域、次が高級軍人の居住域、次が実業家の居住域、そして山手線近くの周辺部がサラリーマンの居住域という具合にである。明治の指導層が、居住域によって棲み分けられていたのである。これが「社会の風景」の「地勢学的」な現れ方だ。

こういう枠組によって何が見えてくるのかについては、こう語られている。

こうした試みを通じて現れるのは、漱石という作家＝測量器によって測られた明治末から大正初めにおける「現実 the real」の空間的な様相と構造と、そうした空間的な様相と構造を支える社会的な「現実」の構造であり、そのような構造の中で人びとに生きられる「現実」のあり方である。

これでタイトルの意味がわかった。この枠組が成功した例を一つだけ「室内と帝国──『それから』『門』『彼岸過迄』など」から挙げておこう。

若林幹夫はハンナ・アレントを参照して、「財産 property」と「富 wealth」とを区別する。「財産」とは「人が世界の中で占める場所であり、その場所を占めることによって人はある社会集団の正規のメンバーとなることができる」。一方「富」とは流動性をもつもの、すなわち「商品」である。近代とは「「財産」が「富」に変換されていく社会」だと言う。こうした観点から漱石文学を読むと、次のような物語が見えてくる。

『三四郎』で東京という都市の劇烈な動きの強度を象徴し、支えるものとして描かれた電車が、ここでは（『それから』の末尾―石原注）さらなる強度を増した「世の中」の象徴として代助を捉えている。この意味で『それから』は、室内の趣味の小宇宙が路上の生活の論理に脅かされ、「室内の人＝趣味の人」であった代助が「路上の人＝生活の人」になる物語なのだと言うことができる。

代助と宗助、甲野と小野の対比が示すのは、「室内」という同じ場所が社会の地形の中でもつ意味が、「室内」という趣味の宇宙のいわば経済的な下部構造である財産の有無によって異なること、そしてその「室内」を失った側にとって、様々な商品が陳列される繁華街のショウ・ウィンドウや電車の釣り広告等が「失われた室内」の幻像の現れる場となること、それゆえ「路上」は平岡や代助が職を求めて走り、宗助が日々の通勤で行き来する「経済の世界」と「失われた室内」の二つを表象する二重の意味を負ったものとして現れてくるということである。

ここでは「室内」が「財産」の表象であり、「路上」が「富」の表象として論じられていることがわかる。「室内／路上」が「財産／富」と重ねて論じられることによって、漱石文学が一気に「社会の風景」の「地勢学的」な現れとして見えてくるのだ。それにしても、「「室内の人＝趣味の人」であった代助が「路上の人＝生活の人」になる物語」とする『それから』の読みは卓抜である。

市場経済による開発は、「「財産」が「富」に変換されていく」ような新たな都市の「風景」を産み出すが、その「風景」は趣味の世界である「室内」と経済活動の場である「路上」との鮮やかな対比を見せて、漱石文学を構成しているわけだ。なるほど、漱石文学の男たちはどれほど「室内」に憧れ続けたことか。ここには、漱石文学の基本構造がみごとに捉えられている。

その他の論点を、簡単にまとめておこう。

たとえば、汽車と電車は漱石文学に繰り返し登場する近代を代表する装置で、これらが作り出すネットワークと速度は新たな都市の「風景」と言えるが、その理解なしには登場人物の織りなす関係を読むことはできないのである。そのもっとも成功した例が、若林が「交通小説」と呼ぶ『明暗』だ。

汽車、新聞、貨幣、植民地といった近代的装置は自己を了解不可能な他者の中に投げ出すが、実は自己はこうした他者を経由してしか自分には見えてこない。人は他者という鏡に映さなければ自己が見えないということだろう。他者としての自己という「不気味なもの」が近代小説のテーマとなり得たのは、近代的装置による「風景」の変容を前提としていたと言うのである。若林幹夫は「見知らぬ自己」という近代文学に繰り返し表れるテーマさえ、「風景」の変容から解いて見せたのだ。

若林幹夫が漱石を「測量」の対象に選んだことは間違っていなかった。論の枠組も魅力的で結論も魅力的だ。その意味で、いまもっとも読まれるべき漱石論の登場だと言える。

第三章　いま漱石文学はどう読まれているか

小説の「読み」が「商品」になるとき

先日、小さな学会のシンポジウムにパネリストとして参加した。テーマは「『こころ』を再読する」だった。パネリストの一人は高校での授業の実践報告をした。そして、生徒の一人が「先生と青年は前世では兄弟だったと思う」と主張して譲らなかったと報告した。私はどう対応したのかを知りたかったので、さらに突っ込んで聞いてみた。「あくまで生徒の「意見表明」として、個別に対応して受け入れた」ということだった。私は「それでは国語の授業にはならない」と、以下のような意見を述べた。

「自由に読むこと」と「無茶苦茶に読むこと」は違う。もちろん、「無茶苦茶に読むこと」を読書の楽しみとして否定はしない。それにはなんの根拠もいらない。想像力を思いっきり羽ばたかせればいい。しかし、国語における読書は「無茶苦茶に読むこと」ではいけない。何らかの根拠を、たとえ根拠の痕跡であっても、小説の表現から示さなければならない。そしてその根拠から作り上げた「読み」を表明し、人を説得しなければならない。そこまでが、国語における「自由に読むこと」である。先の生徒は「無茶苦茶に読んだ」のだ。しかし、これには厳密な線引きはできない。

『こころ』の冒頭部には、「だから此所でもただ先生と書くだけで」とか、「筆を執っても心持は同じ事である」（傍点石原）という一節がある。だから、この文章は青年が書いた「手記」なのである。言われてみれば当たり前なのだが、このことには小森陽一がはじめて気づかせてくれた。ただし、確実な根拠をもって示すことができるのはここまでだ。問題はその先にある。

私は、青年がその手記を公表したと読む。やはり冒頭部に「これは世間を憚《はば》かる遠慮というよりも」という公表を前提とした一節があるのが手がかりだが、この「読み」はより多く文学的想像力の領域にある。私は、小説からハッキリは見えていない物語の痕跡をかき集めて、「青年の物語」——すなわち、自分の書いた手記と先生の遺書とをセットにして公表しなければならなかった青年の物語を、『こころ』の「読み」として構想する。その物語の強度が、「自由な読み」かどうかを決める。

しかし、「自由な読み」も魅力的で説得力がなければ強度を持たない。そこで、その「自由な読み」の聞き手としての他者の役割が注目されることになる。文学的想像力は他者との関わりの中で、はじめて文学的想像力として承認されるのである。そのような「対話」の場こそが国語なのだ。もちろん、研究も評論も同じだ。——そんな意見を述べた。

では、刺激的な「読み」とはどういうものだろうか。たとえば、私の論文や評論が成功するとはどういうことだろうか。それは、私の論文や評論を読んでくれる読者が一〇〇人いたとして、そのうちの五一人が賛成してくれて、四九人が批判してくれることだと思っている。これは厳しい現実だが、「個性的な読み」が「商品」になるとはそういうことではないだろうか。

誰でも賛成してくれるような「読み」は当たり前の読み方、つまりは「ふつうの読み方」であって、それをわざわざ活字にして公にする意味はない。つまり、「商品価値」がないということだ。「読み」という「商品」は、多くの人が憧れることで成立するヴィトンのバッグとは違ったスタイルの「商品価値」を持つ。批判にさらされる覚悟が必要なのだ。だから、研究者も評論家も命を削るようにして読んで、命を削るようにして五一人目がやって来るのを待っている。

小説はどんな風に読まれるのか

小説を「自由に読む」とは言っても、研究や評論である以上どうしてもいくつかのパターンに収まってくる。それは、研究も評論もそれよりも前に書かれた研究や評論のどれかに似ていなければ、研究や評論とは認知されにくいからだ。そこで、私は読みの論文や評論をおおまかに四つのパターンに分けて意義を読み取ることにしている。いま、それを『坊っちゃん』を例に説明しておこう。

①定説を深める論——つまりは、「ふつうの読み方」である。『坊っちゃん』なら、真っ直ぐな性格の正義漢の江戸っ子が、四国の中学校の権威主義と爽快に戦う物語で、一種の「大人の童話」のように読むのが一般的だろう。一方、漱石に寄り添って読めば、当時まだ勤務していた東京帝国大学の権威主義や明治政府の進める近代主義に染まった世の中に対する鬱憤晴らしをした小説ということになる。

率直に言って面白くはないが、まちがっているわけではない。だから、「定説に一票」のような論文も書かれる。それでも、定説をきちんと補強していれば十分意義はある。この手の論文の割合が意外に高いと思っている。定説は強固であったほうがチャレンジのしがいがあるが、私の好みではないからこの本では取り上げない。定説にチャレンジした方の論文を取り上げようと思う。

②読み換える論――言うまでもなく、定説を読み換える論だ。たとえば、〈坊っちゃん〉は、実は物語の中心人物などではなく、物語の中心は四国の中学校で起こっている赤シャツと山嵐の権力闘争で、〈坊っちゃん〉はそれに気づかないまま巻き込まれてしまったにすぎないという「読み換え」を行った論文だ。悪い奴と爽快に戦ったなどという話ではない。

これはみごとで、一度言われてしまうとそうとしか読めなくなる。これ一本で『坊っちゃん』という小説のイメージががらりと変わって、その後、それを踏まえた論文が量産されることになる。言ってみれば、「読み」のパラダイム・チェンジが起きたようなものだ。私が一番好むタイプの論文である。

③文化的・歴史的背景に位置づける論――『坊っちゃん』を読めば、「東京／地方」という対立の図式によって〈坊っちゃん〉が語っていることは、誰にでもわかる。ところが、登場人物の背景を見てみると、赤シャツ一派のように明治時代に適応して生きている人間と、会津藩出身の山嵐や元は旗本だという〈坊っちゃん〉自身や松山の武士だったらしいうらなりなど、江戸幕府に味方して明治政府と戦った佐幕派との対立の構図が見えてくる。小説で感情移入できるように書かれているのは、言うまでもなく佐幕派のほうだ。そこで、『坊っちゃん』を「佐幕派の文学」と歴史的な文脈の中で位置づけた論文が現れた。

おそらく当時の読者にはピンと来た構図だったにちがいない。しかし、現代の読者である私たちには、こうして研究という営みによってその対立の構図を「復元」して貰わないとわからない。こういう論文を、私は「文化的・歴史的背景に位置づける論」と呼んでいる。これは文化史や歴史に対する深い知識と理解がないとできない「読み」で、高級だ。高級だが知識の問題だから、言われればわりと納得しやすい。

④意味付ける論――『坊っちゃん』の同時代評に、ああいうがさつな男にあれだけきちんとした文章が書けるはずがないという意味の批判があったのを覚えておられるだろうか。実は『坊っちゃん』論でも、帰京して街鉄の技手におとなしく収まった〈坊っちゃん〉はもう〈坊っちゃん〉ではないという説があった。これは人物評価だから、語り方に疑問を感じた同時代評のほうが問題設定としては高級だ。この高級な問題設定を解いて、〈坊っちゃん〉の語り方を詳細に分析して、語っている〈坊っちゃん〉はもう変節してしまっていることを明らかにした論文が書かれた。

これは、〈坊っちゃん〉という人物の変節や語りの構造を意味付けているので、私は「意味付ける論」と呼んでいる。基本的には、「なぜ」という問に答える論文である。たとえばこの論文は、「なぜ〈坊っちゃん〉はこんな風に語れるのだろうか」という問に答えている。こういう論文を書くには、文学理論に対する深い理解と分析技術の高い操作能力が求められる。このタイプの論文は、文学研究が一九八〇年代以降に身につけた重装備の理論武装による高度な分析の結果可能になったので、一般の読者には一番わかりにくく、そして屁理屈をこねているように見えやすいタイプの論文だ。

読書感想文なら、①を自分なりの文体や構成で上手に書ければ十分だ。しかし、大学では違う。

大学で小説の「読み」を勉強するのは、②から④までのタイプの論文が書けるようになるためだ。もちろん、学生の好みや資質もあるから全部がうまくできなくてもいい。しかし、最低限どれか一つはきちんとできないと、大学で小説の「読み」を学んだ意味がない。それが、大学が求めるレベルの「個性的な読み」だ。レベルの違いはあるが、学会で通用する小説の「読み」の論文も、同じことである。

そこで、以下では一般にはあまり知られていない、②から④のタイプの論文や評論の「商品カタログ」をお見せしようというわけだ。主要な小説について、それぞれ五本程度の論文や評論を挙げておきたい。どれか気に入った「商品」があったら、是非実物を取り寄せて読んでほしい。「商品カタログ」の説明は、一般の読者でも論文が読めるように書いておくつもりだ。

なお、はじめの『吾輩は猫である』と国民小説『坊っちゃん』については論文というものを知ってもらうために、論の展開もわかるようにかなり詳しく解説しておこうと思う。それ以降の小説については、「読み」の個性や面白さがわかるように説明しておこう。

では、「読み」の楽しみに向けて先に進もう。

『吾輩は猫である』（明38・1〜39・8）

【梗概】吾輩は猫である。名前はまだ無い。——この無名の猫が主人公で、中学校の英語教師珍野苦沙弥に拾われ、苦沙弥の家族や友人たちのことを報告する。

主人は胃弱の大食漢、多趣味だが何もモノにならない。こうして飼われてみると人間ほど愚かで身勝手な生き物はないと思われる。主人の所へも、美学者の迷亭、理学者の寒月、哲学者の独仙、詩人の東風など変人たちが集まって来てはとりとめもない話に興じている。

吾輩は彼らをも皮肉まじりにかつユーモラスに報告するのだが、近所の金田鼻子が寒月を勝手に娘の富子の婿候補にしてからは様子が違って来る。博士になったら娘をやろうという高慢な態度に主人は激怒、金田のいやがらせにも降参しない。吾輩も読心術を駆使したりなどして、報告も金田批判の色合いを強める。

結局寒月は故郷で結婚し、富子とは主人の教え子で実業家の多々良三平が婚約した。主人たちはこれを祝福するが、この太平の逸民たちもどこかもの悲しさを抱えているように見える。吾輩もくさくさして来たので、飲み残しのビールを飲んでふらふら歩いていたら、水がめに落ちてみごと往生。


【ふつうの読み方】直接的には、明治三七年の初夏に千駄木の漱石の家に舞い込んできた猫を飼うことになったのがヒントになった小説で、猫の目から見た文明中学校の英語教師珍野苦沙弥の言動を借りて、当時漱石が抱いていた日本への不満の鬱憤晴らしを思う存分行っている。特に、文明社会や権力の象徴（と、漱石が思っていたらしい）である「お金」に物を言わせて物事を自分の思い通りに運ぼうとする金田鼻子に対する敵意は並々ならぬものがある。

しかし、苦沙弥のサロンに集まって金田や世の中を批判する「知識人」たちも、意味のない語らいを続けているだけであって、結局は「太平の逸民」でしかない。これは、漱石の苦い現実認識を物語っている。この苦沙弥は漱石の分身でもあるが、その苦沙弥が戯画化して書かれているところに、漱石の現実認識と自意識とが働いているのである。

梅原猛「日本人の笑い——『吾輩は猫である』をめぐって——」（『文学』一九五九・一）

古い評論で迷ったが、『吾輩は猫である』の「笑い」の特徴の分析としてはもはや「古典」の位置にあるので、取り上げることにした。

梅原猛は、『吾輩は猫である』の「笑い」の特質を、漱石が好んで論じたスィフト『ガリバー旅行記』と対比させながら論じている。類似点は、人間が動物と同等にまで価値が低下させられることによる笑いが生じ、それは人類の誰もが逃れることができない価値低下という点にある。相違点は、人間の価値低下の度合いで、『ガリバー旅行記』より『吾輩は猫である』のほうが少ないと分析している。

では、どうしてこういう相違点ができたのか。その理由を、梅原猛は次のように説明している。

『ガリバー』の笑いの背後には、二千年にわたる西洋文化の伝統があるように、『猫』の笑いの背後にも二千年にわたる東洋文化の伝統があろう。東洋における最高の笑いは、ジャン・パウルの言うような、すべての有限な現実を、無限なる理念に対照させて笑う笑いではなく、むしろ一切の相対的有を、絶対的無に対照させて笑う笑いであろう。

「ジャン・パウル」は、ユーモアの代表としてスウィフトを挙げているそうで、「ドイツ・ローマン派の先駆者」で、「無限」への志向を持つ人物である。つまり、西洋的な笑いは現実にはあり得ない「理念」と比較して笑うから価値低下が大きくなるのに対して、東洋的な笑いはもともと絶対的な価値を想定していない相対的な関係にあるもの同士を「無」という地点にまでしか価値低下させない笑いなのである。言ってみれば、西洋の笑いは絶対者からの笑いであって救いがないが、東洋の笑いは「どっちもどっち」という笑いであって「お互い様」的な救いがあるということだろう。

こういう大風呂敷が梅原猛の持ち調子だが、『吾輩は猫である』の笑いについては当たっているのではないだろうか。そして、『吾輩は猫である』が誰が見ても漱石の分身としか見えない苦沙弥をあまりにも多く笑いの対象としているところから、こういう漱石像を思い描く。

漱石が、『猫』で特に己を笑ったのは、『猫』の笑いが、東洋的であったにしても、漱石自身未だ充分に自己を放下し、一切を眼下に見下す高い無の境地に立つことができず、否定的に自己にとらわれていたのではなかろうか。一般に余りに自己を笑いすぎる人間は、あまりにも大きな自惚れの持ち主ではないか。そして、あまりに多く自嘲の笑いを人に示そうとする人は、その自嘲の笑いによって、自嘲の笑いすらできない他人に対する優位を示そうとしているのではないか。

ちょっと穿ちすぎのような感じもするが、当たらずといえども遠からずかもしれない。「神経衰弱」に陥っていた当時の漱石にとって、『吾輩は猫である』を書いて自己を対象化することそれ自体が自己療養だっただろうし、その上に自己否定の回路を経た後であっても、自己の「優位」を確認し、他者に認めさせることができれば、さらに自己療養の効果は上がっただろう。

このような心理について、梅原猛は次のように説明している。

『猫』では、一切が、猫からの笑いによって否定される。しかし、その否定のベールをとりのけて見ると、エゴは価値の王座に座っていた。複雑な間接的自我肯定法、それは恐らく、最も端的に直接的に自己を神と称したニーチェが、どうにも耐えがたかったらしいソクラテスの間接的自己肯定法、すなわち、私は無知であるが、自ら無知であることを知っている、しかし他人は無知でありながら、自ら無知であることを知らない、それゆえに、私は他人より賢いという間接的自己肯定法より、はるかに曲折したエゴ肯定のしかたであろう。

ソクラテスの「間接的自己肯定法」は自分の無知を知っているかいないかだけが問題だった。『吾輩は猫である』の「間接的自我肯定法」は、自分の無知を知っているとして、さらにその無知を笑えるか笑えないかが問題になっている。それを「曲折したエゴ肯定」と言っているのである。梅原猛は「今こそ理想主義的笑いが日本文学においても必要」だとこの評論を締めくくっている。この言葉には、ひたすらに近代化に憧れていたこの時代の刻印がハッキリ示されている。梅原猛には『吾輩は猫である』の笑いは生ぬるく映ったのだろうが、アジア評価の機運がある現在なら、逆の評価をするかもしれない。それにしても、すでに国民作家だった漱石の笑いを批判的に検証した勇気は大したものだ。

梅原猛は『吾輩は猫である』の笑いの構造を図にしているので、最後にそれを挙げておこう。「猫」を回転の軸として、「一般的価値意識」がくるっとひっくり返っているという見立てである。『吾輩は猫である』の人間や動物の位置関係から来る笑いの構造の理解についてはこれが基

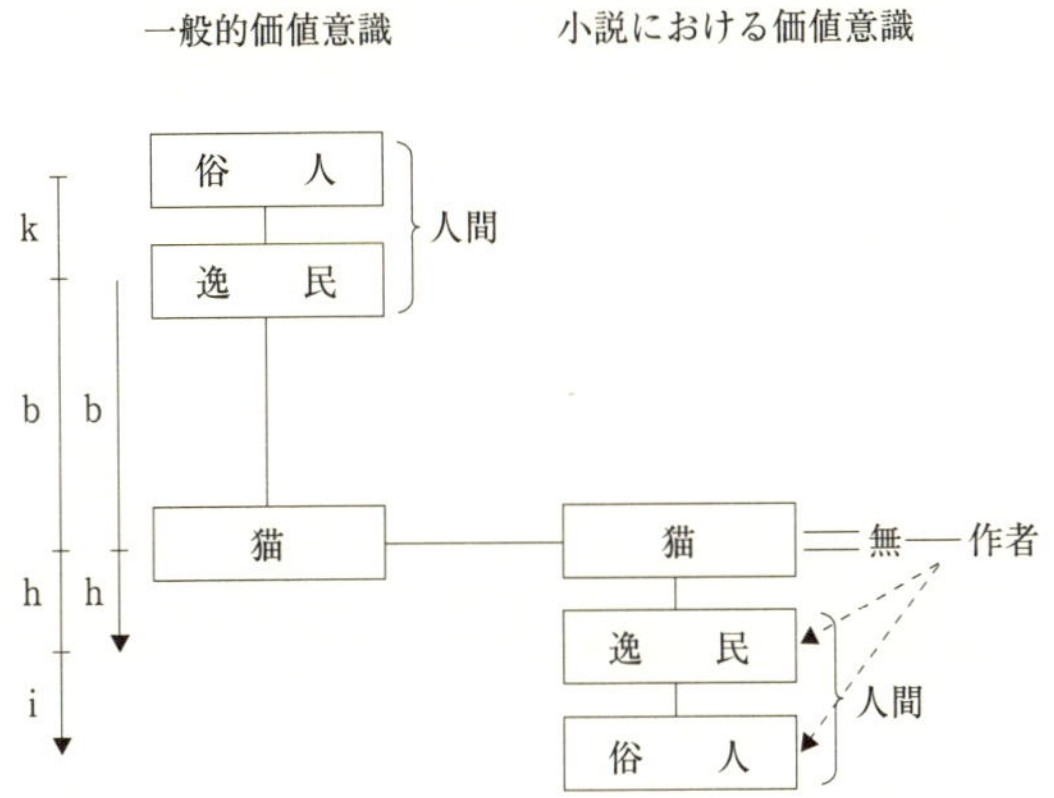

一般的価値意識においては、俗人は逸民より価値が若干（k）だけ上である。しかるに小説における価値意識にしたがえば、逸民の方が俗人より少し（i）だけ上である。
ゆえに逸民はb+hだけ、俗人はb+h+k+iだけ価値低下する。

『猫』におけるさらに精密な価値低下の強度の図式的説明
（梅原猛「日本人の笑い」より）

本となるだろうし、漱石論としても色あせていない。

この図を改めて現在の時点から見てみると、「作者」が一番上に位置する「俗人」からも見下されているから笑いが起きるようにも読めて、興味深い。さらには、これは「作者」の読者意識の問題や小説内での語り手の問題として、現在でも十分に検討に値する。

これは④型の評論だ。現在では『日本文学研究資料叢書　夏目漱石』（有精堂、一九七〇・一）、『漱石作品論集成　第一巻　吾輩は猫である』（桜楓社、一九九一・三）でも読むことができる。

前田愛「猫の言葉、猫の論理」（内田道雄・久保田芳太郎編『作品論　夏目漱石』双文社出版、一九七六・九）

この論文は「「猫」の世界をみたしているのは、先ず何よりも饒舌の印象である」と誰もが抱く「印象」から書き出され、少し後では「しかし、こうした言葉の氾濫は、「猫」の世界の住人たちを結び合わせる濃密なコミュニケーションのしるしではなく、逆にその不在を指し示すたしかなしるしであるように思われる」と、その「印象」が引っ繰り返される。「ふつう」がよく見えている人が、「ふつうでない読み方」を目指した典型的な論文だ。

「たしかなしるし」というフレイズは私たちの世代にはお馴染みの前田節だが、この「しかし」からはじまる文章の内容がおかしく見えることは言うまでもない。猫がどれだけ饒舌でもそれが登場人物に伝わらない大前提がある以上、猫の饒舌は登場人物同士のコミュニケーションの問題とは無関係だからである。

だから、前田愛は「しるし」と書いたのだろう。猫の饒舌はむしろ人間同士のディス・コミュニケーションの「しるし」のように見えるという、逆説的な見立てなのである。そうである以上この論文では、言葉がディス・コミュニケーションとして機能していることを論証するために、論理と分析を集中させるはずだ。ただし猫の言葉も例外ではないとするところが、この論文のユニークなところである。これが論文の醍醐味であることはまちがいないが、前田愛が危ない橋を渡ろうとしているのもまたまちがいがないことだ。

はじめに、猫に語られる人間（登場人物）の世界のレベルを追っておこう。

前田愛が、登場人物のレベルの問題で注目するのは迷亭だ。迷亭を論じる前提として、金田が何事も損得勘定で語ることに注目する。

　金をつくるためには「義理をかく、人情をかく、恥をかく」の「三角術」が必要だとする金田の生活信条は、正確にその言葉の構造そのものに反映されているのである。こうした金田の論理は日常的な論理をこえた何かであって、人間関係のさまざまな局面を金銭がつくりだす抽象的な関係に置換して行く疎外の論理に近いものになるはずである。迷亭が揶揄したように金田が「一個の活動紙幣」にすぎないとすれば、彼の言葉も抽象的、類型的であることによって流通性を獲得するのである。

「疎外の論理」というフレイズを読むと、「左肩上がりの前田さん」（もちろん、左翼的という意味）と言われたらしい、前田愛のイデオロギーが滲み出ている感じがするが、当時の「現代思想」においては貨幣と言葉が同じ論理によって語られることがよくあった。迷亭が使う言葉をそのような論理で論じたのが、次の一節である。『吾輩は猫である』では、「トチメンボー」という不思議な言葉をめぐって議論されるが、これは「「日本」派の俳人橡面坊とメンチボールを掛けた地口」である。

　迷亭が口にするトチメンボーは、実在の俳人橡面坊を指示する記号であり、同時にメンチボールという音の記号のたんなる模写でもある。この二重性を自在にあやつる迷亭は、言葉とものとのあいだにある結びつきを失格させてしまう。しかも意味の絆を失って浮遊するトチメンボーをめぐって、迷亭とボーイとのあいだに見せかけのコミュニケーションが成立するところに、漱石が仕掛けておいたアイロニーの陥穽がある。この「トチメンボーの亡魂」をいたるところで跳梁させるのが迷亭の饒舌なのである。

貨幣はそれ自体としてはほとんど無価値だからこそ、あらゆるものの価値を計る基準となり得るという逆説を説くのが、「現代思想」のモードだった。言葉もそれと同じで、「同時にメンチボールという音の記号のたんなる模写でもある」のあたりが、こうした論理を踏まえている。つまり、迷亭の使う言葉は中身のないただの記号のやりとりにすぎず、したがってコミュニケーションは成立していないというわけだ。

「漱石が仕掛けておいた」も前田節の一つだが、登場人物のレベルでディス・コミュニケーションを引き起こしているのは、迷亭だと言うのである。ただし、迷亭の「言葉の異様なかたち」も苦沙弥のサロンに集まる人びとの言葉によって「相対化」されてしまう。迷亭の力も絶対ではないわけで、登場人物のレベルでは、言葉は完全には「失格」させられてはいないのである。

では、猫のレベルの問題はどうなっているのだろうか。『吾輩は猫である』において、言葉の機能を「失格」させてしまう最終的な責任者は言うまでもなく語り手の猫である。この問題の解決には、それなりの力業を必要とするようだ。

前田愛は、マルティン・ブーバーの『我と汝・対話』（田口義弘訳、みすず書房、一九七八・一〇。または、植田重雄訳、岩波文庫、一九七九・一）の議論をふまえて、こう言っている。

終始無名の存在である猫は、二弦琴の師匠の三毛との淡い恋愛を唯一の例外として、はじめからわれ―なんじの関係にはいりこむ可能性を閉ざされている。（中略）こうした無名の猫によって開示される「猫」の世界は、われ―なんじの関係とはうらはらなわれ―それの関係が跳梁する世界であって、それは石の地蔵への呼びかけを忘れていた町の人びとのありようを拡大したものなのだ。

「われ―なんじの関係」とは二人称的な暖かい人間的な関係を言い、「われ―それの関係」とは三人称的な冷たいモノとモノとのような関係を言う。「石の地蔵への呼びかけ」云々とは、何をやっても動かなかった辻の真ん中に立っている大きな石地蔵が、「動いてやんなさい」という二人称的な「呼びかけ」に応じて動いたエピソードを指している。

「こうした無名の猫によって開示される「猫」の世界は」のあたりは、語り手の猫と語られる人間世界を結びつけようとしてやや苦しげな展開の文章になっているが、つまりは猫も人間たちも「われ―それの関係」、すなわちコミュニケーションの断絶を生きているということだ。それが「淡い恋愛」や「石の地蔵への呼びかけ」のエピソードと対比させられている。

前田愛は、猫の語り口に否定形が多いことを指摘して、それは猫の「無名性」の象徴でもあり、同時にこういう意味を持った文体だと言う。

このような猫の屈折した思考過程を「SはPならずしてQなり」の定式であらわすことができるとすれば、猫の語りに頻出する否定形の意味するものももはや明らかであろう。それは

「吾輩は猫である」という書き出しに託されていた吾輩（人間）＝猫という二重性から導き出された文体的な表徴なのである。

「SはPならずしてQなり」は書き出しの「吾輩は猫である」の分析で、「吾輩（人間）＝猫」ならば、この書き出しは「吾輩は人間ならずして猫なり」になる。その「人間ならずして」の部分が「否定形」が頻出する文体として現れているというのだ。これは論理ではなく、例によって見立てである。

さらに前田愛は、荒正人の〈漱石は探偵嫌いだったが、猫の形に姿を変えれば探偵ができた〉という説明を参照して、「おそらく漱石は自分の追跡症的体験を探偵としての猫に反転し、転移することによって、その精神的危機を昇華し、克服する可能性を見出していたのではなかったのか。いわゆる芸術療法である」と述べている。

漱石はこのように『吾輩は猫である』を書くことで、「神経衰弱」（当時のはやり言葉だが、妻の鏡子によれば、この時期の漱石は特に精神的に不安定だったという）に陥っていた精神を自己療養したのである。『吾輩は猫である』を書くことが漱石の自己療養だったという捉え方は最近ではかなり広く共有されるようになったが、前田愛の指摘はそのごく早い時期のものだった。

猫は様々な屁理屈をこねるが、一匹の無名の猫に自己を託して屁理屈を語ることが漱石の自己療養であったとすれば、この「猫の擬論理は、明らかに日常的現実の歪んだ言語化」としか理解しようがなくなる。なぜなら、たとえそれがどれだけ歪んでいようとも、言語化することは現実を引き受けることにほかならないからである。言語化することが自己療養につながる典型的な例は、カウンセリングである。カウンセリングは不安定な状態にある心を、言葉によって現実にしっかりと位置づける試みだ。私たちが家族や友人や知人の愚痴を聞いてあげるのも、小さなカウンセリングなのだ。

しかし、漱石は猫に自分を託すことができたが、猫は漱石に自分を託すことはできない。猫の言葉を聞く人もいない。当たり前である。そこで、猫には自己療養はやってこない。

いわば石の地蔵への親しい呼びかけを知らない町の人びとと同様に、探偵であり、経験主義者である猫は、われ―なんじの関係をむすぶことができず、われ―それの世界にとどまるのである。

どうやら、猫がディス・コミュニケーションの世界にとどまらなければならなかったのは、猫に「探偵」を押しつけた漱石のせいだったようだ。おかげで、漱石は助かった。

では、猫の抱えていた問題は登場人物には共有されていなかったのだろうか。そうではないと、前田愛は言う。しかし、それは猫が自分の役割を終えたときでもあったと言う。この論文の最後の一節を引いておこう。

おそらく、第十一章で、苦沙弥が探偵という言葉に託して、われ―なんじの関係を失ってわれ―それの関係にとらわれている近代人の病理を語りはじめたそのときに、猫に与えられた役割はとどめをさされていたのである。

言葉が横溢している『吾輩は猫である』は、むしろディス・コミュニケーションの物語だったというわけだ。前田愛の訴えたかったのは、そういう「近代人の病理」だろう。作家漱石を論じている点でも、近代を批判する点でも、これはまちがいなく「作品論」の時代の論文だった。

これは②型と④型とを兼ね備えた論文だ。現在では、前田愛『近代日本の文学空間』(新曜社、一九八三・六→平凡社ライブラリー、二〇〇四・五)、『前田愛著作集　第六巻　テクストのユートピア』(筑摩書房、一九九〇・四)、『漱石作品論集成　第一巻　吾輩は猫である』(桜楓社、一九九一・三)でも読むことができる。

板花淳志「『吾輩は猫である』論—その多言語世界をめぐり—」(『日本文学』一九八二・一一)

この論文は、『吾輩は猫である』論にもテクスト論の時代が到来したことを感じさせる、鮮やかな印象を私たちに与えた。漱石については論じない。ひたすら猫の語りについてのみ論じきっているからである。

板花淳志は、まず指摘する。二絃琴の師匠の飼い猫三毛子は「比較的上級の山の手生活者の言語」を話し、車屋の飼い猫黒は「庶民的生活者の言語」を話すこと、さらには語り手の猫は軍人の飼い猫白の意見を語るときには白という「他者のことばの隠された引用」を行っていることを。語り手の猫は、すぐに他者の言葉の影響を受けてしまうのである。こうした指摘自体が新しかった。

そこで、こうなる。「〈猫〉の志向性とは、いつでも他者の言葉そのものへ向う自意識の運動であり、〈猫〉は他者たちの声の集積点となる」。やけにわかりにくい文章だ。こういうことだろう。「小説内の言語を分化させてゆく作中人物たちのあり方を基本的に性格付けているのは、苦沙弥をとりまくインテリグループの知的対話と実業家金田を取り巻く生活者の言語間に起る拮抗・落差」だが、語り手の猫の言葉には、実に様々な言葉が、語り手の猫なりに加工して「引用」されている。

したがって、『吾輩は猫である』を「漱石による文明批判の作品」とする従来の評価は、「集積点」としての猫が発する言葉の勇ましい一面だけを読み取ったものでしかなく、消極的な面を見落としていると言うのだ。語り手の猫の言葉は単一ではないのである。これは〈語り手＝猫＝漱石〉という従来の理解からは出てこなかった読みだ。

ここまではわかりやすい。これから先の展開はわかりにくいかもしれない。実はわからなくてもいいのだが、敬意を表して一応論の展開を追っておこう。

〈猫〉の語りのなかには、いつでも〈猫〉の声と緊密に結びついた他者の声がある。語りが照らし出すのは、一つの視野ではなく、もう一つの視野により重層化されたポリフォニイ的世界＝多声世界なのである。

文学研究の心得のある人ならわかるだろうが、ここで板花淳志が注記しているのは、ミハイル・バフチンの著書である。この頃からバフチンは大流行で、一時は「ポリフォニー」とさえ書けば、とりあえず論文らしく見えた時期もあった。これはまだその早い時期の論文だ。板花淳志は次のような一節を引用して、具体的に分析している。

吾輩は先ず彼がどの位無学であるかを試してみようと思って左の問答をしてみた。

「一体車屋と教師とはどっちがえらいだろう」

「車屋の方が強いに極っていらあな。御めえのうちの主人を見ねえ、まるで骨と皮ばかりだぜ」(中略)

「……然し家は教師の方が車屋より大きいのに住んでいる様に思われる」

「篦棒《べらぼう》め、うちなんかいくら大きくたって腹の足しになるもんか」(傍線板花)

梅原猛は『吾輩は猫である』の笑いを「価値の高いものが価値の低いものの段階に価値低下する」ことに見たが、板花淳志は『吾輩は猫である』の笑いはそういうことだけではないと言う。笑えるのは、このやりとりの「ちぐはぐ」さなのだ。しかし、その「ちぐはぐ」さに大きな意味がある。

いま引用した一節において、「総じてここで相互に照らし合う意味と価値は、〈猫〉の知識と黒の無知、不健康と健康、地位や名誉と労働、文明と反文明」であり、「〈猫〉の語りは、以上のように分裂した諸言語とことばを、一つの対象に向けて合流させ、具体化する機能」だとする。そこで起きるのは「哄笑」という「世界の全体性、人間のすべての生にかかわる笑い」だ。

バフチンのかなり生硬な援用でわかりにくいが、こういうことだろう。語り手の猫は「ちぐはぐ」な言葉を結びつけて錯綜した主体となってしまった。しかし、そもそも世界は一つの論理で統合されているはずがなく錯綜したものだから、この「ちぐはぐ」さこそが「世界の全体性」だと言える。だから語り手の猫が醸し出す笑いは、「世界の全体性」を笑うことなのである。それをバフチンは「哄笑」と名づけた。つまり、「世界の全体性」などというものは、こういう「ちぐはぐ」な矛盾だらけの形でしか姿を現さないということである。

ところが、無名の猫は他者から存在を承認されていないも同然だ。人は（猫はと言うべきか）名前によって他者に承認されるものだからである。そこで、こうなる。

> そして、〈猫〉に吸収された言葉と意味の洪水は、笑いとなって発散される一方で、無名なる存在の総体を内部から意味づけ解体する。

またしても「無名なる存在の総体を内部から意味づけ解体する」がわかりにくい。私自身も含めて、テクスト論全盛の時期には難解というか、こういう意味の取り難い下手くそな文章が多く書かれた。こういうことだろう。

語り手の猫は外部から他者によって意味づけられていない。したがって、かき集めた言葉によって「内部」から自分を意味づけるしかない。しかし、それらの言葉は「ちぐはぐ」なのだから、自己を統一できるはずがない。それで、自己の存在を「ちぐはぐ」な言葉が「内部」から「解体」してしまうのである。それが「他者たちの声の集積点」としての語り手の猫の運命だった。

論文はこのあともう少しだけ続くが、ここまでが主要部だ。「ポリフォニー」以下の論述はバフチンの論理通りだから、ある意味では新味はない。しかも、いま引用した「無名なる存在の総体を内部から意味づけ解体する」という一節にいたっては、バフチン理論はそうだが、論文ではこういう言葉で述べられているだけで、それが『吾輩は猫である』においてどのように具体的に現れているのかがまったく分析されていない。バフチン理論の祖述に終わっている。これも、テクスト論全盛の時代には多かった。論文の後半を面白く感じるのは、学会的感性だけかもしれない。ただ、猫は飼い主に似せて言葉を口にしているという指摘、語り手の猫はそれらを「引用」しているという指摘、価値の「ちぐはぐ」さが笑いを誘うという指摘はユニークだった。この論文で、『吾輩は猫である』の語りの分析が一歩前進したことはまちがいない。

これはハッキリと④型の論文だ。現在は『日本文学研究資料叢書　夏目漱石Ⅲ』(有精堂、一九八五・七) でも読むことができる。

安藤文人「吾輩は"We"である——『猫』に於ける語り手と読者——」(『比較文学年誌』第29号、一九九三・三)

この論文は、『吾輩は猫である』論においてはじめて本格的に「語り手と読者」との関係を論じたものだ。もっとも「読者」の問題については、村瀬士朗「『吾輩は猫である』論—言葉と関係性をめぐって—」(『國語國文研究』第80号、一九八八・七) が、論文の最後で論じていた。こんな風にである。

「吾輩」の語りは、「……と云ふ人がいるかも知れないが」「諸君は……」のような、そして「猫ながら……」のような言い方が頻出することに示されるように、自分を「猫のくせに」と軽侮するような聞き手としての読者を常に意識し、その緊張関係によって成り立っている。言い換えれば読者は、まさしく「吾輩は猫である」という冒頭の一節からそのような聞き手として「吾輩」の語りにつき合うことを要求されることになるわけであり、必然的に「吾輩」を相対化し、彼の言葉を読み換えてしまう位置に置かれることになる。

村瀬論文はこの地点から出発すべきだったが、問題提起で終わってしまった。猫は読者を意識して語っているが、読者は猫をバカにしているから、猫の語りを相対化したり、読み換えてしまったりすると言っている。その具体的な分析はこの記述より前でなされているが、いまは省略しよう。

安藤文人は、漱石が明治四二年に『吾輩は猫である』をヤングというアメリカ人に贈ったときの献辞に「此書に於いては、とある猫が一人称複数〝we〟を以て語っている」（原文英語、安藤文人による訳）と書いたことに注目する。なぜなら、漱石はすでに明治三九年に「吾輩は猫である」を「I AM A CAT」とした英訳を校閲（形ばかりだったとしても）していたからである。では、なぜ漱石は「とある猫が一人称複数〝we〟を以て語っている」と書いたのだろうか。その謎を解くのが、安藤論文の仕事である。

漱石が「吾輩」を「We」と意識したかも知れないと推理する高度な検証部分は省略しよう。論文の後半は、それがなくてもキチンと読めるからだ。

安藤文人は、小森陽一が冒頭の「吾輩は猫である」という一文が尊大な語り手を読者が受け入れざるを得ない状況を作っていると論じていることに疑問を投げかける。それは、冒頭に限られたことではないか、と。読み進めていくと、語り手は「決して読者に対する優位性に固執している訳ではな」く、確実にその位置をズラし始めているというのである。

文学理論では、叙述のスタイルを大きく二種類に分ける。一つは「示すこと」(showing)で、もう一つが「語ること」(telling)である。安藤文人は、「示すこと」は語り手が読者に情報を一方的に提供する立場だから、読者よりも優位に立つ叙述である。しかし、「語ること」は読者を意識しながら行う叙述である。『吾輩は猫である』は、小説内において「示すこと」から「語ること」に叙述が移っていることを指摘している。そして、こういう例文を挙げている。

一寸読者に断って置きたいが、元来人間が何ぞというと猫々と、事もなげに軽侮の口調を以て吾輩を評価する癖があるは甚だよくない。(二)

これは「語ること」の叙述であって、しかも偉そうにはしているが、「「読者」という呼称を用いて自分の語り掛ける相手をテキストの中に呼び込んでしまった語り手は、もはや自分の言葉がひとつの関係性の中で発せられていることを認めざるを得ない」。つまり、語り手と読者の関係によって、「吾輩」の位置は揺れ動かざるを得ないということだ。

『吾輩は猫である』には、「何探偵?」や「なに失礼な細君だ?」といった「自己言及的語り」が散見される。これは読者の反応を猫が先取り的に内面化したわけで、ここに語り手と読者との「共犯関係」が生まれていると言う。それは、猫が「語りの場」においては、自分は「孤立した存在ではない」と示すことができるからだとも言う。しかも、それは猫だけの問題ではないようだ。ここで長い引用をあえてしよう。この論文の末尾である。

これまで見てきたように、『猫』では語り手と読者の間に、単なる報告者と受容者に終らない、直接の交渉を許すような人間関係が成立している。勿論、この関係は作品の「語りの場」にのみ成立しうる、いわば仮構として存在するものであることは確かである。しかし、このフィクショナルな関係に於いて初めて、漱石は現実の漱石を離れ、「吾輩」が名無しに終ったのと同様、語り手という無名の存在として思うがままの言語表現を果たす事ができる。しかもその聞き手（読者）は、一般的かつ無名であってフィクショナルな存在であるだけに、現実とは異なって、語り手である自分との間に意思疎通の行き届いた、親密な関係（社交）を樹立しうるかもしれない。「吾輩」を読者を含む形での〝we〟とした献辞に於ける漱石の言葉の裏には、そのように理想的な関係を作品の「語りの場」に求めようとした彼の意図、願望が込められているとは考えられないだろうか。

『吾輩は猫である』を論じる人は誰でも、作家漱石の出発の秘密を語ろうとするもののようだ。こうした「理想的な関係を作品の「語りの場」」に見出したと推論するこの論文も、そのバリエーションだろう。だから漱石は書き続けたのだ、という声が聞こえてくる。それは一つの論文の夢の形だ。

これは④型の論文である。

五井信「「太平の逸民」の日露戦争」(『漱石研究』第14号、二〇〇一・一〇)

煙草をたしなむ苦沙弥は、小説中で銘柄を「日の出」から「朝日」に換える。そんな些細なことから、『吾輩は猫である』の背後に日露戦争の影を読む論文だ。

『吾輩は猫である』の物語内の時間設定が、日露戦争宣戦布告後の明治三七年六月から、ポーツマス条約調印後の明治三八年一一月までとなっているという従来の指摘を受けて、五井信は「太平の逸民」たちがさかんに消費する煙草に注目する。明治の初期から煙草には課税されていたが、明治三七年七月、政府は日露戦争の財源確保のために、煙草を「製造を含めた完全専売制」とし、口つき巻煙草を「敷島」「大和」「朝日」「山桜」の四種類に限った。そこで、おそらく買いだめていた「日の出」を吸い終わってしまった苦沙弥は「朝日」に換えなければならなかったのだろうと言う。

「朝日」は二〇本入りで六銭だった。そういう煙草を、苦沙弥をはじめとした「太平の逸民」たちは大量に消費している。たとえば、当時石川啄木の月給が八円だった時代である。猫が溺死する原因となったビールにも同じような事情があった。しかも、「太平の逸民」たちはいずれも高学歴の持ち主だが、高等教育を受けている者には、「国民皆兵」の中であっても徴兵が免除されていた。

だがしばしば大江志乃夫が指摘するように、高学歴を有すること自体が、その経済的背景に支えられたものであったことを忘れてはならない。苦沙弥の家に集う「太平の逸民」たちもまた高学歴者であり、前章で述べた煙草でもうかがわれたように、程度の差はあれその経済力が彼らを戦地から遠ざけているのだ。

富と高学歴とを合わせ持つ「太平の逸民」たち。五井信は言う。「テクストから読みとられるという〈ユーモア〉も、間違いなくそのように残酷な特権性に裏打ちされたものなのだ」と。だからどうしたと言わないところが上品だ。しかし、こうした小さな事実から歴史的背景をこじ開けてみると、『吾輩は猫である』はまるで違った相貌を見せるはずだ。これは言うまでもなく③型の論文だ。

こうした歴史的背景から小説を論じるスタイルがカルチュラル・スタディーズ（カルスタ、CS）として、一九九〇年代から大流行した。その多くは、「近代は何事も均質化して、新しい差別を作りだしたから悪い」、「近代は女性差別を巧妙に行ったから悪い」、「なんだかよくわからないが、みんながそう言っているから近代は悪い」というようなスタンスから論じられていた。かなり政治的色彩が強かったのである。

それがさらにポスト・コロニアル批評（ポスコロ）となると、「植民地主義は悪い」という結論がはじめから見えているわけだから、まったくもって政治的であり、正しいけれども面白くはなかった。こういう正しさはポリティカル・コレクトネス（政治的正しさ、PC）と言って、一時期学会を覆いつくした。実生活上は正しさの退屈に耐えることは必要だ。研究も言論活動の一つなのだから、退屈な正しさに耐えなければならないだろう。しかし、「正しいけれど面白くない」という感性は、文学にとっても文学研究にとっても重要だと思う。

この論文はこうしたジャンルに分類されるだろうが、政治性を極力抑えた書き方になっている。

『吾輩は猫である』の歴史的背景を知るための注釈的な本として、高橋康雄『吾輩は猫である・伝』（北宋社、一九九八・三）と長山靖生『「吾輩は猫である」の謎』（文春新書、一九九八・一〇）がある。また、各章ごとに論じた四〇〇頁を超える大冊に清水孝純『笑いのユートピア『吾輩は猫である』の世界』（翰林書房、二〇〇二・一〇）が、『吾輩は猫である』と並行して書かれた『漾虚集』と同時に論じた竹盛天雄『漱石文学の端緒』（筑摩書房、一九九一・六）もある。

『坊っちゃん』（明39・4）

【梗概】江戸っ子のおれは、親譲りの無鉄砲で子供の時から損ばかりしている。父はかわいがってくれず、母は兄をひいきにした。ところが下女の清だけはおれをさっぱりして竹を割ったような気性だと言ってほめて、大事にしてくれた。その後両親が死んでから、兄は家を処分しておれに六〇〇円を渡して九州の会社に赴任して行った。おれはこの金で物理学校に学び、卒業して数学の教師として四国の中学に赴任することになった。

おれには四国は野蛮なところに見えたし、中学にはロクな教師はいない。しかも、狭い街なので生徒はおれの私生活までよく知っていてからかうばかりでなく、宿直の日には蒲団にバッタを入れるなどタチが悪い。そのうえ、つかまえてもシラを切り通すのだ。

おれを釣りに誘った教頭の赤シャツと画学の野だいこは、数学担当の山嵐（堀田）が生徒を煽ったかのように暗示したが、実は教頭は、同僚うらなり（古賀）の許嫁マドンナを奪ったうえに彼を九州に転任させるなどの悪事を働いていたことがわかった。そこで、おれは、以前から赤シャツの悪事を指摘して彼らと対立していた山嵐とともに、彼らに鉄拳制裁を加えて四国をあとにした。

東京に帰ったおれは街鉄の技手になって清と暮らしたが、喜んでいた清はまもなく肺炎で死んでしまった。

【ふつうの読み方】 親譲りの無鉄砲で江戸っ子の〈坊っちゃん〉が、親に死なれて一家離散となるが、江戸っ子らしい正義感から、四国の中学校でこそこそ悪巧みをする教頭の赤シャツ一派と戦って、爽快に敗れて帰ってくる物語。正義感あふれる青年教師から見た、大人の世界の汚さが際だっていることもよく言われることだ。ここで新潮文庫カバーの裏表紙に印刷された短い解説を引用するのは意地が悪いからやめておくが、こういう路線で書かれている。

平岡敏夫「「坊っちゃん」試論——小日向の養源寺——」（『文学』一九七一・一）

論文の趣旨はサブタイトルにあるように、「小日向の養源寺」に眠る女性（江藤淳が執念を燃やした嫂の登世である）が、漱石にとって永遠の存在だったと示唆するところにある。死者が『坊っちゃん』のポイントとなるわけで、「明るい『坊っちゃん』から、暗い『坊っちゃん』」への転換とも言われている。

また、帰京して「街鉄の技手」に収まったのでは〈坊っちゃん〉に性格上の一貫性がなく、これは「ウソであり、坊っちゃんは死んだ」（もちろん象徴的な意味でだろう）とも言いたかったようだ。しかし、それとは違ったところで有名になった『坊っちゃん』論である。

それを一言で言えば、『坊っちゃん』は佐幕派の文学だということだ。『坊っちゃん』は〈坊っちゃん／赤シャツ〉という構図をもつが、〈坊っちゃん〉側に分類できるのは、「会津っぽ」の山嵐、「もと由緒のあるもの」だった下女の清、松山藩の士族だったらしい「うらなり」、元は旗本だという〈坊っちゃん〉自身と、明治維新のときに江戸幕府に味方した佐幕派ばかりなのである。『坊っちゃん』は、佐幕派士族たちの文学なのである。

明治文学は佐幕派の文学、といわれるように、薩長藩閥政府の下で立身出世の道を断たれた佐幕派の子弟は、精神的な次元をめざして文学者・宗教家などになる者が多かったのだが、坊っちゃんの世界でいえば、彼らの反極にあるのが狸や赤シャツなどの存在であり、それにへつらう野だなどの存在であった。屋敷町に住む旧家のうらなりには旧士族のイメージがあり、うらなりの世話した坊っちゃんの下宿先は、いか銀などとは逆の上品な貧乏士族であった。

こういうことは、おそらく当時の読者には言われなくとも自明だったろうが、一九七一年の読者は言われなければ気づかなかったのである。これで『坊っちゃん』の世界が一気に時代性を帯びてすっきり見えてくるような、画期的な指摘だった。

坊っちゃんの場合、佐幕派ということで立身出世コースにある俗物たちを批判しうるし、また、その身分意識によって、町人・百姓を批判しうるわけである。

この指摘も、〈坊っちゃん〉が他人を批判できるアイデンティティーのよりどころをピタリと言い当てている。〈坊っちゃん〉の「佐幕派士族」というアイデンティティーは、「佐幕派」の部分が「立身出世コースにある俗物」たちを批判するよりどころとなり、「士族」という部分が「町人・百姓」を批判するよりどころとなる。これは善悪の問題ではなく、そういう構図になっているのだ。

なお、平岡敏夫は清について「小日向の養源寺は坊っちゃんの家の菩提寺であるわけだが、その菩提寺の同じ墓のなかで坊っちゃんの来るのを待っている下女の婆や」（傍線石原）と書いているが、家族でもないのにこれはおかしい。『坊っちゃん』には「坊っちゃん後生だから清が死んだら、坊っちゃんの御寺へ埋めて下さい」（傍線石原）とある。だから「同じ墓」で待っているわけではないと、三好行雄がやんわりと窘《たしな》めていた。この論文を取り寄せて読む人のために、あえて注意を喚起しておく。

これはもちろん③型の論文である。現在は、平岡敏夫『「坊つちやん」の世界』（塙新書、一九九二・一）、『漱石作品論集成　第二巻　坊っちゃん・草枕』（桜楓社、一九九〇・一二）でも読むことができる。平岡敏夫は一つのテーマを膨らませることがうまい研究者で、四〇〇頁を超える大著『漱石　ある佐幕派子女の物語』（おうふう、二〇〇〇・一）にまでこのテーマを発展させた。

有光隆司「『坊つちやん』の構造――悲劇の方法について――」（『國語と國文學』一九八二・八）

これも、『坊っちゃん』の読み方を根底から引っ繰り返した画期的な論文だった。それは、有光隆司が注意深く〈坊っちゃん〉を「男」と呼ぶことでもたらされた。〈坊っちゃん〉という言葉にまつわりついたイメージを取り払うためだ。

「ふつうの読み方」では〈坊っちゃん〉の「敗北」や「挫折」が読まれるが、有光隆司はそうではないと言う。なぜか。それは教頭赤シャツが古賀（うらなり）からマドンナを奪おうとする問題に端を発したらしい、教頭と数学科の主任堀田との権力抗争こそがこの中学での「大事件」であって、「敗北」し「挫折」したのは、不当にも中学を追われた堀田と古賀だからである。そもそも教頭は〈坊っちゃん〉を、堀田の後釜にするつもりで採用したのだった。

　教頭は、東京から赴任してきた新任教師など、最初から問題にしてはいない。なぜなら教頭が真に敵視対立するのは、堀田一人であって、教頭が新任の男と関わるのは、すべて堀田を辞任に追い込むための「策略」にすぎなかったからである。（中略）要するに男は、単なる通りがかりの旅人として、この地で起こりつつある「大事件」の進行を、外側から眺め、盛んに野次をとばすが、しかし「大事件」そのものへの真の参加は最初から拒まれているのである。

したがって、「男」は「局外者」にすぎず、「敗北」も「挫折」もしていないと、有光隆司は言う。論文の末尾を引用しよう。

　『坊つちゃん』という作品は、その深部において悲劇として読まれることを望んでいるのである。その際、「無鉄砲」さゆえに就職し、またその「無鉄砲」さゆえに辞職することで、四国の中学校を素通りして東京に舞い戻る男の喜劇としての「物語」は、それ自体独立した一つの完結世界をめざしながらも、ここでいわば、悲劇のための有効な方法として機能しているわけである。あるいは『坊つちやん』とは、喜劇を演じる男の向こう側に、悲劇役者たちの世界が透けてみえる、そのような仕掛けを内包した作品なのだ、といってもよかろう。

いわば『坊っちゃん』は二重底のような構造になっていて、はじめの底には〈坊っちゃん〉が演じる喜劇が見え、さらにその下の底には堀田と古賀が演じる悲劇が見えるということだ。「ふつうの読み方」をする人には、この悲劇という二番目の底が見えていなかったのである。

これは典型的な②型の論文だ。この論文以降、『坊っちゃん』論はがらりと変わった。現在は、『日本文学研究資料叢書　夏目漱石Ⅲ』(有精堂、一九八五・七)、『漱石作品論集成　第二巻　坊っちゃん・草枕』(桜楓社、一九九〇・一二)でも読むことができる。

小森陽一「裏表のある言葉――『坊つちやん』における〈語り〉の構造――」(『日本文学』一九八三・三〜四)

第一章で紹介した同時代評に、〈坊っちゃん〉のようなマヌケな人物にこういうものが書けるわけがないと批判したものがあったのを覚えているだろうか。一人称小説が抱え込みがちな難題である。いわばその批判に答えたのが、この論文だった。ごく簡単にまとめれば、〈坊っちゃん〉は四国での経験で心ならずも「裏表のある言葉」を学んでしまった結果、こうした書き方ができるようになったと言うのである。

小森陽一は、まず〈坊っちゃん〉がいかに他者を意識しながら書いているかを、冒頭の一節の分析によって証明してみせる。その冒頭の一節を引用しよう。

小学校に居る時分学校の二階から飛び降りて一週間程腰を抜かした事がある。なぜそんな無闇をしたと聞く人があるかも知れぬ。別段深い理由でもない。新築の二階から首を出していたら、同級生の一人が冗談に、いくら威張っても、そこから飛び降りる事は出来まい。弱虫やーい。と囃したからである。（傍点小森）

この一節に関する小森陽一の分析はこうだ。

まず小学校の二階から飛び降りて腰を抜かしたという自己の行為が記述される。次にその「無闇」な行為の理由を問いただすであろう他者の存在が想定され、その理由を語るという構成になっている。つまり、『坊っちゃん』の語りには、常に語り手の行為の理由を「なぜそんな無闇をした」と問いつめる潜在的な聞き手が想定されているのである。その聞き手は男の行為を「無闇」と批評する、いわば〈常識ある他者〉である。この〈常識ある他者〉の存在は、引用部では明確に「聞く人」として顕在化するが、以後この作品の中では、常に自らの行為の理由、思考の理由を明示せねば気がすまないといった「……から……した」という饒舌な語り口の相手として内在化されることになる。

文学理論の心得のある読者なら、この「聞く人」はイーザーの言う「内包された読者」(『行為としての読書』轡田収訳、岩波書店、一九八二・三)が顕在化したものだとわかるだろう。私は、文学理論の授業で「内包された読者」について説明するときには、いつもこのみごとな分析を紹介している。

この分析で小森陽一が言いたいのは、〈坊っちゃん〉は冒頭部分からすでに「常識ある他者」を内面化して語っているということだ。その「常識」とは何か。小森陽一は、こう説明する。

ここで言う〈常識〉とは、他者の言葉が、その字義通り真に受けるものではなく、むしろ常にその表層とは異なる裏を持つものであり、場合によっては裏にある真意や意図を隠蔽するために発せられることもあるということをわきまえている意識である。

「世間」の「常識」では、言葉には裏表がある。現在では、言葉を「字義通り」にしか理解できない状態をある種の「病気」の兆候にしてしまうくらいだ。しかるに、語りはじめた〈坊っちゃん〉はもう「常識ある他者」を内面化していた。つまり、あのみんなに愛された「無鉄砲」な〈坊っちゃん〉は、この物語を語り始めたときにはもう「死んで」いたのだ。

では、〈坊っちゃん〉は「世間の常識」をいつ学んだのだろうか。それが四国での体験だったと言う。一つは、教頭赤シャツの言葉だが、もっと大きな体験は職員会議での「公」の言葉の使われ方だった。その言葉は、「公」と「私」に巧妙に使い分けられていて、「公」には表立っては言葉にしない「私」が裏に張り付いている。大人なら、こういう言葉の使い方をどこかで学んでいるはずだ。だからこそ、そういう裏表のある言葉の使い方に抵抗する〈坊っちゃん〉を、どこか社会性が欠如しているとは思いながら、一方で痛快な人間と見るのだ。しかし、〈坊っちゃん〉は四国の中学で「世間の常識」＝「公」の言葉の使われ方を痛切に学んでしまった。

いずれにしても『坊っちゃん』という小説は、語り手の主観的な語りの層に即せば、「おれ」があたかも一貫した（性格）を持ちつづけたかのように見えるが、しかし、そこから離れて客観的な立場（常識者の意識）で読めば、正直や純粋という当初の「美質」を「世の中」＝他者の言葉と関ることで失っていく「おれ」の「豹変」の過程が見えてしまうという逆説的な構造をもっていたのである。

これで「〈坊っちゃん〉のようなマヌケな人物にこういうものが書けるわけがない」という批判には応えたことになる。ただし、それでも〈坊っちゃん〉の語りは失調している。なぜなら、小森陽一が指摘しているように、〈坊っちゃん〉が「常識ある他者」に向けて説明する理由は、「全く理由などにはならぬしろものであり、それをもっともらしく真面目に語る語り手の姿に、思わず〈笑い〉が洩れてしまう」からである。〈坊っちゃん〉は完全に「死んで」はいなかったのだ。

一人称小説を考える難しさを指摘する中島国彦は、「坊っちゃんのなまの〈語り〉が坊っちゃんの性格を生み出し明らかにしている」（「坊っちゃんの「性分」、『坊つちゃん』の性格——一人称の機能をめぐって——」『日本文学』一九七八・九↓『漱石作品論集成　第二巻　坊っちゃん・草枕』桜楓社、一九九〇・一二）と述べているが、この点に対する十分な解答を私たちはまだ持っていない。

これは〈坊っちゃん〉の語りを意味づけているので④型の論文と言えそうだ。現在は、小森陽一『構造としての語り』（新曜社、一九八八・四）、『日本文学研究資料叢書　夏目漱石Ⅲ』（有精堂、一九八五・七）、『漱石作品論集成　第二巻　坊っちゃん・草枕』（桜楓社、一九九〇・一二）でも読むことができる。

石原千秋「「坊っちゃん」の山の手」（『文学』一九八六・八）

〈坊っちゃん〉は生徒も愛さず、ずいぶん自分勝手な教師でしかない。こういう教師をどうして日本人は「正義漢」としてもてはやしてきたのかという疑問を解くために書かれた論文だ。結論を言えば、その秘密は清にはじまって清に終わる、この小説の構成にある。四国でも〈坊っちゃん〉は十数回にわたって清を思い出している。読者は、〈坊っちゃん〉に対する清の態度を模倣しながら〈坊っちゃん〉を見てしまうのだ。

ところが、〈坊っちゃん〉も清も一時期は「山の手志向」とでも言うべき、立身出世の夢を共有していたのではないだろうか。〈坊っちゃん〉自身が立身出世と決して無縁ではなかった。そもそも、兄よりも〈坊っちゃん〉を贔屓にする下女の清は、〈坊っちゃん〉にこんな未来を思い描いていたのだ。

ところがこの女は中々想像の強い女で、あなたはどこが御好き、麹町ですか麻布ですか、御庭へぶらんこを御こしらえ遊ばせ、西洋間は一つで沢山ですなどと勝手な計画を独りで並べていた。

これは、みごとなまでの山の手志向である。当時は「麴町」や「麻布」は山の手だったし、清の期待する家は、後に「文化住宅」と呼ばれる、典型的な山の手の住宅だった。明治時代は、全国から優秀な人材を日本の指導者層として東京に集めて、彼らを大名屋敷の跡地である山の手にいわば再配置した時代だった。官庁に近い「麴町」あたりは役人、練兵場のある赤坂、麻布あたりは軍人、その外側の青山あたりは実業家という具合に、かなりはっきりした住み分けがなされていたのだ。だから、立身出世と地名とが結びついたのである。

その後、清は世話になっている甥に〈坊っちゃん〉は「今に学校を卒業すると麴町辺へ屋敷を買って役所へ通うのだなどと吹聴した事もある」と言う。「おれを以て将来立身出世して立派なものになると思い込んで」いるのである。「役人」になることは、当時の立身出世だった。「麴町」という地名と「役人」とを結びつけることのできる清は、新しい時代の立身出世の形をよく知っていた「常識人」だったのである。

そして、役人にこそならなかったものの、物理学校（現在の東京理科大学）を卒業し、中学校の教師になった〈坊っちゃん〉もまた、清の期待に応えようとした時期を持ったに違いない。赤シャツによれば「元来中学の教師なぞは社会の上流に位するもの」なのだから。

しかも、物理学校は当時から卒業の難しい学校として有名で、規定の三年で卒業できるのは入学者の二、三割しかいなかったと言う（平岡敏夫『「坊つちやん」の世界』）。だとすれば、三年できちんと卒業し、校長から就職を斡旋されている〈坊っちゃん〉は優秀な生徒だったことになる。それに、卒業すれば中学校の教師になれる物理学校は、制度上は専門学校ながら、実質的には現在の大学と同じ役割を果たしていたのである。

しかし〈坊っちゃん〉は、四国の中学校での体験で立身出世とはどういうものかを見てしまう。そこで、〈坊っちゃん〉には、松山に来てから一つの自己意識が強烈に芽生える。それは自分は「江戸っ子」だという自己意識である。東京での出来事を書いた一章に「江戸っ子」という言葉がただの一度も出てこない事実に、この自己意識が松山に行ってから芽生えたものであることがよく表れている。

〈坊っちゃん〉は何かにつけ「江戸っ子」という言葉を連発しているように見えるが、これを実際に他者に向けて口にしたという記述は、実は二回しかない。一度は、着任早々、二時間目の授業においてである。この時の〈坊っちゃん〉が「おれは江戸っ子だから君等の言葉は使えない」と、生徒の「方言」との違いを問題にしている限り、この「江戸っ子」はより多く「東京」という〈中央〉の意識で語られている。ところが、もう一度口にしたときには違っている。山嵐との別れの場面である。

「君は一体どこの産だ」
「おれは江戸っ子だ」
「うん、江戸っ子か、道理で負け惜しみが強いと思った」
「君はどこだ」

「僕は会津だ」
「会津っぽか、強情な訳だ」

山嵐の問に〈坊っちゃん〉が「東京だ」とは答えず「江戸っ子」と答えるとき、そして、「僕は会津だ」という山嵐の答えを「会津っぽか」と受けるとき、この「江戸っ子」から〈中央〉意識は消し去られ、一つの気質として語られていると言うことができる。〈坊っちゃん〉は、伝統的な「江戸っ子」という言葉に自己のアイデンティティーの拠り所を見出し、この言葉で自己の像を松山で唯一信頼できる他者に結ぼうとしたのである。

つまり、『坊っちゃん』は「江戸っ子」の〈坊っちゃん〉が松山で活躍する物語などではなく、山の手出身で近代的な立身出世を願った〈坊っちゃん〉が、「田舎」での様々な出来事の中で「江戸っ子」の立場を選び取らされていく物語、〈坊っちゃん〉が「江戸っ子」になる物語なのである。

〈常識人〉であった清に〈非常識〉な所があるとすれば、それは「真っ直でよい御気性」の人こそが「立身出世」すると信じていた点である。しかし、まさにこの一点のゆえに、彼女の〈山の手志向〉は強烈なパロディーになってしまったのである。

〈坊っちゃん〉と〈山の手〉に家を持つことを夢見ていた清は、「田舎」での彼の話を聞いて、〈坊っちゃん〉の運命こそが、「真っ直」で「正直」な者の運命だと悟ったに違いない。だから、もう期待はせず、「玄関付きの家でなくつても至極満足の様子」を見せ、死の前日には、〈坊っちゃん〉の寺へ埋めてくれと頼むのである。この、期待と現実との落差を知った彼女の態度に、読者は彼女の、そう言ってよければ、喜びと諦めとを見るはずである。清にも「北向きの三畳」での時間はあったのである。

〈坊っちゃん〉にとっても「江戸っ子」の時代は遠くなった。「だからこそ、〈坊つちやん〉は、「江戸つ子」にふさわしい言葉を語りの中心に寄せ集めて、自分の失敗談を誇らしげに語り始めるのだ。もちろん、そういう生き方を教えてくれた清のために、である」と、論文は締めくくられる。

この論文は、「江戸っ子」である〈坊っちゃん〉を「図」として、「立身出世」の「山の手志向」を「地」として読んだ。また、〈坊っちゃん〉の物語を「図」として、清の物語を「地」として読んだのである。

これは②型の論文である。現在は、石原千秋『反転する漱石』（青土社、一九九七・一一）、『漱石作品論集成　第二巻　坊っちゃん・草枕』（桜楓社、一九九〇・一二）でも読むことができる。

石井和夫「貴種流離譚のパロディ――『坊つちやん』差別する漱石」（『叙説』I、一九九〇・一）

大学の授業で、フェミニズム批評やポスト・コロニアル批評やナショナリズム批評を学習したあとで『坊っちゃん』の演習にはいると、たいていの学生は「『坊っちゃん』は差別小説だ」という趣旨の発表をする。大学での『坊っちゃん』がそういう状況になってからもう一〇年近く経つが、もちろんそれが目的であえて「国民文学」である『坊っちゃん』をテキストに指定するのである。学生に、日本国民としての自分の「顔」を『坊っちゃん』という「国民文学」から読み取ってほしいからだ。

『坊っちゃん』という「小説」の差別性をはじめて本格的に論じたのは、石井和夫だろう。石井和夫の論は、副題にあるように「差別する漱石」にまで及ぶドスの利いた論文だが、いま多くの論者が『坊っちゃん』を論じて「差別」の問題に触れている。

〈坊っちゃん〉は自分のルーツを「江戸っ子—旗本—多田満仲—清和源氏」としている。つまりは「貴種」である。そこで、石井和夫は『坊っちゃん』を「貴種流離譚」のパロディーだとする。問題は、その「貴種」が差別を前提として成り立っているところにある。石井和夫は、次のような一節を引用してみせる。

> 野だが箒を振り振り進行して来て、や御主人が先へ帰るとはひどい。日清談判だ。帰せないと箒を横にして行く手を塞いだ。おれはさっきから肝癪が起っているところだから、日清談判なら貴様はちゃんちゃんだろうと、いきなり拳骨で、野だの頭をぽかりと喰わしてやった。

（傍点石井）

あえて注記しておけば、「ちゃんちゃん」は中国人の差別的呼称である。石井和夫は、何が差別語に当たるかはＴＰＯによると慎重に論じながら、しかしこれは「ほとんど言いわけ不可能な」表現の例として挙げている。そして、次のように論じるのだ。

この小説のユーモアを検証すると、それがこの種の差別的言辞と不可分に結びついていて、他を蔑視する内的言語を抜けば、この小説がほとんど成り立たなくなることがわかる。つまり、他を蔑視することにためらわず、乱暴に発語（モノローグも含めて）すればこそ、「おれ」の快活な性格も創造しえているところがあるのだ。だとすれば、これは勧善懲悪小説として律しきれるものではなく、貴種の意識をもつ「おれ」を主人公とする「貴種流離譚」のパロディであり、同時に、「親譲りの無鉄砲」な「おれ」が、その「乱暴」の数々を語った一種の悪漢小説（ピカレスク・ノベル）にほかならない。

はじめてこの一節を読んだとき、私はそれまでの自分の能天気さ加減を思って、血の気が引くのを感じた。しかし、石井和夫の筆は「国民作家」漱石にまで及ぶ。

『彼岸過迄』の作や『行人』の貞がほとんどリアリティを感じさせないのは、漱石が隣人としての庶民に共通感覚をもたないからである。彼は総じてインテリ層を書きつづけた書斎派の作家であり、彼にとっての庶民とは衆人嫌悪に根ざした衆愚のイメージがつきまとい、時に生理的な恐怖を抱かせる群であった。その違和感が彼の差別的な感情を育てたのである。

少し前まで、この観点から漱石文学の見直しが行われていた。特に、この論文で石井和夫も言及している『満韓ところどころ』などは、それこそ「ほとんど言いわけ不可能な」表現に充ち満ちている。いまは、その見直しがほぼ一段落したところかもしれない。「国民作家」だからこそ、きびしく断罪された面もあった。ただし、石井和夫はこの問題を漱石個人の資質のみには還元しない。「日本の近代そのものがはらむ問題」だと言うのだ。論文は、こう結ばれる。

「おれ」という〈悪童物語〉の主人公が語るこの流離の物語が、明治以来、日本の多くの読者に支持されてきた事実は、そのような意味において、まことに象徴的であるといわねばならない。

良くも悪くも、『坊っちゃん』という「国民小説」には、日本国民としての私たちの「顔」が映し出されているわけだ。

これは④型の論文である。次は、この論文を引き受けるようにして書かれた趣があるもう一つの論文を短く紹介しておこう。

生方智子「国民文学としての『坊つちやん』」（『漱石研究』第9号、一九九七・一一）

これは、国家は国民が想像しているイメージにすぎないと説いて、一九九〇年代に国民国家論を大流行させたベネディクト・アンダーソン『想像の共同体』（白石隆・白石さや訳、リブロポート、一九八七・一二）を型どおりにふまえた「国民文学」論である。

多くの論者は（私も含まれている）、清の〈坊っちゃん〉への愛を語る。〈坊っちゃん〉は清から「正直は正しい」という「規範」を受け取っているが、その「規範」の正当性を保証するためには「規範」から外れたものを必要とする。そこで、「正義、正直、好き、男／悪、嘘つき、嫌い、かげま」（傍点原文）という〈差別的な〉秩序を形成する。その結果、〈坊っちゃん〉は「『正直は正しい』という共同体に内包」されるが、その「規範」に従った〈坊っちゃん〉の行動を読者が相対化することは難しい。

また、「江戸っ子」という一句が強調する「歴史的連続性」は「『国家』が自らのアイデンティティの根拠として主張する概念」である。これら二つの要素が組み合わされると、こうなると言う。

「四国辺」という空間を否定の対象として見出し、それを暴力的に抑圧することによって自己同一性を獲得する「坊つちやん」は、植民地を支配することによって帝国主義国家としてのアイデンティティを獲得する「国民国家」日本のアレゴリーにもなるのだ。（中略）「坊つちやん」の「正直」さを肯定し、清の愛に共感する読者共同体は「国民」という想像の共同体と地続きなのである。

なかなか勇ましいが、なにごとも「アレゴリー」（たとえ）や「アナロジー」（似ている）で論じるのが「国民国家論」の基本だった。国民国家においてはどこもかしこも同じ原理が働いているというわけだ。だから均質化され、そこから外れたものは差別される、というのが「国民国家論」の結論だった。

そして、「国民国家」は何が何でも「悪い」ものだった。そうでなければ、「『坊つちやん』の『正直』さを肯定し、清の愛に共感する読者共同体は『国民』という想像の共同体と地続きなのである」という一文が論文末尾の結論となるはずがなかった。なぜなら、「『国民』という想像の共同体と地続き」であることで「「坊っちゃん」の「正直」さを肯定し、清の愛に共感する読者共同体」は「悪い」と言えたことになるからである。したがって、これは④型の論文である。

一九九〇年代からおよそ一〇年間以上、こういう論調のこういう言葉づかいの論文が近代文学研究を席巻した。それで私はちょっとついて行けなくなって、時代遅れのテクスト論者になった。種明かしをすると、この時生方智子は大学院で私のゼミ生だった。だから、私を時代遅れにしたのは生方智子である。私はこういう論文を書くことを止めなかったが、生方智子もどういうわけかその後はこういう論文を書かなくなった。

芳川泰久「〈戦争＝報道〉小説としての『坊っちゃん』」（『漱石研究』第12号、一九九九・一〇）

意表をつくタイトルだが、こういうことだ。漱石はその作家生涯のほとんどを新聞小説家として過ごした。そういう職業意識から、漱石が新聞記事で話題になった事柄を小説に多く書き込んでいたことはよく知られている。しかし、漱石は朝日新聞社入社以前から、たとえば『ホトトギス』に発表された『坊っちゃん』でも、新聞報道を実に巧に小説に取り入れていたという問題提起である。

芳川泰久は『それから』について、「漱石がいかに新聞言説が形成する情報市場との共時性のなかで物語を提供し、それを〈想像の共同体〉のなかにソフト・ランディングさせようとしているかがわかる」としている。問題は、『坊っちゃん』にもそれが見られることだ。帰京した〈坊っちゃん〉は「街鉄」の「技手」となるが、明治三九年四月に『ホトトギス』誌上で「街鉄」の二文字を見た読者は、新聞でほんの少し前に報道されていた日比谷の焼き討ち事件や電車運賃値上げ反対のための「東京市民大会」を「想起」することになると言う。

明治三八年の日露戦争時の情報合戦で圧倒的な勝利を収めたのは新聞だが、〈坊っちゃん〉の四国行きは日露講和直後に設定され、小説中でも日露戦争の祝勝会が設定されている。しかも四国での出来事を書くときには、東京での出来事を書くときとは違って、「敵地」とか「決戦」といった戦争に使われる用語がちりばめられている。

『坊っちゃん』とは、だから小さな〈戦争〉を語り告ぐように四国＝敵地での出来事を語る物語であって、その最後の戦闘があたかも日露戦争を締めくくったバルチック艦隊邀撃と重なるとき、『坊っちゃん』の〈戦争〉小説としての一面が際立つのである。

いわゆる新聞小説を書くまでの作品を読むと、そこには戦争報道に対する批評的とも言えるスタンスや、新聞メディアが「想像的な共同性」を形成する機制への批評性が滲んでいる。と同時に、漱石ほど日露戦争とともに、その使用価値を最大限に利用して小説を書いた小説家はいないことも事実なのだ。漱石は、日露戦争を報ずる新聞言説が形成する情報の共同体との共時性と共犯性のなかで、良くも悪くも小説家となっていったのである。

この時代の小説に戦闘用語が使われることは決して珍しいことではなかったから、芳川泰久の論は少しだけ割り引かなければならないと思うが、漱石はまちがいなく日露戦争報道を「利用」

した作家だった。次に取り上げる『草枕』でもそうだった。これは③型の論文だが、作家漱石を考える上でも刺激的な問題提起である。

はじめに書いたように、『吾輩は猫である』と『坊っちゃん』についてはかなり詳しく解説した。これ以降は「読み」の個性や面白さにしぼって解説していこう。論文や評論全体の中で「ここ」というところだけピックアップすることもあるので、読者にも論者にもお許し願いたい。

『草枕』(明39・9)

【梗概】知・情・意のどれにかたよっても人の世は住み難い。そう感じる一人の西洋画家が、東洋的な非人情の境地に遊ぶことを夢見て那古井の温泉に旅する。彼は、浮世から離れることのできない西洋芸術より、超俗的な東洋芸術の方を好んでいる。那古井ではやすやすと漢詩や俳句が生まれるのだ。那古井には、出戻りの那美という美しい女性がいた。奔放な行動で村人から狂人扱いされており、事実何度も画家を驚かせる。さらに彼女は、鏡が池に浮いているところを描いてくれと言う。画家も描きたいのだが、どうしても顔が描けない。那美の顔には「憐れ」が欠けているからだ。

ある日、日露戦争に出征する那美の従弟を駅まで見送りに行くと、動き始めた汽車の窓から那美の別れた夫が顔を出した。茫然と見送る那美の顔一面に「憐れ」が浮かび上がる。それを見た画家の胸中で、ついに絵は完成した。

【ふつうの読み方】二〇世紀の文明を嫌って旅に出た若き西洋画家「余」は、那古井の温泉宿で那美という不思議な女性と出会う。画家は那美に「非人情」という名の「美」を発見したいと思っているが、自意識過剰という文明の病に冒された彼女は、「不統一」でとらえどころがない。ところが、最後になってようやく忘我の状態になり「憐れ」という東洋的な「美」が那美の顔に現れ、「非人情」が実現した。

文学史的に見れば、この「小説」は、「プロット」や「事件の発展」のない反=小説とも言える「俳句的小説」によって一種のユートピアを書くことで、当時大流行だった自然主義文学に対して、漱石なりの批判を込めたのである。

片岡豊「〈見るもの〉と〈見られるもの〉と―「草枕」論　その一―」（『濫辞』第1号、一九七八・三）、「〈再生〉の主題―「草枕」論　その二―」（『濫辞』第2号、一九七八・一二）

二本で一つの論となっている。結論を先に言えば、画工は他者との関係の中で自己救済の旅をしていたということになる。「〈見るもの〉と〈見られるもの〉」というタイトルも、自己としての画工と他者としての那美との、人間としての生きた関係を示している。片岡豊は、画工の目的、すなわち『草枕』のテーマを次のように述べている。

今、人間をも自然と同じ様に見ることによって、自然と自分との間に生じる何の齟齬もない調和した関係を、他者と自己との間に生ぜしめることができるのではないか。そこに、二十世紀の現実社会、「唯の人」の作る「人の世」の中で生きるときの身の処し方の発見がなされるのではないか。

一九〇〇年が過ぎてから、明治の社会では「二〇世紀の文明社会」というような言い方がさかんになされた。否定的な意味もあったし、肯定的な意味もあった。しかし、『草枕』では一貫して否定的な意味でこの言葉が使われている。文明批判、近代批判である。だからそこに住む他者も嫌になって画工は旅に出た、とふつうは読まれている。片岡豊は、画工は他者を求めて旅に出たのだとあえて言うのである。つまり、「彼の那古井への旅は自己変革の旅という性質を自ずから持」つと言う。

そのためには、他者に対して「非人情」という態度を取ることで、「他者との断絶を極限にまで押し詰めよう」とする作戦に出た。これが、画工の言う「非人情」の意味だと、議論の盛んな「非人情」に新しい意味を与えた。一方那美も、「画工と同じように、二十世紀の現実社会の生きにくさを知りながら、なおかつ現実社会にしか生きられないことを自覚している」と見る。

そこに、〈見る／見られる〉関係が成立し、画工による那美の救済が自己救済にもなる前提があったわけだ。そこで、「憐れ」にも新たな意味が見出される。「〈憐れ〉とは、主体的な、他者に対する文字通りのシンパシーに外ならない」（傍点原文）と。これまでの「憐れ＝非人情」のような「読み」に修正を迫ったことになる。

オフェーリヤの流れ行く小川から鏡が池の水面への転換は、画工の画像を死の領域から生の領域へ向かわせているのであり、小川の水が水葬の〈水〉であるとすれば、鏡が池に滞る水は生を育む〈羊水〉ということになろうか。

片岡豊は、鏡が池に浮かぶ不気味な椿なども、死の象徴ではなく、「「死にきれない者」の象徴」だと読む。那古井を、画工が他者との関係を取り戻す「再生」の場と見ようとしたのだが、『草枕』論の中では、この二本の論文はしばらく孤立している感があった。「憐れ」の解釈などはその通りだと思うが、やはり人は『草枕』には「人嫌い」を読みたいのだろう。この論のモチーフが生かされたのは、フェミニズム批評によってだった。

これは②型の論文で、現在は『日本文学研究資料叢書　夏目漱石Ⅲ』（有精堂、一九八五・七）でも読むことができる。

東郷克美「「草枕」水・眠り・死」（竹盛天雄編『別冊國文學　夏目漱石必携Ⅱ』一九八二・五）

片岡豊によって生が吹き込まれた『草枕』も、再び死の手に捉えられた。東郷克美は、「この旅はまず反自然の文明社会から自然の中への退行であった」とする。「退行」という言葉にいみじくも表れているように、この論文は基本的にフロイトの枠組から組み立てられている。そして、『草枕』で多く語られている「水」や「眠り」のイメージを「死」と結びつけた。

主人公を限りなく無に近づけることによって、対象をどれだけ「美」的にとらえうるかの実験であるといってよい。それは多分この作品に底流する死の願望とも無関係ではあるまい。「草枕」は「夢みる事より外に、何等の価値を、人生に認め得ざる一画工」によって仮想された擬似ユートピアである。

その「仮想された擬似ユートピア」はまず「眠り」によって近づくことができる。画工は「二十世紀に睡眠が必要」（ちなみに、「生存競争」の激しい二〇世紀には十分な睡眠が必要という議論が、当時さかんに行われていた）と言うが、これは「無意識」、「無時間」、「静止」、「停止」への希求だとする。「『草枕』における眠りのモチーフは、さらに一歩を進めると眠るような死への親和と結びついている」。

ここで「水」のモチーフが導入される。画工によって那美が水に浮かぶ「オフェリヤ」の絵に重ねられる場面は有名だが、「『草枕』はこのオフェリヤ像と那美さんのイメージが統合されて、もうひとつの新しい日本的オフェリヤの画像が成立するまでの話」だとして、「『志保田那美』はおそらく塩田波をあらわす万葉仮名であり、彼女はその名の通りの『水の女』なのである」（傍点原文）という新説が披露される。そして、「画工の中に潜在しているのは、オフェリヤのように、あるいはオフェリヤ的存在とともに春の水の中に横たわりたいという願望だったのかもしれない」と、水と死とが結びつけられる。

すでに指摘されているが、東郷克美が論じる「水」はおそらく、フランスの思想家ガストン・バシュラールの論を下敷きにした文学的想像力の産物であるイメージとしての水であって、現実の水ではない。すべてイメージの世界で組み立てられた論文である。だから論文の最後は「画工の目的は画を描くことではなく、『夢みる』ことだったのだから」と締めくくられるのだ。

これは④型の論文で、現在は、東郷克美『異界の方へ――鏡花の水脈』（有精堂、一九九四・二）、

『漱石作品論集成　第二巻　坊っちゃん・草枕』(桜楓社、一九九〇・一二)でも読むことができる。

前田愛「世紀末と桃源郷――「草枕」をめぐって――」(『理想』一九八五・三)

ごく簡単に言ってしまえば、漱石が犯した二つのミスから、漱石が書きたかった『草枕』の世界を描き出してみた論である。

漱石の犯した最初のミスは「オフェリヤの合掌して水の上を流れて行く姿」という記述にある。実際のミレーの「オフィーリア」は「何かに驚いた子供のように両手を開いている」からである。これは、私もかつて東京都美術館にやってきた実物をたしかにそのように見た。もちろん、画集などで簡単に確かめられる。漱石のまちがいは、漱石が「死」のイメージがまとわりつく「世紀末のオフィーリア・コンプレックス」に過度にとらわれていた結果ではないか。しかし、実際の「オフィーリア」はそういう一面的な意味しか持たない絵ではないと言う。

ミレーの画面を構成している三つの要素は、花と、水と、オフィーリアの姿態であった。この三つの要素はそれぞれにエロスとタナトスの両義性をはらんでいる。(中略) 生と死の両極に引き裂かれたこのオフィーリア・イメージにこだわりつづける画工のまなかいに、那美さんは変幻自在の謎めいた姿をあらわす。

水に関しては、前田愛は東郷克美説を引用して、少し意味をズラして踏まえている。すなわち、『草枕』の水が「死」のイメージを持つことを認めながら、「オフィーリア・イメージに、エロスの願望をすべりこませた」と言うのだ。

那美さんから画工が横たわることの意味を教えられる『草枕』は、いわば漱石が自からの深層意識をのぞきこむことで、書くことに目ざめて行く過程をたどる物語でもあるのだ。

『草枕』というテクストは、春風駘蕩の雰囲気とはべつに、ひとりの芸術家の危機と、それからの離脱を描いた一種の教養小説ということになるだろう。

それを可能にしているのは、那美だ。

彼女は画工の無意識を挑発し、エロスへの憧憬をかきたてる謎の女としての役割を忠実に演じている。あるいは、タナトスの化身そのものである水死美人のイメージを、エロスの領域に切りかえる媒介者として、画工の前にあらわれる。

画工は那美の「演技」によって、オフィーリア・コンプレックスから救われるのである。

漱石が犯したもう一つのミスは、「有明海に面しているはずの那古井の里から出征する久一青年を見送る一行を乗せた船が川を下って行く不合理」である。この川下りのイメージは『桃花源記』のそれであって、漱石がどうしても那古井の里を桃源郷として書きたかったからだろうと言うのだ。それは、『草枕』が「オフィーリア・イメージへの強迫観念《オブセッション》からの解脱と救済を希求する画工の内面の旅」だからである。

ユング論者の前田愛は、人類共通の無意識や原型があって、それがたまたま文学テクストとして表面に現れているという趣の論法が多い。これも、漱石の犯したミスという小さな穴からユング的原型を覗き込むような論文だ。那古井の里が桃源郷だというのは、ユートピアのバリエーションだから特段のオリジナリティーがあるわけではない。この論文の面白さはその手続きにある。しかし、かなりきわどい手続きかもしれない。

これは広い意味で③型の論文で、現在は、『前田愛著作集　第六巻　テクストのユートピア』（筑摩書房、一九九〇・四）、『漱石作品論集成　第二巻　坊っちゃん・草枕』（桜楓社、一九九〇・一二）でも読むことができる。

中山和子「『草枕』――「女」になれぬ女「男」になれぬ男――」（『國語と國文學』一九九五・七）

前田愛は那美を演じる女だと捉えていた。中山和子は、大津知佐子「波動する刹那――『草枕』論――」（『成城国文学』第4号、一九八八・三→『漱石作品論集成　第二巻　坊っちゃん・草枕』桜楓社、一九九〇・一二）の、那美が「彼女をくくりこもうとする既存の女の型」への抵抗として、謎を「見せる」のだとする論を踏まえて、立論する。すぐれたフェミニズム批評である。

中山和子は、そもそも画工は「「男」になれぬ男」だと言う。たとえば、『草枕』の小説内の時間設定を、明治三七年春としても明治三八年春としても、世の中は日露戦争でわき上がっていたのであって、戦争に加担する者、それに抵抗する者、「そのどちらにも背を向けた」画工は、「明治社会のジェンダー規制を逸脱した亡命者であり「男」になれぬ男」だとしている。しかし、だからと言って画工が那美を、それまでの「男」のように自分の言葉で意味づけたりせず、受け止めているかというとそうではない。それに、那美が「見せる」女を演じるのも、「男」の期待を先取りしているにすぎない。

画工が風呂で裸の那美と遭遇する有名な場面。画工の視線は、那美の首から上には向かわない。つまり、「見る／見られる」関係ではなく、画工が一方的に見ているにすぎないのだ。ここでは「水死のオフェリヤを偏愛する男たち、ネクロフィラスな水に親縁する男たちのパターンが反復」されている。中山和子は、那美が身を投げる振りをした後の、鏡が池の次のような叙述を引用する。

あの色は只の赤ではない。屠《ほふ》られたる囚人の血が、自《おの》ずから人の眼を惹いて、自《おのず》から人の心を不快にする如《ごと》く一種異様な赤である。（中略）

又一つ大きいのが血を塗った、人魂《ひとだま》の様に落ちる。又落ちる。ぽたりぽたりと落ちる。際限なく落ちる。

落ちるのは椿の花で、画工は「こんな所へ美しい女の浮いている所をかいたら、どうだろう」と思いつく。「浮いている美しい女那美さん」とは、「「屠られたる囚人」」、処刑された女としての那美さん」だと言うのだ。

「余」は意識下で那美さんを恐怖し嫌悪している。男を釣り寄せ、とりこにする、邪悪淫乱な妖女は処刑されねばならない。「余」におけるこの奥深い女性嫌悪《ミソヂニー》こそ、椿の池の一種異様な禍まがしいイメージの根源にあるものだろう。

さらに画工が那美を理解しているわけでもなく、見返す那美さんを抑圧さえしている以上、画工は自覚的に「明治帝国のジェンダー規制を忌避」しているのではなく、「「非人情」の美的世界への逃亡であり、自己催眠的な逃避という以外にない」と、手厳しい。

那美のモデルとなった前田卓子が政治に関心を示した女性であったことを踏まえて（戦前は女性には参政権が与えられていなかった）、こう言っている。

明治日本の〈女という制度〉に納まらぬ女、「女」になれぬ女の過剰をかかえ、男性中心的秩序のなかの〈異類〉としての女を確認しなければならなかったのが卓子であり、じつはそのまま那美さんであったのである。『草枕』における「余」という「男」になれぬ〈男のナラティヴ〉は、このことをついに発見できなかったといわねばならない。

カルスタもフェミニズム批評も、つい話が大きくなりすぎる傾向にある。そういう風に「政治」を語ることこそが〈男のナラティヴ〉ではありませんか、と言いたくなることが少なくない。それに、たとえば椿の落ちる場面の解釈などは、「一つの解釈」でしかないとも言える。しかし、ある枠組から小説を読めば必ず「一つの解釈」を積み重ねていくしかないのである。それの総体が説得力を持てばいいのである。

こうして、これまで『草枕』を論じてきた男性たち（男性の言葉で論じてきた女性をも含む）をも批判してしまう力学が、フェミニズム批評には働いている。そういうわけで、一時期はこういう論調のフェミニズム批評が流行ったものだ。この論文は、そういうなかでも上質の部類に属する。

これは②型の論文で、現在は中山和子『中山和子コレクション① 漱石・女性・ジェンダー』（翰林書房、二〇〇三・一二）でも読むことができる。

『虞美人草』（明40・6・23〜10・29）

【梗概】甲野家では父が外国で急死してから四ヶ月しか経っていない。遺産を相続したのは長男の欽吾だが、彼は哲学科を卒業し二七歳になるのに職に就かず、結婚をすると女は駄目になると言って、彼を慕う糸子を失望させる。遺産は腹違いの妹の藤尾に譲ると宣言するが、継母は信用できず、文学士の小野清三を藤尾の婿にと考えている。小野に英語を習っている藤尾もむろんその気持ちがある。

そこで、母子は、家にばかりいて心配だという口実で、友人の宗近一に欽吾を京都旅行に連れ出してもらい、その間に、小野と藤尾の話を進めようとする。藤尾の父は宗近と結婚させる約束をしていたのだが、藤尾は兄と仲が良くガサツで外交官の試験に受からない宗近を嫌っていた。また、一方の小野も、かつての京都での恩人である井上孤堂の一人娘小夜子と婚約同前の仲だったのである。物語は、この二つの約束を破って結婚しようとする藤尾・小野と、「道義」を守るように説く欽吾・宗近の対立の構図によって進行する。

孤堂は小夜子と小野を結婚させるために上京した。二人を連れて博覧会を案内する小野を見かけた藤尾は、小野との間に既成事実を作ろうとまで計画する。小野は友人の浅井に小夜子との結婚を断わりに行くよう依頼した。しかし、孤堂の怒りに気圧された浅井が宗近にその話をしたために、宗近は小野を説得して翻意させ、藤尾との結婚も拒否した。誇りを傷付けられ激怒した藤尾は自殺した。その後、外交官試験に受かった宗近はロンドンへ赴任した。

【ふつうの読み方】正宗白鳥は、『虞美人草』を「近代化した馬琴」と評した。「勧善懲悪」の物語という意味である。しかし、発表当初から「悪」であるはずの藤尾の人気は高かった。それに、いまどき親の言うとおりに結婚するのが「善」で、自分で結婚相手を選んだ藤尾を「悪」だと言える論者はいない。そこで、『虞美人草』は漱石の思想(勧善懲悪)と登場人物の言動とがうまくかみ合っていない小説として読まれることになった。

なお、『虞美人草』については特集を組んだ『漱石研究』第16号(二〇〇三・一〇)が質量ともに現在の『虞美人草』研究の水準を示す論集となっている。また、そのほかにもすぐれた論文が多い。そこで、『虞美人草』の項では、一つの論文を項目として立てながらも、その中で他の論文にも言及することにしたい。また、『虞美人草』の性格上、小説の「読み」に関する論文以外に、小説としてどう評価するかを論じた論文にすぐれたものが多いので、それらも項目として立てた。

石崎等「虚構と時間――『虞美人草』の世界――」(『評言と構想』2輯、一九七五・七)

これは端的に言えば、漱石の構想にやや破綻が生じたために、無理な終わり方をせざるを得なかったという趣旨の論文である。結論を述べた末尾を先に引用しておこう。

背こう背こうとする無理なプロットを強引なストーリーの展開によって捩じ伏せ、無理に小説を終熄させようとした跡のうかがえるのは否定できない事実である。

石崎等は、漱石の残した『虞美人草』のごく簡単な構想メモから想像するに、はじめの甲野と宗近の京都旅行を長く書きすぎてしまったのではないかと推測する。その結果、A京都でそれと知らずに小夜子と会い、それを宗近が妹の糸子に知らせることで、糸子が甲野に思いを募らせてしまった。糸子は、構想メモにはなかった存在である。B二人の不在中に、糸子が藤尾と小野の仲を目撃し、それが終盤になって糸子が兄の宗近に藤尾を諦めるように進言する伏線となった。C二人と同じ汽車で上京した井上孤堂と小夜子を新橋駅に迎えに来た小野を、二人が目撃すること。この三点が以後の構想に決定的な役割を果たしてしまうと、石崎等は言う。

以上、三つの点を綜合して考えてみると、『虞美人草』の京都旅行そのものの意義は、藤尾の悲劇を胚胎させ、成熟させ、そして諌めることによって、その果物の実を収穫するための待たれた時間ということにほかならないのである。その結果として、われわれ読者は、Aから甲野と糸子の結婚を、Bから宗近の外交官としての単独の外国赴任を、そしてCからは小野と小夜子との結婚を、それぞれ引き出さざるをえないのだ。そしてこれらそれぞれの〈未来〉をはらんだ人間的な世界に住することのできなくなった藤尾にとっては、自らの命を断つということしか択るべき道はなく、〈不信用〉〈策略〉〈嘘〉を平気で弄ぶ驕慢な女・〈小刀細工の好な人間〉としての悲劇的な最期を遂げるわけなのである。

石崎等は言葉を慎重に選んでいるが、これを乱暴にまとめれば、長すぎた京都旅行中の出来事が伏線となってしまって、藤尾は死ななければならなくなった。つまり、藤尾は構成上の不備によって殺されたということになる。石崎等は漱石文学の構成上の問題について何度か論文を書いている。

また、一時期漱石文学の構成変異説が集中的に指摘されたことがあった。重松泰雄「薄ら寒さと春光と――「硝子戸の中」における〈過去〉――」(『文学』一九八〇・一〇→重松泰雄『漱石　その新たなる地平』おうふう、一九九七・五)などは、東北大学附属図書館所蔵の漱石文庫にある構想メモの筆記用具の違いまで調べ上げて、構想変異説を「実証」している。書けば長くなりがちな漱石にとって、この問題は非常に興味深い。

これは「読み」に関する論文ではないので、何型とは言えない。現在は、石崎等『漱石の方法』(有精堂、一九八九・七)、『漱石作品論集成　第三巻　虞美人草・野分・坑夫』(桜楓社、一九九一・七)でも読むことができる。

水村美苗「「男と男」と「男と女」――藤尾の死」(『批評空間』6号、一九九二・七)

ずいぶん時代が飛ぶ。これも大雑把にまとめてしまえば、藤尾が死ぬのは漱石が彼女の叙述に関して古臭い「美文」を用いたからだという、実にユニークな発想によって書かれた論文である。

そもそも水村美苗は『虞美人草』の失敗について、こう言うのだ。「『虞美人草』は「勧善懲悪」があるから失敗作なのではなく、そこにある「勧善懲悪」が破綻しているから失敗作」なのだと、私たちを驚かせた。では、どこが「破綻」しているのだろうか。

問題は小野さんと藤尾という一組の不徳義な男女が、実は、同じように不徳義なわけではないことにある。小野さんは悔悛して救われるが、藤尾は悔悛せずに殺される。だが本当に罪をおかしているのは小野さんなのである。

第一に「貸借関係」から見れば、小野は井上孤堂に経済的援助をしてもらっているが、藤尾にはそういう関係はない。第二に情報の違いがある。「小野さんは宗近君が藤尾をもらうつもりでいるのを知っており、藤尾は小野さんと孤堂先生の間に交わされた約束のあるのを知らない」のである。では、「藤尾の死に対する「悪」はどこに見いだすべきか」。

そこで、水村美苗は奇想天外なことを言いはじめる。「藤尾を主体（というより客体）とした文章ほど「美文」が顕著な文章はない。（中略）藤尾の描写においてほど、「美文」が「美文」であることが意識される文章はない」と。そのことの意味は、『虞美人草』が「ナショナリスティックな作品として理解されるべき」だからだと言うのだ。

漱石は「英文学」を学びながらも、「漢文学」にシンパシーを感じる自分を否定できなかった。それと、『虞美人草』の理解とをつなげている。

小野さんの直面する倫理的葛藤は、小夜子を選ぶか藤尾を選ぶか、二人の女のうちどちらを選ぶかという葛藤ではなく、孤堂先生との約束に忠実でいるか藤尾の誘惑に負けるかという葛藤であり、それはまさしく、「漢文学」という恩義あるものへのつながりを再認識するか、それとも「英文学」に鼻面を引き回されて盲従するか、という問の転化したものである。

結局、漱石は自分の好みに従って藤尾を殺しただけだったのだ。漱石の長編小説は「一種の勧善懲悪」でしかあり得ないとも語っている。

だが漱石は自分の「道徳上の好悪」を「一種の勧善懲悪」として『虞美人草』にあらわしたとき、それがたんなる「好悪」でしかないことを思い知らされた。しかもその「好悪」自体、自分の思いこみにしかすぎなかったのまで思い知らされたのである。漱石は「藤尾的なもの」を明確にしようとすればするほど「藤尾的なもの」に何ひとつ罪を帰すことができなかっただけではない。「藤尾的なもの」に何ひとつ罪を帰すことができなかったことによって、「藤尾的なもの」を殺す不当を訴える「近代小説」をいつのまにか書いてしまっていたのである。

ものすごい論理のアクロバットだ。水村美苗は、「『虞美人草』は漱石の思想（勧善懲悪）と登場人物の言動とがうまくかみ合っていない小説」を、前者と後者との葛藤において後者に力点を置くことで、それこそが「近代小説」だと呼んで救い出して見せたのである。これも「読み」に関する論文ではないので何型とは言えない。現在は、水村美苗『日本語で書くということ』（筑摩書房、二〇〇九・四）、片岡豊編『日本文学研究論文集成27　夏目漱石2』（若草書房、一九九九八・九）でも読むことができる。

金子明雄「小説に似る小説：『虞美人草』」（『漱石研究』第16号、二〇〇三・一〇）

明治三〇年代の新聞小説では、家庭を舞台とした「家庭小説」というジャンルが流行したが、『虞美人草』もその意味では「家庭小説」の条件を備えている。そこで、「家庭小説」の中で『虞美人草』を読んでみようとする試みである。

まず、新聞小説というジャンルに『虞美人草』が登場したことには、どういう意味があったのだろうか。

明治四〇年の時点で見るならば、漱石や、独歩をはじめとする「自然派」作家の新聞参入は、当時の文学読者にとって「価値ある」小説が新聞で読めるようになる点で意味ある出来事であったのだが、その場合の小説の「価値」は、小杉天外や小栗風葉らが新聞に掲載した明治三〇年代の小説の評価の延長線上に把握されている。一方、この時代には新聞小説という漠然としたジャンル意識があり、そこでは広範で多様な読者層に対応した健全な娯楽性や、倫理や知識の面での啓蒙性を軸に、純粋な「文学的趣味」とは異なる作品の意義が広く認知されており、新聞に掲載される読み物を迎える期待の地平としては、むしろこちらの方が一般的であった。

漱石の『虞美人草』はまさに「純粋な「文学的趣味」とは異なる作品の意義」が求められていたのである。そこで、『虞美人草』を「家庭小説」の中で見ることになる。「明治三〇年代の長編小説において、結婚相手を自分で選んだがゆえに罰せられるヒロインの事例には事欠かない」と言う。有名な尾崎紅葉の『金色夜叉』もその一つだが、『金色夜叉』に代表される「家庭小説」には「贖罪と赦しという行為のセットと愛情の受け容れという行為のセット」が「話形」（一種のパターン）を形成している。ところが、『虞美人草』はこの話形から外れてしまっている。

藤尾を赦す主体として、甲野ほどふさわしい人物はないように思われる。しかし、愛の主題から見れば、異母兄妹である二人の関係は、もっとも周到にその主題から排除されているのである。その意味では、甲野と藤尾が異母兄妹として登場してくる物語の設定そのものが、罪とその赦しという道義的なレベルの主題と、愛情とその受け容れという愛の主題を重ね合わせることを、あらかじめ拒んでいるといえる。（中略）

藤尾の死が表象の空白の中に訪れることは、かつて描かれたことのない赦しのないヒロインの死、愛のないヒロインの死がそこにあることを意味する。その意味では、『虞美人草』は明治三〇年代の家庭小説のフォーマットをそのまま利用しながらも、そのクライマックスから意図的に逸れていく調子はずれの家庭小説なのである。

金子明雄は、このように『虞美人草』は明治三〇年代を風靡した「家庭小説」に似てはいるもののの、はずれていると言うのだ。これに、漱石の藤尾への嫌悪が『虞美人草』を「近代小説」に仕立て上げたという水村美苗の論を接続させれば、同時代文学の中での『虞美人草』の異質性が見えてくる。これも「読み」の論文ではないが、いま『虞美人草』について考えるときには大変参考になる。

平岡敏夫「『虞美人草』と『青春』」（『漱石研究』第16号、二〇〇三・一〇）

平岡敏夫は、早くから『虞美人草』が小栗風葉の『青春』を意識して書かれたものだと指摘していた。これは、それをさらに詳細に論じた論文である。

漱石が『青春』を意識していた徴はいたるところに見出すことができるが、たとえば『青春』の主人公の名は関欽哉で、『虞美人草』の主人公の名は甲野欽吾であることなどは、そのはっきりした現れだろう。また、『虞美人草』の藤尾が小野と既成事実を作ってしまおうとして選んだ場所は大森だった。平岡敏夫はこれに注目する。

藤尾の母親も二人の大森行きを知っているが、小野を養子に入れて藤尾と暮らしたい自分の欲望から、行楽どころでなかろうと既成事実を作ることには大賛成なのであり、そういう親なのだ。『虞美人草』の読者が〈大森〉についてどれだけの情報を持っていたかどうか。〈大森〉のそうした意味、存在を読者が否定するようであっては、作品は成り立たないから、作品の読者は〈大森〉を共有する。少なくとも〈大森〉はそういうところだと納得出来ることがなければならない。

『青春』の欽哉と繁が関係を持つ場所は大森となっているのだ。これを、平岡敏夫は『青春』からの「引用」と呼んでいる。これで、漱石が「家庭小説」を意識していたことがほぼ明らかになったわけだ。これは③型の論文と言えるだろう。

塩崎文雄は当時大森がデートの名所であったことを突き止め、「〈大森行き〉は若い男女のトレンドだった」ことを明らかにした上で、「〈大森行き〉の主唱者も、小野さんではなく、藤尾だったことはだれの目にも明らか」だとして、「藤尾がみずから進んで小野さんに「純潔」を捧げる決意を固めての、乾坤一擲の大博奕だった」と述べている。

そして、それは女学校が大衆化し、卒業すればすぐに結婚というパターンが崩れ始め、女学校を卒業した女性は「自分に似つかわしい社会的地位や教養をもった配偶者が現れる日を待って、ひたすら〈待機〉しなければならなくなった時代背景があると論じている（「女が男を誘うとき」『漱石研究』第16号、二〇〇三・一〇）。

これで、藤尾がなぜあれほど焦っていたのかが、時代背景からも説明できることになった。これも③型の論文である。

北田幸恵「男の法、女の法 『虞美人草』における相続と恋愛」（『漱石研究』第16号、二〇〇三・一〇）

甲野は、当時の明治民法の規定にある長男単独相続の規定をたてに、自分の「道義」を実現しようとしているが、継母の「策略」でそれが危うくなる。しかし、藤尾の死ですべてが民法の規定通りに収まるのである。それを北田幸恵は、「『虞美人草』はいったん危機に瀕した父権が「男の法」「父の法」を遵法した嫡子により、父権が再強化される物語となっている」と読む。これは、最近の『虞美人草』論の流れだと言っていい。

北田幸恵論文の独自性は、こういう「男の法」の実現によって、「女の法」が浮かび上がってくると論じた後半にある。北田幸恵は、こう説明する。

言語以前の法であり、誰もその法を見たことがない、「公的な法と最終的には両立することが不可能な一連の法」であり、バトラーが言うように、「書き言葉のレベル」では示されがたく、しかし女が「その法の名」によって語っている「女の法」である。

つまり、「女の法」は「男の法」に抵抗する形でしか語ることはできないのである。明治民法のように極端でなくても、書かれたものはあくまで「男の法」なのだ。そこで、藤尾はこのように解釈できる。「甲野・宗近の父権のホモソーシャルな力に敗退するかに見えるが、実は藤尾は「女の法」に殉じているのだ」と。

ホモセクシャルとホモソーシャルは違う。ホモセクシャルはふつう「ホモ」と略されるもので、一般に男性同士が肉体的な関係を持つことを言う。ホモソーシャルはそれとはまったく違った概念で、「ソーシャル」だから「社会構造」のレベルの問題である。簡単に言ってしまえば、男性中心社会のことだ。現在のわれわれの「父権制的資本主義社会」の性質はホモソーシャルと呼んでいい。

ホモソーシャルな社会では男たちが社会を支配しているが、この男たちはあるやり方で男同士の絆を強めていく。それは「女のやりとり」である。これがホモソーシャルな社会を支えている。どんなにカジュアルに見せようとも、ほとんどの結婚が、男の名字を持った家同士による「女のやりとり」になっていることは誰でも知っている。「父権制的資本主義社会」では女はまるで「商品」なのである。

これは、藤尾の死を意味づけし直した④型の論文だと言える。

藤尾の死を違う言葉で、同じように意味づけた論文の一節を引用しておこう。

藤尾が女の商品性を象徴する美による記号化や女の美の表象＝代表を拒んでいるがゆえに、結局のところ、藤尾の死が、女なるものの死や敗北を意味してはいないことに、われわれは改めて驚くべきであろう。（内藤千珠子「声の「戦争」『虞美人草』における身体と性」『現代思想』一九九八・九）

先に『坊っちゃん』論を引用した生方智子もそうだが、この文体自体がものすごくマッチョに見えてしまうところがなんとも「若いなあ」と思うのだが、私はそれを批判も否定もしない。論文を書くことそれ自体が、あたかも「男の法」を自らの身体に「文体」として刻み込まなければならない現実があるからである。これは、男であっても女であっても、同じことだ。

『夢十夜』（明41・7・25〜8・5）

【梗概】「第一夜」女が、私が死んだら埋めて、星の破片を墓標にして百年待ってくれと言う。だまされたのではないかと思ったその時、目の前で百合が咲いて、百年が来たのだと気づいた。

「第二夜」座禅を組みに行くと、悟れぬなら侍ではないと言われる。時計が次の時を打つまでに悟って和尚の首を取ろうと思うが悟れない。その時、時計が鳴り始めた。

「第三夜」六歳の盲目の息子をおぶって歩いていると、杉の根の所で、百年前にここで俺を殺したねと言う。そうだったと思ったとたん、子供が石地蔵のように重くなった。

「**第四夜**」自分の年を忘れ、家は臍の奥だと言う爺さんが、手拭のまわりに描いた輪の上を笛を吹いて回りながら、そして、手拭が蛇になると唄いながら、川を渡って行ってしまった。

「**第五夜**」捕虜になった自分が、死ぬ前に一目思う女に会いたいと頼むと、敵の大将は鶏が鳴くまで待つと言う。裸馬に乗って急ぐ女に天探女《あまのじやく》が鶏の声を聞かせ、女は谷に落ちてしまった。

「**第六夜**」護国寺の山門で運慶が仁王を彫っている。木の中から彫り出すのだと見物人が言う。さっそくやってみたが、自分にはできなかった。明治の木には仁王は埋まっていなかったのだ。

「**第七夜**」行先の知れない船に乗っているのが心細くなった自分は、ある晩ついに海に身を投げた。そのとたん、無限の後悔と恐怖を抱いたが、そのまま静かに黒い海に落ちて行った。

「**第八夜**」床屋の鏡にはいろいろなものが映る。床屋は金魚売りを見たかと言い、どういうわけか帳場の女はいつまでも百枚の十円札を数えている。外へ出ると、例の金魚売りがじっとしていた。

「**第九夜**」三歳になる子供を持つ若い母が、どこかへ行った父を待って毎日お百度を踏んでいる。しかし、その父はとっくに死んでいた。こんな悲しい話を夢の中で母から聞いた。

「**第十夜**」女が庄太郎に絶壁から飛び込まなければ豚に舐められますと言う。豚を次々とステッキでたたいたが、ついに舐められて気絶した。庄太郎は助かるまい。パナマ帽は健さんのものだろう。

【ふつうの読み方】それぞれの「夢」の解釈や典拠研究は、さかんに行われている。典拠研究は、東洋・日本のものから西洋のものまでさまざまである。ただ、「夢十夜」を統一したテーマで捉えようとすると、ごく初期は「ロマンチシズム」にあふれる作品と読まれ、しだいに作家論的な「漱石の原体験」や「暗い部分」や「存在の深淵」への志向、キリスト教的な「人間存在の原罪的不安」の現れ、禅語の「父母未生以前」への回帰願望、「無限と有限」の対立といった論じられ方になっていった。これは漱石が実際に見た夢という前提で論じられることが多かったからだが、現在はそういう素朴な論じ方はほとんどされない。『夢十夜』という創作として読むのがふつうである。

石原千秋「「夢十夜」における他者と他界」（『東横国文学』第16号、一九八四・三）

『夢十夜』全体を「空間として現れた他界へは入ることはできないが、時間として現れた他界へは入ることができる」というたった一つの原理で強引に読んだ構造分析の試みなので、それが成功しているか否かはともかく、はじめに項目として立てた。

『夢十夜』を論じるための基本的な立場を、次のように説明している。

物語としての「夢十夜」の主役は、時間と空間であり、またこの両者の鬩ぎ合いであると言ってもよいのだが、「夢十夜」を統一的に理解しようとする立場に立てば、それぞれの「夜」に現れた他界（死後の世界）が、時間的に無限なのか空間的に無限なのか、その差異こそが重要なのである。

なぜ「時間的に無限なのか空間的に無限なのか、その差異こそが重要」なのかと言えば、先に挙げたように、『夢十夜』が「空間として現れた他界へは入ることはできないが、時間として現れた他界へは入ることができる」という基本構造を持っているからだ。「第一夜」を例に説明しよう。

「第一夜」では、「女」が「静かな声でもう死にますと云う」。この言葉を聞いた語り手の「自分」は「自分も確《たしか》にこれは死ぬな」、「これでも死ぬのかと思った」、「どうしても死ぬのかなと思った」という具合に、しだいに違和感を持ちはじめる。「自分」は「女」に死んでほしくないのだ。ここで「他界とは抽象化された他者（女）であり、逆に、他者とは身体化された他界である」という身体論的立場、つまり〈他者＝他界〉という身体論的立場を採れば、「自分」は「空間として現れた他界へは入ることはできない」ことになる。

そこで「女」は「百年待っていて下さい」と、空間的な無限を時間的な無限に組み換えようとする。文学的想像力の世界では「百」という数字は「無限」を意味するからだ。最後には、「自分」は「百年はもう来ていたんだな」と気づいて、「第一夜」は締めくくられる。「自分」は「時間として現れた他界」へ入ったのである。「『夢十夜』の主人公達は、生への執着を他者への関心として示し続けており、また、他界へは時間的にしか行けなかった」。以下、「第十夜」まで同じ構造の繰り返しだと、やや屁理屈をこね回して論じている。

これを「自分」という人間に即して言えば、「空間的な自己拡大には障害を示すが、時間的な自己同一性は信じようとする一つの心的な像が浮かび上がって来る」ことになる。この論文は漱石との関わりをまったく志向していないが、もしこれが『夢十夜』の「書き手」のアイデンティティーのあり方を反映しているとすれば、それはかなり不安定なアイデンティティーだと言うことができるだろう。

末尾の結論部を引用しておく。

ロマンチシズムが、有限である個人を他界や異郷や他者といった個人を超越したものと結ぼうとする欲望だとすれば、「夢十夜」は、まさにロマンチシズムに溢れた作品なのである。

なぜ『夢十夜』が「ロマンチシズム」なのかという平凡な問題を、構造分析で明らかにしようとした試みで、④型の論文だと言える。現在は、石原千秋『テクストはまちがわない――小説と読者の仕事』（筑摩書房、二〇〇四・三）、『日本文学研究資料叢書　夏目漱石Ⅲ』（有精堂、一九八五・七）でも読むことができる。

三上公子「「第一夜」考――漱石「夢十夜」論への序――」（『国文目白』第15号、一九七六・二）

三上公子は『夢十夜』を「〈イメージ〉の紡ぎだした、現実とはまったく異質のそれなりに完結した内的秩序のある別世界」と読む。漱石と結びつける読み方はしないということだ。漱石が『文学論』で引用し、「第一夜」が典拠としていたであろうテニスンの『モード』の一節をほぼ確定しているのも功績だが、多分それは論文の枕。ここではそのイメージの世界を追っておこう。

三上公子は、「女」の「眸」にかんする叙述から、そのイメージは「〈水〉のそれ以外の何物でもありえない」と読む。そして、それは「水の鏡」でもあると言う。「静かな水＝水鏡」という連想は、文学的想像力の世界ではむしろ自然な連想だと言える。三上公子は、「第一夜」から次の一節を引用してみせる。

じゃ、私の顔が見えるかいと一心に聞くと、見えるかいって、そら、そこに、写ってるじゃありませんかと、にこりと笑って見せた。（傍点三上）

そして、この一節について次のように論じている。

女の答えは、論理的には奇妙なあり得べからざる答えである。自分自身の瞳に映じている他者の姿など、本来当人の眺め認めうる事など出来ない事象ではないか。しかも彼女は「ここに」と言うべきを「そこに」映ると言い、あたかも彼の視線になり代ったが如き答え方をしている。そこで、全く意外な様でも、私達はまさしく彼女自身、自ら鏡面である事を知悉し尽していた、ほとんど先験的に心得ていた、という結論に導かれざるを得ないのである。

その結果どういうことが言えるようになるのか。この「水鏡」は、「女の瞳という鏡の内なる映像と、それを見守っている実在の「自分」との二重構造」を作り出す。

この男女の関係は互いに全く開かれていて、女の瞳（水鏡）に映ず自己と、それを映す女とは、「自分」に対する自己認識がそのまゝ即、女の「自分」に対する認識でもあるという密着した不可分の奇妙な間柄にある。

それは以上のような「とほうもない〈夢〉」のような「愛」を実現してしまうと言うのだ。「第一夜」の先の一節に注目した研究者はいなかったし、したがって、それをこのように意味づけた研究者もいなかった。この論では「水鏡」のイメージがみごとに機能している。

ただし、こういう自他の関係を見守る「こちら側の自分」がいることも事実で、そうした「自分」について論じる段になると、三上公子の論調は悲観的になる。特に最後の場面については「百合の花の出現が果して言葉の正しい意味での〈よみがえり〉といえるだろうか」と疑問を呈し、「作者の「今人」としての絶望的実感の投影であるとしか考えられない」とする。イメージの分析がどうして「作者」の問題に還元されてしまうのか、レベルが違う問題を接続させてしまったようなところがあるが、この論文の中心部分の先見性は揺るがない。

これはイメージによる分析なので④型の論文で、現在は、石原千秋編『日本文学研究資料新集14　夏目漱石　反転するテクスト』（有精堂、一九九〇・四）でも読むことができる。

松元季久代「『夢十夜』第一夜—字義的意味の蘇生—」（『日本文学』一九八七・八）

三上公子は「第一夜」のイメージを追った。松元季久代はレトリックにのみ注目した。たとえば、最後の場面。私が「この男が「真白な百合」を女だと信じない限り、「百年」は決してこの男に訪れはしない」としたのに対して、これは「論理の転倒」でしかないと、たぶんあっさり退けられてしまった。「それは解釈の創造であって意味の問題ではない」と。

では、松元季久代は「真白な百合」は女ではないというのか。そうでもないし、そうでもある。最後の一節を引用しよう。

すると石の下から斜《はす》に自分の方へ向いて青い茎が伸びて来た。見る間に長くなって丁度自分の胸のあたりまで来て留まった。と思うと、すらりと揺《ゆら》ぐ茎の頂に、心持首を傾《かたぶ》けていた細長い一輪の蕾が、ふっくらと瓣《はなびら》を開いた。真白《まっしろ》な百合が鼻の先で骨に徹《こた》える程匂った。そこへ遥の上から、ぽたりと露が落ちたので、花は自分の重みでふらふらと動いた。自分は首を前へ出して冷たい露の滴《したた》る、白い花瓣《はなびら》に接吻した。自分が百合から顔を離す拍子に思わず、遠い空を見たら、暁の星がたった一つ瞬《またた》いていた。
「百年はもう来ていたんだな」とこの時始めて気が付いた。（傍線石原）

ここはおそらくすでに一〇〇本以上書かれている『夢十夜』論でも解釈の定まらないところで、そもそもこの男が女に会えたのかそれとも会えなかったのかさえ意見が真っ二つに分かれているところなのだ。なぜ男が女に会えたかどうかが問題となるのかというと、会えたのなら「永遠の愛」がテーマになるし、会えなかったのなら「愛の不可能性」がテーマになるという具合に、「第一夜」全体のテーマに関わるからだ。

この一節について、松元季久代は次のように説明する。

本文の花は男「の方へ向いて」伸びて来て、「すらりと」揺れる茎の先の「首を傾け」、花弁を開いてみせる。そして「自分の重み」にふらふらと立ち惑った後、男の接吻を受ける。発芽から開花までの過程が、なぜ人間のメタファーで語られねばならないのだろうか。松元季久代は最後の問に、それはほかならぬこの「第一夜」で死の床についている女と男の叙述を模倣しているからだと答えている。

人間の、しかも柔らかな女のメタファーで描かれた百合は、本文の外の観念で翻訳される前に、自身の持つレトリックの力によって否応なく己れに似た「女」の影《イマージュ》を引き寄せるのである。

松元によれば、最後の場面は「女の蘇りであるかのような百合の出現」（傍点原文）でさえないのであって、「百合が逢いに来た。女は来ない」（同前）と理解しなければならないと言うのだ。たしかに、最後の一節からメタファーをすっかり取り去って、書いてある通りに読んだら、こういう解釈（あるいは「解釈停止」？）になるだろう。

松元季久代はさらに一歩、歩を進めて、最後の一節からは「フェティッシュなまでに生々しい甘美な交感」（フェティッシュとはモノを性愛の対象とすること）を読み取るべきだが、それは女さえ不在の「荒涼たる大地」であるとも言っている。

ただし、松元季久代もレトリックによって「星の瞬く光が、「百年待って下さい」と言って死んだ女の〈訴えかけ〉を暗示する力を持つ」ことは認めている。

私はこの論文をはじめて読んだとき、大変な衝撃を受けた。それまでの『夢十夜』論をすべてご破算にしてしまうものだったし、それどころか私たちが普段行っている小説の読み方さえすべて否定しかねない議論だったからである。

言葉は「字義的意味」で読め——松元季久代の主張は解釈を意味だと誤解するような小説の読み方への強烈な異議申し立てだ。しかし、こういうことは言っておかなければならない。それは、松元季久代の指摘が意味を持つのは一つの小説について一回だけであって、同じことを二回言っても意味がないと言うことだ。

なぜなら、小説を「字義的意味」で読むことは、ほとんど解釈をするなと言うことと同じだからである。どれほどインパクトがあったとしても、松元季久代の論文は、研究者自身にとっても生涯に一度だけしか許されない「芸」だったのだと思う。事実、こういうことを主張する研究者はその後でてきてはいない。

これも④型の論文で、現在はやはり石原千秋編『日本文学研究資料新集14　夏目漱石　反転するテクスト』(有精堂、一九九〇・四)でも読むことができる。

藤森清「夢の言説—「夢十夜」の語り—」(『名古屋近代文学研究』第5号、一九八七・一二)

松元季久代は「第一夜」の百合が女のように見えるのはレトリックの力だとしたが、藤森清は『夢十夜』において夢が夢らしく見えるのは「語り」の力だと言うのだ。小説の「読み」において、「解釈の結果」を「意味」だと誤解している事態への異議申し立てが立て続けに行われたのである。これは、この時期の文学研究の流れでもあった。

藤森清は、この論文が目をつけたところを次のように言っている。

このテキストの語りが物語の規則に余って持つもの、ないしは足りないものこそ、このテキストが創りだそうとしている〈夢らしさ〉の正体だと言えるはずである。

では、何が余りや不足なのか。それがわかりやすいのが「第五夜」と「第九夜」だと言う。「第五夜」では、「自分」視点であるはずなのに、「自分」が知り得ないはずの、女が天探女の作る鶏のときの声に騙されて深い淵に落ちてゆく様子が叙述されていること。「何でも余程古い事で、神代に近い昔と思われるが」などという、「自分」にはとうていできるはずのない「解説的記述」がなされていること。これは、「『自分』という一人称の視点とは別に、もう一人の語り手の存在を考えないかぎり、不可能な記述」である。これが、「第五夜」の余りである。

つまりは、「自分」という一人称の問題なのだ。これを仮に三人称に置き換えてみれば、「第五夜」は「われわれの見慣れた物語、例えば神話や昔話のような全能の話者によって語られる物語らしい物語に姿を変えてしまう」。藤森清は、「第五夜」の「自分」という一人称物語としての不自然さを指摘した後に、こう言っている。

これらの印象こそ第五夜が一人称の導入によって創りだそうとした〈夢らしさ〉の正体なのである。第五夜を物語から隔て夢に近づけているのは、このような神話的物語のなかに一人称を持ち込むことの一点にかかっているのである。

「第九夜」では、「こんな悲い話を、夢の中で母から聞た」という一文を、最後に置いた点に余りを生む仕掛けがあると言う。「第九夜」は、「母が自分に語るという物語の一次的レベルと、その中にはめ込まれた父を待ちわびる母と子の話という二次的レベル」の入れ子型の二重構造になっている。

仮に「第九夜」のはじめに「こんな悲い話を、夢の中で母から聞た」という一文が置いてあれば、読者は入れ子型の二重構造を予測して読む。ところがそうなっていないために、ふつうの物語において読者が期待する語り手が当然果たすべき役割が裏切られ、「その語る物語内容に対して全能な絶対的な力を行使しうる者としての語り手」が姿を見せてしまうのである。これが「第九夜」の余りだ。そこで生まれる読者の錯綜した感覚こそが、夢を夢らしくしているというわけだ。つまりは、こういうことだ。

これまで言いたててきた物語の規則とは、物語が物語であることを顕在化させないために、すなわち、語られたものにすぎないという自らの起源を隠蔽するために読者と交わす約束のことであった。

物語は語られたものにすぎないが、ふつうの物語は語り手が力を誇示するために姿をあらわしたりなどしないことによって、本物のお話であるかのようなリアリティーを生むように作られている。しかし、『夢十夜』の語り手はこの「約束」を破って力を誇示する。そのことで、読者に錯乱がおきて夢が夢らしく見えるというわけだ。

いま紹介したのは論文の半分ほどだが、それでも「語り手」論としてみごとな達成を示していることがわかるだろう。これも④型の論文で、現在は、藤森清『語りの近代』（有精堂、一九九六・四）、石原千秋編『日本文学研究資料新集14　夏目漱石　反転するテクスト』（有精堂、一九九〇・四）でも読むことができる。『夢十夜』について考えるなら、もう『日本文学研究資料新集14　夏目漱石　反転するテクスト』を買うしかありませんね。古本でしか手に入らないが、定価より安いはずだ。

なお、藤森清も再録時にきちんと注記しているように、室井尚「漱石『夢十夜』論―テクスト分析の試み―」（『文学理論のポリティーク』勁草書房、一九八五・六）も同じような問題意識から「語り手」について論じたもので、見逃せない。

山本真司「豚／パナマ／帝国の修辞学　第十夜」（『漱石研究』第8号、一九九七・五）

最後に紹介するのは、もう「お約束」となった感があるが、カルスタ、ポスコロ、ナショナリズム系の論文だ。今回は、特にポスコロ系の論文。「第十夜」に出て来る「豚」と「パナマ」だけで、調査の行き届いたかなり長い論文を書いてしまう力量は大したものだ。こういう論文の傾向として、「豚」と「パナマ」が抱えていた同時代的なコンテクストはわかるのだが、それが小説の中でどういう意味を持つのかがよくわからないことが多い。この論文ではそれもきちんと論じられている。

山本真司は、この論文の問題意識（枠組）を次のように語っている。

「第十夜」を、帝国主義と植民地主義の文脈において、一種の近代都市小説として読むならば、植民地表象としての「女」や、帝国のネットワーク／メディアとしての「電車」、あるいは、民衆を監視する「探偵」の視線、といったいくつかの主題がすぐに浮かび上がってくる。（傍線石原）

大事なのは、傍線部「帝国主義と植民地主義の文脈において、一種の近代都市小説として読むならば」の部分である。こういう枠組から読むならば、という前提をハッキリ示している。これを裏返せば、誰が読んでも、あるいはどういう枠組から読んでもこういう物事が「主題」となるわけではないと言っているのだ。「読み」を論文にするときには、ここが肝心なところである。

こういう前提を無視して「これはいくらなんでも深読みだ」と批判するのは、知的な態度ではない。批判するなら、「この枠組から読んだとしても、これらの事物の意味づけがまちがっている」と枠組を認めた上で個別に批判するか、「そもそも「第十夜」を読むに当たっては、こういう枠組自体が無効である」と枠組の設定自体を批判するしかない。しかし、後者はおそらく非常に難しい批判の仕方だろう。枠組の設定を批判する基準を明示することは困難だからだ。結局は、論じる「好み」の問題になってしまうことが多い。せめて「頭ではわかるけれど、心に響かないなあ」ぐらいのところで妥協したいものだ。

まず「豚」。「豚」は「シンボル化した「群衆」」ではないかと言う。そして「都会の群衆」は、「社会における不適格者＝退化した集団であり、帝国内部の他者」だった。「退化」は言うまでもなく「進化」の逆だが、進化論的パラダイムにドップリつかっていたこの時代、「退化」は恐怖を呼び起こす現象だった。漱石自身がマックス・ノルダウ『退化論』を原書で読んでいたことはよく知られている。『倫敦塔』の冒頭部にも、突然のようにこの書名が書き込まれている。

次に「パナマ」。「第十夜」の最後は「パナマは健さんのものだろう」となっているが、「「パナマ」は、「パナマの帽子」の換喩になっているだけでなく、植民地の隠喩ともなっている」と言う。「換喩」は「赤提灯」が「飲み屋」を表すように、近い関係から連想されるレトリックを言う。「隠喩」は「赤いバラ」が「情熱的な愛」を表すように、似た関係から連想されるレトリックを言う。これは単に「暗示」と言ったほどの意味で使われることも多く、ここはそういった使い方のようだ。

山本真司は、明治三〇年代の半ばに、パナマ運河開通の重要性を説く文章に触発されて、実際にパナマ行きを決行した青年がいたことをつきとめる。これが当時の日本で起きていた「パナマ」という言葉の喚起力だったのである。それは明らかに帝国主義的な欲望に裏打ちされていた。そこで、庄太郎の意味とは——。


庄太郎自身、ここでは「町内一の好男子で、至極善良な正直者」のステレオタイプである。そして彼の「大事なパナマの帽子」も、「女の顔を眺める」という「道楽」の隠喩となると同時に、道楽者「庄太郎」の換喩となっている。「庄太郎」のフェティシズムと「パナマの帽子」のフェティシズムは、相互決定的に主体のアイデンティティ構築に作用する。

どうしてカルスタ、ポスコロ、ナショナリズム系の論文はこういうマッチョな文体で書きたがるのだろう。こういうことだろう。

進化論的パラダイムにおいては「女」は「男」よりも進化論的に劣っていた。だから、そういう「女」を追いかけてばかりいる「道楽者」はダメな奴だったのだ。庄太郎はまさに「群衆」の一人だったわけだ。一方、「パナマの帽子」が植民地的欲望を暗示しているとすれば、庄太郎は支配される側になる。「パナマは健さんのものだろう」とはそういう意味だ。しかし、「健さんの欲望、それは帝都／母国の群衆の欲望でもあった」。つまり、支配される庄太郎と支配する健さんとは、「相互決定的に主体のアイデンティティ構築に作用する」のである。だから、「健さんの欲望」は「群衆の欲望」とも重なり合っていたのである。

論文の末尾を引用しよう。こういう文章ならわかりやすい。

それでも、「パナマは健さんのものだろうか?」というコロニアルな問いは、「パナマはパナマのものなのか?」というポストコロニアルな問いへの可能性を常に同時に孕んでいる。それは、また、「日本人は日本人なのか」という「われわれ」の問いともけっして無関係ではないはずだ。

「ポストコロニアルな問い」とは、帝国主義時代以後の現代において、「誰が日本人か」という問いが、たとえば戦後補償の問題として依然として解決されていないことを示唆している。これは文学の論文なのか、政治の論文なのか。その境界線を引くことは、たぶんできない。これはもう③型の論文の典型だ。

『三四郎』（明41・9・1～12・29）

【梗概】熊本の第五高等学校を卒業した小川三四郎は、東京帝国大学文科大学に入学するため上京するが、その途次、女と同宿してうぶをさらけ出し、また広田先生の鋭い日本批判に驚かされた。

東京では大学構内の池の端で出会った里見美禰子に淡い恋心を抱き、彼女のストレイ・シープという謎めいた言葉に期待をつなぐが、理科大学助手の野々宮宗八と彼女との関係もつかめない。ついに画家・原口のアトリエに美禰子を訪ねて想いを伝えようとしたが、美禰子はそれを遮るように、自分の肖像画が池の端で出会った時の服装、ポーズであることを告げた。

ところが、それから間もなく美禰子が未知の男と婚約したことを知った。美禰子は別れに、「われは我が愆《とが》を知る。我が罪は常に我が前にあり」とつぶやいた。その後、美禰子はよし子に持ち込まれた縁談の相手と結婚した。翌春、美禰子の肖像画「森の女」が公開されたが、三四郎は「ストレイ・シープ」と繰り返すばかりだった。

【ふつうの読み方】東京に出た三四郎には、学問、恋、故郷という三つの世界ができたが、真っ白なキャンバスのような三四郎はそれぞれからさまざまなものを吸収する。特に、互いに淡い恋心を抱く美禰子の「無意識な偽善《アンコンシアス・ヒポクリシイ》」（「無意識の演技者」と訳した方がいいという意見もある）に翻弄され続け、やがては手痛い失恋を味わう。三四郎は名古屋で同衾してしまった「女」と同じように、女性は意味もなく誘うものだと思った。三四郎はようやく理解できない「謎」が女にはあることと、喪失という青春の意味とを知ることになる。そのような意味において、『三四郎』は教養小説＝成長小説＝青春小説と言うことができる。

酒井英行「広田先生の夢―『三四郎』から『それから』へ―」(『文藝と批評』第4巻第10号、一九七八・七)

美禰子が愛していたのは三四郎か、野々宮か。この論文は、はじめて本格的に野々宮説を採ったものだった。酒井英行はそれまでの三四郎説を、こうまとめている。「美禰子は三四郎を愛していた↓それは「森の女」という肖像画によって証明される↓なぜなら、広田先生の夢が索引になっているから」と。ところが、実際には「広田先生の夢が「森の女」の絵解きになっている↓だから、美禰子は三四郎を愛していた」という順序で論じられていると言う。

酒井英行は、美禰子と野々宮とのやりとりを丁寧に点検し(そういう目で見れば、二人の関係は「怪しく」見えてくるものだ)、美禰子が愛していたのは野々宮だと結論する。そして、〈美禰子が愛していたのは三四郎である〉論者が論拠とする「広田先生の夢」は、愛がすれ違ってしまったことしか意味してはいないとする。さらに、美禰子が三四郎に愛の記念として残していったとされる「森の女」は、美禰子が池の端で三四郎と偶然出会った以前から描かれていたもので、三四郎との愛の記念にはならないと論じた。

ほぼ同じ時期に、助川徳是はこのあたりの事情を、あっさりとこう言ってみせた。

三四郎の裏側で進行している劇は恐らく単純なものであろう。野々宮と美禰子とは結婚をめざして交際の歴史を織る。三四郎が現われ、美禰子は母性的な愛を三四郎に感ずる。(「漱石・避けて通ったもの」『解釈と鑑賞』一九七八・一一↓助川徳是『漱石と明治文学』桜楓社、一九八三・五)

これを読んで『坊っちゃん』を思い出した読者は鋭いと思う。私は『三四郎』は〈逆さ『坊っちゃん』〉だと読んでいる。『坊っちゃん』は〈東京→四国→東京〉と移動するが、『三四郎』はおそらく逆に〈九州→東京→九州〉と移動する。そして、主人公の〈坊っちゃん〉が赤シャツと山嵐の権力抗争に気づかないように、三四郎も野々宮と美禰子の結婚話が破綻する時期に東京にやってきて、それに気づかないのだ。つまり、三四郎は〈坊っちゃん〉同様「あてにならない観察者」(千種キムラ・スティーブン「あてにならない観察者―喜劇としての『三四郎』―」『漱石研究』第2号、一九九四・五)なのである。『坊っちゃん』と『三四郎』は、小説の作りとして同工異曲ではないかと思っている。

美禰子―野々宮説を後押ししたのが、重松泰雄「評釈・「三四郎」」(『國文學』一九七九・五↓重松泰雄『漱石　その歴程』おうふう、一九九四・三)だった。三四郎が美禰子にはじめて会った東大構内の池の端での場面を、構内図を用いて謎解きをして見せたのだ。結論は、このときの三四郎への思わせぶりな仕草は「煮え切らない野々宮への〈挑発〉なのである。(中略)彼女は十分に野々宮の眼を意識しているので、それはけっして〈無意識《アンコンシアス》な偽善《ヒポクリシイ》〉などではないのである」(傍点原文)ということになる。こうした美禰子―野々宮説は、それまでの「読み」が思い描いていた、甘い香りのする三四郎と美禰子の淡い恋をぶち壊す強烈なインパクトがあった。

私は、これらの説をさらに発展させてみた(石原千秋『漱石と三人の読者』講談社現代新書、二〇〇四・一〇)。まず、重松泰雄の説明を確認しておこう。ここに示すのは、重松泰雄が作製した図に私が手を入れたものだ。図の左側が北。すでに夕刻だから、夕方の西日は図の下から差

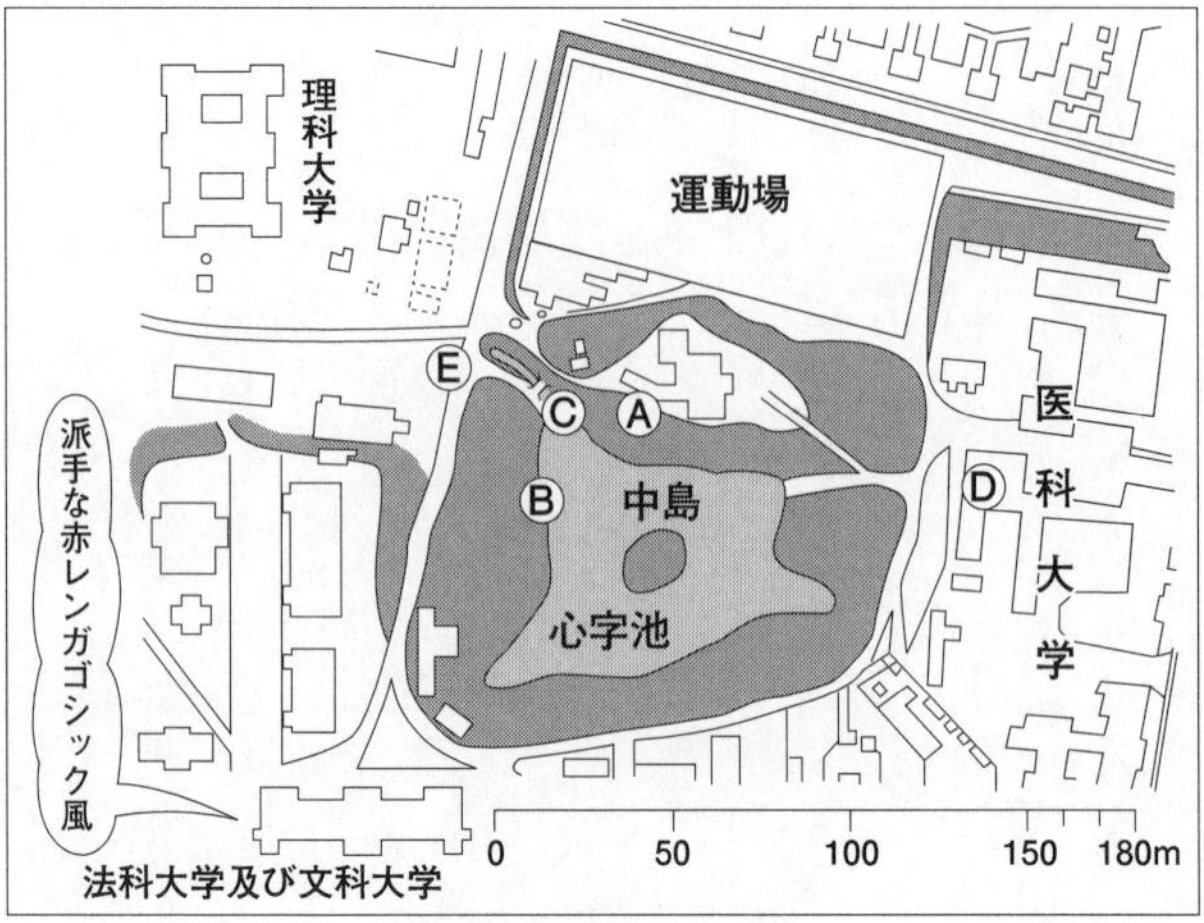

「三四郎」時代の東大構内

していることになる。

重松泰雄の説明によると、三四郎は理科大学を出てEを通り、Bの位置にしゃがんでいた。二人の女はAから下りてCの石橋を通り、Bの位置にしゃがんでいる三四郎の脇を通って行ったのである。野々宮はCの向こうに現れた。そこで「美禰子も野々宮も「石橋」の向側にいたとすれば、三四郎が「しゃがん」でいる間に、野々宮が美禰子と会った公算は大であろう。野々宮の「隠袋」の中の「封筒」は、あるいはその時に手渡されたものかも知れない」ということになる。そこで、美禰子の行為は、三四郎へではなく、結婚問題で「煮え切らない野々宮への〈挑発〉」だった可能性が大きくなるのである。

この本を書いている特権を行使して、『漱石と三人の読者』で書いたことを、美禰子—野々宮説に決着を付けるために少し詳しく紹介しておこう。

この時、野々宮がわざわざ「さっき女の立っていた辺り」で立ち止まって東大の建物を褒めはじめるのは、野々宮は三四郎の死角にいて、二人の女（美禰子と看護婦）に三四郎にしたのと同じ説明をしていたのだ。ここで野々宮がわざわざ「原口」のことを口にすることにも注意しておきたい。

結婚した美禰子は最後にその原口に描いてもらった肖像画を残していくのだが、それがちょうどこの時の着物でこの時のポーズだった。このように確認していくと、この時にはすでに絵を描き始めていて、そのことを野々宮はもう知っていた可能性の方が高い。三好行雄は酒井英行に対して「美禰子があちこちで肖像画のポーズを取っていたとでも言うのか」という意味の批判をしたが（「作品論について」『日本文学』一九八三・一一）、まさかそんなことはなく、この時ちょうど野々宮に肖像画のポーズを取って見せていたのだと考えれば、説明がつく。

つまり、こういうことだ。この場面では美禰子は直接には三四郎を挑発しているが、美禰子が本当に挑発しているのは、それを後ろで見ているはずの野々宮だったということである。ではなぜ美禰子はそんなことをしたのかと言えば、それが重松の言う結婚問題で、「煮え切らない野々宮への〈挑発〉」だったからである。

一方、野々宮が美禰子の挑発の意味を理解し、封筒やリボンを使って早手回しに三四郎に「彼女は自分と交際している女性だ」と暗示するような警告を発するのは、彼が美禰子のこういうやり方にすでに何度か傷ついていたからではないだろうか。そして、それが野々宮が美禰子との結婚に踏み切れない理由なのだろう。

こう読んだのでは、美禰子は三四郎を野々宮の気を引くために利用したことになってしまう。しかし、実際その通りではなかっただろうか。だからこそ、三四郎との別れの場面で、美禰子は

「われは我が愆《とが》を知る。我が罪は常に我が前にあり」と、聖書の一節を囁くのではないだろうか。三四郎が自分に恋してしまったのは、彼を挑発した自分に責任があるのだと、美禰子は言いたかったのだ。

美禰子が三四郎をまったく愛さなかったかどうかについては議論の余地がまだまだありそうだ。そう言えば、女性が同時に二人の男を愛することができるかという問いは、いまでは問うに値しないほど答えは簡単だが、漱石が執拗に問い続けたテーマだった。しかし、美禰子—野々宮説については、これでほぼ決着がついたのではないかと思っている。

この池の端の場面は、このように読まなければ、美禰子が見も知らぬ男を理由もなく挑発する類の女性になってしまうだろう。それでは美禰子はまるで「淫婦」である。しかし、長い間ほとんどの研究者はそう読んできたのだ。なぜだろうか。理由の一つは、小説中に仕掛けられたある出来事にある。三四郎の上京途上で起きた、名古屋のいわゆる「同衾事件」である。

これは汽車の中で出会った人妻と名古屋で同宿し、あまつさえ同じ蒲団で一夜を過ごすことになってしまう「事件」である。結局三四郎は何もせず、翌日の別れ際には、女に「あなたは余っ程度胸のない方ですね」と言われ、ニヤリと笑われてしまう。宿に案内してくれと頼んだのは女の方からだったことや、女が風呂にいっしょに入ってきて背中を流しましょうと言ったりすることなどもあって、『三四郎』の読者はこの一件で、女は理由もなく男を誘惑するものだという先入観を植え付けられているのである。だから、美禰子もそのように理由もなく男を誘ったのだと読むのだ。

美禰子はずいぶん長い間誘惑者にされてきたのだ。それが、「女の謎」だと言うわけだ。冗談ではなく、「女の謎」は『三四郎』研究史のキーワードだった時期がある。特に『こころ』に代表される後期三部作において、漱石が女性を恋の技巧家として書いたことも、そういう理解の仕方を助長したのかもしれない。

しかし「同衾事件」も、「名古屋の女」が一方的に引き起こしたのではなく、宿帳に「夫婦」としか取れないような記載をするなど、三四郎にもそういう「スケベ心」があったからではないかと、千種キムラ・スティーブンが明らかにしている（「『三四郎』論の前提」『解釈と鑑賞』一九八四・八→『日本文学研究資料叢書　夏目漱石Ⅲ』有精堂、一九八五・七→千種キムラ・スティーブン『『三四郎』の世界』翰林書房、一九九五・六）。そもそも、前の晩の出来事について三四郎が持った「行ける所まで行ってみなかったから、見当が付かない。思い切ってもう少し行ってみると可《よ》かった」という感想が、そのことを雄弁に物語っている。

しかし、多くの同時代の読者は東大の構内など知らないから、池の端の場面を三四郎と美禰子がお互いに一目惚れする場面と読んだだろう。そして、美禰子が先に誘惑したのだと思っただろう。その結果、『三四郎』を、三四郎が美禰子に翻弄されながらその恋心を育てていく、三四郎と美禰子の淡い恋の物語と読んだに違いない。もちろん、それは少しもまちがってはいない。そうも読めるように仕組まれていたのだから。そして、そう読んだ読者に向かって、漱石は密かにニヤリと笑ったかもしれない。

三四郎が美禰子に関心を抱いたのは、美禰子が「狐色」の肌をしていたからだった。そして、それは「名古屋の女」と同じだった。それをさらに遡れば、故郷の御光《おみつ》と同じ色だったのだ。三四郎の女性への関心の源は御光にあるのだ。肌の色によって美禰子と御光はつながっているのである。もちろん、三四郎はそれを意識してはいないだろう。

『三四郎』は、故郷の母親からの数通の手紙で、三四郎と御光との関係が手に取るようにわかる仕組みになっている。

まず、御光が鮎をくれたが腐るから送らないとあり、三四郎自身がその鮎のお礼にリボンを買ってやろうと思ったが、それを貰った御光が「きっと何だかんだと手前勝手の理窟を附けるに違いないと考え」て思いとどまっている。つまり、御光がそのように思うことが、三四郎にはわかっているような関係なのである。リボンは、野々宮と美禰子との関係を読者に伝えるだけでなく、三四郎と御光との関係をも読者に伝える小道具となっている。

次には、御光の母親から結婚の申し込みがあったという手紙が来る。御光の家は土地持だからと、三四郎の母親も賛成である。さらに、その後には御光のプレゼント攻勢があって、「御光さんは豊津の女学校をやめて、家へ帰ったそうだ」となる。これが「コトブキ退学」以外の何だろうか。わずか四ヶ月ほどの間に、三四郎と御光との関係は結婚に向けて、あまりにも順調に深まっているのだ。

一二章と一三章との間に三四郎の帰省があるが、帰省中のことはまったく書かれず、一三章になるとそれまでの三四郎視点から全知視点に視点構造が変換されている。それは帰省中に三四郎の身に読者には言えない何かが起きたことを暗示している。その秘密とは、御光との結婚話に決着が付いたことだとしか考えられない。三四郎と御光との間に婚約が成立したのだ。たぶん――。

つまり、三四郎にとって美禰子とは、おそらく彼の意識していないところで御光の代理の役割を果たしていたのである。もちろん、三四郎は美禰子に恋をしている。しかし三四郎にとって、美禰子は「都会風の御光」なのだ。決定的になりつつある御光との関係に美禰子を代入する形でのみ、三四郎は美禰子との結婚を夢想することが可能だったのだろう。

少しばかり特権を行使しすぎたようだ。ご容赦願いたい。これらはハッキリ②型の論文だと言える。酒井英行のものは、酒井英行『漱石　その陰翳』(有精堂、一九九〇・四)、『日本文学研究資料叢書　夏目漱石Ⅲ』(有精堂、一九八五・七)、『漱石作品論集成　第五巻　三四郎』(桜楓社、一九九一・一)でも読むことができる。

石原千秋「鏡の中の『三四郎』」(『東横国文学』第18号、一九八六・三)

『三四郎』は、読者が自らの仕事を行い、想像力によって意味を生み出さなければならない小説だと捉えて読んだ論文である。

たとえば、名古屋での同衾事件の翌日、三四郎は汽車の中で「行ける所まで行ってみなかったから、見当が付かない。思い切ってもう少し行ってみると可かった」と思っているから、二人がどういう状況にあったかは理解している。しかし、「元来あの女は何だろう」と思っているように、それはもっぱら女の側の問題だと考えている。では、この時の三四郎についてはどう捉えればいいのだろうか。

三四郎の実際の行動が性的な欲望にかられたものの如くであるのに、彼の言葉がそれを否定しているのならば、三四郎は自己の性的な欲望をまだ知らないということになるだろう。（中略）彼の性的な欲望はまだ無意識の中にあると考えるべきである。（中略）三四郎の自己像には自己の性的な欲望がまだ組み込まれていない、つまり彼は明確な自己像をまだ持ってはいないので、彼は自己の欲望をあたかも「女」の欲望であったかのように変形させて感じてしまうのである。

三四郎は、与次郎から美禰子への思いをはじめてハッキリとした「言葉」で伝えられる。

「それだけで沢山じゃないか。――君、あの女を愛しているんだろう」
与次郎は善く知っている。（九）

『三四郎』の読者は、美禰子と三四郎の関係を読む場合、少なくとも三通りのコードを生成しなくてはならないということである。第一のコードは、三四郎の美禰子への気持はたとえば「愛」という概念によって呼ぶことができるということ。これは容易にできるコード化である。第二のコードは、三四郎自身は自分の欲望をそれとして指し示す言葉を持たないこと。そして第三のコードは、その結果美禰子の三四郎への好意のように見えるものは、実は三四郎が自己の欲望を美禰子の眼の中に読み込んだものにすぎないらしい、ということである。だからこそ、三四郎ははじめ美禰子の自分への好意に疑いを抱いていないのである。この第三のコードを生成できなかった読者（や三四郎）は、美禰子の中に三四郎の欲望を読んでしまい、それを美禰子の「一目惚れ」と呼ぶのである。実は三四郎の「己惚」（八）である。

この論文では、『三四郎』のほとんどの文章は三四郎視点となっているが、たとえば「この田舎出の青年には、凡て解らなかった」（二）というような、語り手が三四郎を外部から語った文章が一三例あり、それを付表としてあげている。それを見ると、はじめ語り手は三四郎を「田舎者」だからいろいろなことがわからないのだと印象づけようとしていることがわかる。しかし、後半になると三四郎自身が自分は田舎者だから解らないのだという具合に、「田舎者」であることを内面化していることがわかる。これは一例で、『三四郎』がいろいろなことがわかるようになるという意味でなら、教養小説と呼んでいいのかもしれないとする。

これは②型と④型の論文で、現在は、石原千秋『反転する漱石』（青土社、一九九七・一一）でも読むことができる。

藤森清「青春小説の性／政治的無意識—『三四郎』・「独身」者の「器械」—」（『漱石研究』第3号、一九九四・一二）

ジャンルとしての青春小説とはどういうものだろうか。藤森清は、ミッシェル・カルージュ『独身者の機械』（高山宏・森永徹訳、ありな書房、一九九一・一）を参照しながら、「機械と性愛の歪んだ結合」を炙り出す。「機械と男性性のメタフォリカルな連関」である。

ということの項目の書き出しを読んですぐに思い浮かべるだろう場面は、野々宮の研究室だろう。それは「独身者の孤独」を思い起こさせる。実際、野々宮の研究室を訪れた三四郎までも、その後池の端にしゃがんで「孤独」を感じる。この時、三四郎は「活動の劇《はげ》しい東京」との対比ではなく、「汽車の女」との対比で「孤独」を感じている。そこに、「機械と男性性のメタフォリカルな連関」があると言うのだ。

三四郎は、野々宮が汽車に轢かれた女の死体を見ればよかったという冷淡を、「光線の圧力を試験する人の性癖」と呼んでいる。この偶然に起きた「女への欲望と不可視のものを可視化する実験装置の機能の隣接」の繰り返しや、機械と女の連想の繰り返しが、まるで自然なことのように読まれてしまうことは偶然の神話化であって、それが青春小説を成り立たせている原理だと言う。

この連想のメカニズムの実態は、三四郎の経験した機械装置の視覚のありようが、不可視の（ありもしない）女の内面を「何とも云へぬ或物」として可視化し、美禰子を謎をもった女に作りあげるというものだが、つまりまったく無根拠な連想なのだが、機械と男性性のメタフォリカルな連関がそれを自然化しているのだ。

偶然も繰り返されれば、まったく根拠はないのに自然＝神話となるわけだ。日常的に機械に触れていたり、女と機械を連想で結びつけたりする男は、「孤独」で「性愛」を抱えている、という具合にだ。そして、その「性愛」の先に女の謎があると読まれる。これが青春小説なのである。

カルージュは多くのテクストを挙げて論じているが、藤森清は『三四郎』だけなので、文化史的な広がりはない。その意味で少し弱い③型の論文と言えるだろう。現在は、藤森清『語りの近代』（有精堂、一九九六・四）でも読むことができる。

松下浩幸「『三四郎』論――「独身者」共同体と「読書」のテクノロジー――」（『日本近代文学』第56集、一九九七・五）

タイトルを見れば、いまの藤森清の論文と似たような問題意識から書かれた論文だとわかるだろう。研究者は、美禰子の「謎」の原因を論じたくてしょうがないのだ。三四郎が思い描く「第二の世界」＝学問の世界に住む三四郎の知り合いの住人たちは、みな「独身者」だが、彼らは「男が結婚しない原因を「女」あるいは「母」に規定している」。自分たちのせいではないと考えているわけだ。

実はこの三四郎がもつ「第二の世界」のイメージの中にこそ、「女」の存在と「自由」とを対立的に思考し、女性を読解対象として規定することによって、逆にそれに依存しつつ自らを常に優位な読解主体としてジェンダー構成しようとする、本郷文化圏の「男」たちによって象徴される、極めて近代的なコミュニケーションの形とその政治性の〈起源〉を見ることができるだろう。

「本郷文化圏」とは前田愛が用いた言葉で、『三四郎』の行き来する東京帝国大学を中心とする〈知〉を象徴するエリアの性質をみごとに言い当てている（『幻景の街――文学の都市を歩く』小学館、一九八六・一一）。たしかに『三四郎』の男たちは、「独身者」であって、しかも「書斎」かそれに類する部屋を持つ知的生活者ばかりである。それは「自己による自己の管理」を行う場であると同時に、「「孤独」を「自由」と「快楽」に転化する場であり、あるいは独りの祝祭を生きる空間、独りのユートピアを生きる場」だとする。

静かな「書斎」では「黙読」が行われるが、黙読は人びとを切り離すのではなく、むしろ黙読共同体とでもいうべき目に見えない知的なつながりを形成する。そして、近代のはじめにはそれは男性にだけ許された組織だった。

「書物」の「黙読」によって自らを読解主体として形成する独身男性たちのホモジェニアスな共同体は、同時にそれらを共有しない者たち（女性）を読解対象として一義化することによって、常に特権的に働きかける「読書」共同体でもある。

なるほど、彼ら本郷文化圏の男たちは、美禰子やよし子について噂し、「イプセンの女」などと「一義化」していたのだった。ところが、三四郎はまだ十分に本郷文化圏の住人になりきっていなかった。そこで、こうなると言う。

本郷文化圏において、「割合書物を読まない」（四の七）希有な「男」である三四郎にとって、その読解力（批評力）の欠如こそが美禰子を「謎」に仕立てあげ、同時に美禰子へのセクシャリティ（性的欲望）を生み出す源泉ともなった。

三四郎は本郷文化圏ビギナーであったために美禰子が読み切れず（つまり、一義化できず）、「謎」を見てしまうと言うのである。これは、美禰子の「謎」の原因を、現実の読者の読書行為には求めずに（それに求めたのが、私の論文だった）、三四郎の能力の欠如に求めたのである。美禰子の「謎」の原因はどこから生まれるのか。誰もがこの議論に参加したくなるのが、『三四郎』という小説なのだ。

これは④型の論文で、現在は藤井淑禎編『日本文学研究論文集成26　夏目漱石1』（若草書房、一九九八・四）でも読むことができる。

これをもっと突き詰めたのが、関谷由美子「窃視とネクロフィリア―『三四郎』の身体」（『叙説Ⅱ』8号、二〇〇四・八）である。関谷由美子は、松下浩幸が「読解対象として一義化する」と述べたことを、こういう言葉で語っている。『三四郎』は「男が女を観察する、長い伝統に対する批評をも併せ持つ、いわば〈観察〉という権力についての物語でもある」と。その視線は突き詰めれば「ネクロフィリア」（屍体愛好症）だと言うのだ。やや過激な言葉遊び（言葉の火遊び？）的な感じは受けるが、「観察」という行為については、現在の思想はこういう言葉を求めている。

関谷由美子は、「ネクロフィリア」という結論に行く前に、興味深い指摘を行っている。

美禰子は、結婚するためには〈恋愛を尊重し、自ら結婚相手を選択する自由を持つ〉新しい女を演じなければならなかった。なぜならそれが美禰子の所属する文化圏の男達が待ち望む、新時代の女性像だったからだ。

このあたりは分析があまりなく説得力にやや欠けるが、美禰子が行っていたのは「無意識《アンコンシアス》な偽善《ヒポクリシイ》」などではなく強いられた「演技」だという論は関谷由美子一人のものではないし、これは本郷文化圏の男たちのふるまいから想像可能なことである。

これは②型と④型の論文だと言えそうだ。


小森陽一「漱石の女たち―妹たちの系譜―」(『文学』第2巻第1号、一九九一・一)

サブタイトルにテーマがハッキリ示されている。「夏目漱石の描く女たちは、必ず金銭とともにあらわれる」という、「アレッ、そうだっけ」と思わせる文章から書きはじめられている。ここでは、『三四郎』について論じたところだけ紹介しておこう。

三四郎と周辺の登場人物たちとの間で、二〇円の複雑な貸借関係が起きる。このとき、三四郎は最終的に郷里の母から三〇円を送ってもらって事を収める。これは、土地持ちだったからできたことで、都会の給与生活者にはできないことだった。本郷文化圏の住人はそういう脆弱な経済基盤の上に生活している。そこで、兄に面倒を見てもらっている美禰子やよし子といった「妹たち」は、兄の結婚が近づけば、「小姑」にならないために、また経済的な負担を掛けないために、いち早く自ら結婚を決めなければならなかった。それが、「妹の宿命」だった。

そこで、よし子に来たお見合いの相手と、美禰子が早々に結婚した意味が見えてくる。

美禰子が生きていくためには、「現実世界」で「生活」していくためには、結婚するしかてだてはない。そういう形でしか妹が兄の結婚を脅かさないように生きていく術はないのだ。

すると、野々宮が一戸を構えることを嫌い、見合いを平気で断るよし子こそが、野々宮の結婚を「妨害」したことになる。野々宮の妹でいたかったというよし子の願望こそが、美禰子と野々宮の仲を引き裂いたのだ。

これまで、美禰子と野々宮が結婚に至らなかったのは、二人の性格の不一致や、野々宮のサラリーの問題として論じられてきた。ところが、それには意外な黒幕がいたことになる。「妹の宿命」という枠組から『三四郎』を読み換えたみごとな論だった。もちろん、②型の論文だ。


中山和子「『三四郎』——「商売結婚」と新しい女たち——」(『漱石研究』第2号、一九九四・五)

「ふたりの三四郎がいる」というすてきな一文からはじまる。一人は小川三四郎で、もう一人は石川三四郎。

石川三四郎は自由思想家アナーキストで、三四郎と美禰子が会ったと思われる本郷教会で説教したこともある人物である。その説教は「自由恋愛私見」というもので、「財産を目的とする結婚、階級を目的とする結婚、勢力を目的とする結婚」を攻撃した。それを堺利彦が、誤解が生じないようにわかりやすく解説を施した。

今日の女子は「恋愛の為に結婚するのでは無く、衣食の為に結婚するのである。即ち、女子は其一身を抛つて地位を買ふのである。其節操を売つて職業を求めるのである。」すなわち今日の「結婚」とは「商売結婚」であると述べている。今日風にいえば女の性の商品化の指摘である。

こういう指摘と小森陽一の論とをつき合わせると、美禰子が切なくなってくる。「『三四郎』のなかで一見もっとも近代的な、新しい女にみえながら、制度としての「商売結婚」にふみきる美禰子」と、中山和子は言う。ところが、それが三四郎にきびしい現実を突きつけもする。三四郎は御光との関係で恋愛を考えているふしがあるが、それは「母子関係の自然モデルの内に恋愛の自然を感じる」ようなものだと言う。したがって、こうなる。

唐突な美禰子の「結婚」を前にして、三四郎ははじめて「愛せられるといふ事実」が「彼女の夫たる唯一の資格」だと思う、ロマン主義的近代恋愛思想を、微塵に砕かれたのである。その意味で三四郎の最大の教育者は、与次郎ではなく美禰子その人であった。

『三四郎』がフローベールの『感情教育』になぞらえられて、美禰子が三四郎に恋の手ほどきをする物語と言われることはよくある。しかし、こういう手痛い形で美禰子が三四郎に恋を「教育」したと論じた人はいなかった。

そして、中山和子も美禰子は「演技」せざるを得なかったと読んでいるようだ。

美禰子が「無意識」の技巧を弄するとすれば、それは「天性」の発露であるよりも、常に見られる側に置かれた立場、客体としての「女」という父権的社会の制度によるのである。見る側にある「男」の視線を内面化してディスプレイする時、無意識と意識の境界は曖昧になるだろう。

「ネクロフィリア」とまでは言わないが、こういう分析を女性の論者が次々に行うことにはある種のリアリティーがある。おそらく、「男の法」からある程度自由になった、あるいは自由になろうとする女性論者には、美禰子が痛々しく見えるのだろう。

これは美禰子の結婚の意味を探った④型の論文である。現在は、中山和子『中山和子コレクション① 漱石・女性・ジェンダー』（翰林書房、二〇〇三・一二）でも読むことができる。

飯田祐子「女の顔と美禰子の服――美禰子は〈新しい女〉か――」（『漱石研究』第2号、一九九四・五）

問題意識はこうだ。「『三四郎』の語り手は、〈謎〉ではないものをわざわざ〈謎〉として語っている」、とすれば、「〈謎〉がいかにして〈謎〉らしく語られているのかを検討する」と。『夢十夜』論で、藤森清が「夢が夢らしく見える」仕掛けを論じたことを思い出してほしい。いまの近代文学研究の水準では、何かが実体としてそこにあるようには論じない。それがそのようにあるかのように見える仕掛けを論じる。

そこで飯田祐子が注目するのは、「服」に関する記述である。美禰子以外の人物の「服」は

「非常に制度的な、ある階級や職業を示す、抽象的な意味での〈制服〉ばかり」なのに対して、美禰子に関しては、三四郎には「着物の色は何と云う名か分らない」（三）と、「分らない」が繰り返されているのである。

以上のような服装による類型化を考えると美禰子の服装描写の特殊性は明らかだと思われる。「分らない」固有性を持つ彼女の服装は彼女を〈謎〉の存在たらしめる装置になるはずである。ところが、重要なのは、こうした美禰子の服装の特異性が三四郎の認識の中では抑圧されていくということだ。その「分らな」さは、「田舎者だから」と説明されていた。美禰子の服装の特異性は、三四郎の文脈のなかでは、彼の解釈コードとの関係で位置付けられてしまい、そこにあるかもしれない美禰子という存在の固有性には全く繋がっていかない。

具体的に語られないことで、美禰子の服装は〈謎〉となる。つまり、服装の〈謎〉は、『三四郎』の語り手の欲望によって生み出された〈謎〉と考えられるのである。

さらに、三四郎は美禰子の眼からさまざまな意味を引き出しては迷うのだが、よし子からはそうしない。「ここで語られているのは〈謎〉を生み出そうとする三四郎の欲望であって、美禰子という登場人物の〈謎〉ではない」。かわいそうな三四郎。三四郎は自分自身も知らなければ、他者も知らないのだ。しかも、それは三四郎だけのレベルではなく、語り手も共犯だと言うのだ。しかし、美禰子はそれを知っていて、三四郎とはじめて出会った時の服装で絵に収まって、〈謎〉

に自ら封印する。

語り手は美禰子を〈新しい女〉としては決して語らない。語り手も美禰子の服装を語らない点では同様であるが、それは〈新しい女〉とは異なる物語、ある男のために装われた服装の物語へ美禰子を誘っている。〈謎〉は、彼女の「自我」へ向かって開かれているのではないのである。『三四郎』は、美禰子が〈新しい女〉になる可能性を消し去ったところに成立した小説である。

美禰子は一見〈新しい女〉に見えるが、そうではないという。そしてそれは美禰子の責任ではなく、語り手の責任だということだ。美禰子の内面に〈謎〉があるのなら美禰子は〈新しい女〉と言えたかもしれない。しかし、〈謎〉は美禰子の外で作られていたのだ。

この論文は、美禰子の〈謎〉の作られ方のみを論じている。美禰子が実はどういう女性であったかについては論じていない。それは設定した枠組に忠実だったからだ。したがって、この論文にはここまで紹介してきたすべての『三四郎』論を接続することができる。そのとき美禰子がどう見えるかが、読者が手にしている「自由」なのである。

これは④型の論文で、現在は、飯田祐子『彼らの物語　日本近代文学とジェンダー』（名古屋大学出版会、一九九八・六）でも読むことができる。

『それから』（明42・6・27〜10・14）

【梗概】三年前に友人の平岡常次郎に、友人の妹菅沼三千代を「周旋」して結婚させた経験を持つ長井代助は、今は大学を卒業してもうすぐ三〇歳にもなるのに、父からの仕送りで一戸を構え、高等な遊民として優雅に暮らしている。そこへ、関西の銀行に赴任していた平岡が失職して三年ぶりに上京してきた。ところが、代助は上京した平岡とは心が通い合わず、三千代は三年の間に子供を亡くし、心臓を患っていた。彼女は平岡との仲もしっくりしない様子で、淋しいと言う。そんな三千代を見て、三年前に既に愛していたことに気づかされた代助は、過去の行為を悔い、三千代に愛を告白し、三千代もそれを受け入れた。

父の勧める、土地持ちで長井家とも古い縁のある佐川の娘との政略的な結婚を断わった代助は不興を買うばかりでなく、平岡が三千代と代助との仲を代助の父に訴えたために、勘当されてしまう。生活の基盤を失った代助は、三千代とも会えないまま、職を探しに行くと家を飛び出し、狂気のような回転する赤い色にのみ込まれて行く。

【ふつうの読み方】代助が働かないのは、近代日本の惨状を見抜く目を持ち、それを憂う思想を持つ知識人の苦悩と、根源的な生への不安を抱えているがゆえだった。そこで代助は他者との関わりを最小限にし、自己の身体には誇りを持つナルシシストとして生活することを選んでいる。しかし、父の生き方を批判しながら、その父の全面的な援助で暮らす生き方は根本的な矛盾をはらんでいる。三年ぶりに再会した三千代の経済的な窮状を救うこともできない代助は、そのことに気づかされる。かつて愛していた三千代への真実の愛＝自然の愛を再確認した代助は、そういう矛盾をはらんだ生活を解消し、近代的自我やほんとうの自我に目覚め、それに正直に生きようとする。これは、日本近代文学史上記念すべき恋愛小説である。

斉藤英雄「「真珠の指輪」の意味と役割―『それから』の世界―」(『日本近代文学』第29集、一九八二・一〇)

この論文の主旨を一言で言えば、小説の現在における恋において主体だったのは、代助ではなく上京した三千代だったということにつきる。それを「真珠の指輪」の記述のされ方だけから分析して見せたのである。一九八〇年代以降の『それから』の読み直しは、この論文からはじまったと言っても決して過言ではない。まさに、画期的な『それから』論だった。

斉藤英雄は、まず次のような記述に注意を向ける。上京後、三千代と代助がはじめて会った場面である。

廊下伝いに座敷へ案内された三千代は今代助の前に腰を掛けた。そうして奇麗な手を膝《ひざ》の上に畳《かさ》ねた。下にした手にも指輪を穿《は》めている。上にした手にも指輪を穿めている。上のは細い金の枠に比較的大きな真珠を盛った当世風のもので、三年前《ぜん》結婚の御祝として代助から贈られたものである。(四)

三千代は指輪を二つ嵌めている。一つは平岡との結婚指輪だろう。もう一つは「三年前結婚の御祝として代助から贈られたもの」(傍線石原)だ。斉藤英雄は指摘していないが、『それから』は基本的に代助視点で書かれているから、傍線部は「代助が贈ったものである」とあってもいいところである。ところが、実際には三千代視点からの記述となっているのだ。こういう記述も、三千代が主体であることを示している。

三千代の結婚時に、代助が「真珠の指輪」を贈り、夫となるべき平岡は時計を贈った。ふつう指輪は夫となるべき人物が贈るものだからこれ自体がすでにヘンだ。斉藤英雄は、三千代の兄菅沼は三千代を代助に嫁がせたいと思っていて、代助も三千代も相思相愛だったが、平岡はそれを知りながら三千代と結婚したので、こういう変則的な結婚祝いとなったのではないかと推測している。

さらに斉藤英雄は、この場面での三千代の手の上下の位置に注意している。

注目したいのは、三千代が代助からもらった「真珠を盛つた」「指輪」を「穿め」た手を「上にし」ていたことである。三千代はなんとなくそうしていたのではないように思われる。三千代は「真珠の指輪」を代助の目に留まらせようとして故意にそうしたのではないだろうか。「真珠の指輪」の背後には代助・三千代・平岡が絡んだ「それから」以前の世界の事件が存在している。三千代は「真珠の指輪」を代助に見せ、「それから以後」の世界にいる彼に「それから」以前の世界を思い出させようとしたような気がする。

なんとも謙虚な柔らかい文体だが、分析は鋭い。ここで斉藤が「それから」というのは、平岡と三千代が結婚した時期以降を指している。「真珠の指輪」を嵌めた手を上に置く。それだけのことで、三千代が代助を結婚以前の世界に引き戻そうとしていると言うのだ。有り体に言えば、

「誘惑」である。

斉藤英雄は、その後の指輪の行方を丁寧に追う。家計が逼迫した三千代は指輪を二つとも質入れし、それを代助に暗示する。代助は「紙の指環」だと思えばいいと言って、三千代にお金を渡す。男が女（しかも人妻に）にお金を渡す、これ自体大胆な行動である。「これで代助と三千代との間にひそやかな結びつきが成立した」わけだ。ところが、三千代はそのお金で代助から贈られた「真珠の指輪」だけを質屋から受け出し、またそれを代助に示す。これには、三千代の「代助と共に生きていこうという思い」がこもっている。

そして、斉藤英雄は大胆にも、先に引用した三千代が代助と上京後にはじめて会った「あの時点で既に代助を選んでいた」と結論づけるのである。たしかにそういう目で読み直せば、三千代ははじめから一筋の道を歩んでいるが、代助はいかにも優柔不断に見えてくる。あるいは、決心するのが遅すぎるし、決心してもなおうろたえているのが目につくようになる。

これで、『それから』はすっかり読み換えられてしまった。『それから』の恋は、代助の恋ではなく三千代の恋だったのだ。〈恋によって近代的自我に目覚める知識人の物語〉というテーマがいっぺんに吹っ飛ばされてしまったわけだ。この論文はそれだけの破壊力を持っていた。

これ以降、代助と三千代との関係を論じる場合にはこの論文を無視するわけにはいかなくなった。言うまでもなく、私は非常に嫉妬した。ただし、この論文に嫉妬しないような研究者は腰抜けである。もちろん典型的で鮮やかな②型の論文で、現在は、斉藤英雄『夏目漱石の小説と俳句』（翰林書房、一九九六・四）、『日本文学研究資料叢書　夏目漱石Ⅲ』（有精堂、一九八五・七）、『漱石作品論集成　第六巻　それから』（桜楓社、一九九一・九）でも読むことができる。

浜野京子「〈自然の愛〉の両儀性—『それから』における〈花〉の問題—」（『玉藻』第19号、一九八三・六）／木股知史「『それから』の百合」（『枯野』第6号、一九八八・七）／塚谷裕一「漱石『それから』の白くない白百合」（『UP』一九八八・一二）／石原千秋「言葉の姦通『それから』の冒頭部を読む」（熊坂敦子編『迷羊《ストレイシープ》のゆくえ—漱石と近代』翰林書房、一九九六・六）

かつて大流行した韓国ドラマ『冬のソナタ』のヒロインであるユジンは雪の精だ。雪の季節が終わると、ユジンとチュンサン（＝ミニョン）の二人のドラマはいったん閉じられる。そして最後、「不可能の家」での再会のシーンとなるが、それは初夏。その時チュンサンは視力を失っている。二人はもう雪の世界のようには出会えない。

『それから』は花の小説で、三千代は花の精だ。ところが、雪と違って花にはさまざまなイメージがまとわりついている。それらを論じた四本の論文を並べてみた。

浜野論文は、「この愛は、幸福と罪、生と死というような両儀的な問題を孕んでいる」とし、その意味を花の象徴から読みとろうとする。『それから』に「アマランス」とあるのは「アマリリス」のことではないかと推測する。そうすると主要な花であるアマリリス、鈴蘭、百合には共通点が見いだせる。鈴蘭の英語名は「lily of the valley」で、名前に「lily」（＝百合）を含んでいる。アマリリスは、ユリ状の花を持つ。また、鈴蘭もアマリリスも聖書の「谷のユリ」と関わりがある。

三千代が代助の生けた鈴蘭の鉢の水を飲む場面がある。鈴蘭は幸福の再来という意味を持つが、有毒植物（＝死を意味する）でもある。百合は純潔と処女性のシンボルであるが、同時に罪を表す。こうしたイメージの束から、浜野京子は代助と三千代の愛には「幸福と罪、生と死というような両儀的」な意味があると言っている。

木股論文は、単純明快である。三千代が百合を持って代助を訪問する場面に注目して、キリスト教的な純潔のイメージと、この場面が持つ官能的なイメージとがクロスして、三千代は「純潔な官能」という矛盾した意味を帯びることになると言うのだ。この論文でも、矛盾した両義性が三千代に付与されている。

塚谷論文は、明治四〇年代に日本で流通していたのは、よくイメージ化され論じられてもいるような鉄砲百合ではなく、ヤマユリであるとする。それは、『それから』の記述とも合うと言う。ヤマユリは赤い斑点があり真っ白ではないが、漱石は別のところでヤマユリと確定できる百合を「白い」と形容しているので、問題はないと言う。

そして、ヤマユリは『それから』の記述通り、「甘たる」く「重苦し」く香る。この香りこそが、『それから』にはふさわしいと言うのである。塚谷裕一ははっきり述べていないが、これは「精液」の匂いを連想させるということだろう。つまり、ヤマユリである以上は「純潔」よりは「官能」が優先されるわけだ。

この塚谷論文によって、浜野論文も木股論文も否定されたようなものである。しかし、ことはそう単純ではないと思っている。

私は『漱石と三人の読者』という本で、漱石は彼の周辺にいる弟子たちといった高級な西洋的な教養を持った「具体的な読者」、朝日新聞を読む「何となく顔の見える読者」、漱石の小説を読むか読まないかわからないような「顔のないのっぺりした読者」の三層の読者がそれぞれ別々の楽しみ方で小説が「読める」ように書いていたのではないかという仮説を提出した。

この仮説に従えば、高級な西洋的な教養を持った「具体的な読者」はキリスト教の教養があるはずで、浜野論文や木股論文のように両義的な意味を読んだだろう。一方、朝日新聞の「何となく顔の見える読者」は現に流通していたヤマユリしかイメージできないから、官能という意味だけを読んだだろう。

イメージのレベルと事実のレベルとでは、結論が違ってくることがある。どちらかがまちがいなのではなくて、想定する読者層によってどちらの論も成り立つことがあり得ると考えている。これはかなりはっきりした例だが、漱石論にはこういうケースが多いのではないだろうか。

私の論文は、冒頭部分の分析からはじまる。


「時計」「心臓」「死」「赤ん坊」――このシリーズ化された名詞群の指し示す宛先は、たった一つ、三千代しかない。嫌悪すべき「時計」は、平岡との結婚時に、平岡が三千代にプレゼントした時計を思い起こさせる。「心臓」は、三千代の病んだ心臓。だからこそ、その「鼓動」は人を「死に誘ふ」のではないか。「心臓」は、三千代という解釈コードを導入することで、はじめて自然に「死」と結び付く。そして「赤ん坊」は、三千代の生まれてすぐ亡くなった赤ん坊。これもまた「死」と結び付く。

代助が望んでいるのは「三千代とともに死ぬことだ」が、「三千代は生きている」。私は、『それから』第一章の次のような記述に注目する。

　それから烟草《たばこ》を一本吹かしながら、五寸ばかり布団を摺《ず》り出して、畳の上の椿を取って、引っ繰り返して、鼻の先へ持って来た。口と口髭《くちひげ》と鼻の大部分が全く隠れた。烟《けむ》りは椿の弁《はなびら》と蕊《ずい》に絡まって漂う程濃く出た。それを白い敷布の上に置くと、立ち上がって風呂場へ行った。

　繰り返すが、三千代は花の精だ。しかもこの花は女性性器の象徴であり、白い敷布に赤い椿。とすれば、これはベッドシーンではないか。しかも初夜の。心臓を病んだ三千代は、性行為ができないばかりでなく、長くは生きられない。そこで、代助は花のイメージの中で三千代とともに死に、またともに生きたのである。花のイメージが三千代を両義的に見せるのではなく、代助と花との関わりによって、二人が生と死という両義的なイメージを読者の中で生きるのだ。

　これらはすべてイメージに関わる論文で、④型の論文だと言える。現在、浜野論文は『漱石作品論集成　第六巻　それから』（桜楓社、一九九一・九）で、木股論文は木股知史『イメージの図像学』（白地社、一九九二・一二）、石原千秋編『日本文学研究資料新集14　夏目漱石　反転するテクスト』（有精堂、一九九〇・四）で、塚谷論文は塚谷裕一『漱石の白くない白百合』（文藝春秋、一九九三・四）と前出『日本文学研究資料新集14　夏目漱石　反転するテクスト』で、石原論文は石原千秋『反転する漱石』（青土社、一九九七・一一）でも読むことができる。

石原千秋「反＝家族小説としての『それから』」（『東横国文学』第19号、一九八七・三）

この論文は、こう書き出されている。

代助の〈恋〉を中心にした読み方にさからって、代助と〈家〉との関係を中心に読んでみたら、『それから』はどのような相貌を見せてくれるだろうか。

『それから』は冒頭の第一章は別にして、基本的に第二章以下の偶数章は代助と三千代との関係が書かれ、第三章以下の奇数章は代助と実家との関係が書かれている。思い切って乱暴な言い方をすれば、これまでの『それから』論は偶数章だけを論じてきたと言える。そこで、この論文では奇数章を中心に論じようとしたのである。恋の物語を「図」、家の物語を「地」とする読みの枠組を「反転」させようとする試みだ。すると、さっそくこういう状況が見えてくる。

人が人生において、自分が家に所属し家をめぐる制度に拘束されていることを強く意識する機会は、ふつう二回ある。一回は結婚、もう一回は親の死による遺産相続の問題に巻き込まれた時だろう。明治四二年四月、『それから』の物語が始まる頃の代助と彼の青山の実家との関係は、ちょうどそういう時期にさしかかっていたのである。

代助にはまさに何度目かの結婚問題が持ち上がっていた。しかし、今度持ち上がった結婚話はこれまでとは違っていて、逃れにくいものだった。そこには理由が二つあった。

一つは相続である。代助の父長井得が死んだわけではないが、どうやら彼は明治民法に規定されている「隠居」を考えていて、長男単独相続に従って長男の誠吾に相続を行おうとしているようだ。しかし、長男が戸主となったときに彼に弟の代助の扶養の義務を負わせるのは親として心苦しい。そこで、土地持ちとの結婚話を考えた。

もう一つは代助の年齢である。代助はもうすぐ三〇歳である。明治民法の規定では三〇歳未満は結婚に親の承認が必要だったが、三〇歳を過ぎればその必要がなくなる。そこで、長井得は結婚話を急いでいたのだ。

ここで、あることに気づいただろうか。得の幼名は誠之進、長男は誠吾、孫は誠太郎。こうして並べてみると、長井家の跡取りの名には「誠」という字を織り込む決まりでもあるかのようだ。これと比べれば、「代助」という名が長井家の中で異様なものであることがわかるだろう。文字通り「長男の代わりの者」という名なのだ。長男にもしものことがあった時には、その代わりとなるのが次男坊だ。代助は生まれたときから、次男坊《スペアー》の運命を引きうけさせられる名を背負っていたのである。

長井得が「誠者天之道也」（マコトハテンノミチナリ）という額を大切にし、代助がそれを毛嫌いしているのも、理由のないことではなかったのだ。しかも孫の誠太郎が一五歳になっているので、代助はスペアーとしての役割も終わりに近づいていた。代助と実家との物語は、実は〈代助が実家から捨てられる物語〉だったのである。それならば自分で作った物語で実家から捨てられた方がましだと、代助は考えなかっただろうか。代助が三千代の作った物語（斉藤論文で論じられた三千代の恋の物語）に乗った理由は、おそらくここにあった。

こうして、恋の物語と家族の物語は必然的に交わることになったのである。代助と実家との物語が代助が生まれ落ちたときからすでにはじまっていたことを考えると、どちらがより重い意味を持つかは明らかだろう。そこで、代助はかつては愛してはいなかった三千代との恋に生きようとするのである。代助の三年前の思い出し方は、「現在」の代助が置かれた状況から逆算されたものにすぎない。

では、代助にとって三千代との恋はどういう意味を持ったのだろうか。それは、代助が恋において経済問題を第一に考えていることからもわかる。

代助が三千代を必要としているのは、彼にいつまでも「趣味の人」たることを許さなくなった〈家〉と彼の方から訣別するために、彼の価値を創出することのできる、もう一つのメタフィジカルな家族の神話をどこかで演じなければならなくなったいまなのだ。われながら、これまたずいぶん気取った文章だ。つまりは、代助は自分が長男のスペアーなどではなく、あたかも経済的にも三千代を扶養できる立派な家長であるかのように空想できるから、三千代との恋を選んだということだ。代助はたぶん家長になりたかったのである。そこでこうなる。

近代的自我の確立の劇《ドラマ》こそは、代助のような〈家〉から排除された男達が〈家〉の外で演じる、〈家〉の言説《ディスクール》なのだ。そこにあるのは、〈個〉の確立などではなく、〈家〉への郷愁、自己を幻の〈父〉に仕立て上げようとする欲望に他ならない。

「近代的自我」という近代小説を論じる一つの重要なメルクマール（目標）を、『それから』をケーススタディーとして、しょせんは〈父〉になりたい欲望にすぎないと批判して見せたのである。ただし、この部分はこれだけではまだ十分な説得力はなく、今後多くの小説の分析によって裏打ちをしていく必要があるだろう。

自分の書いた論文を評価するのは恥ずかしいものだが、私の漱石論の中でもこれは残ってほしいと思っている。この論文を含めて、私は漱石論の多くを〈家〉の枠組から論じ続けたので、漱石文学は知識人の文学としてではなく、私たちと同じ地平に住む家族の文学として論じられた一時期があったと思っている。これははっきりとした読み換える②型の論文で、現在は、石原千秋『反転する漱石』（青土社、一九九七・一一）、『漱石作品論集成　第六巻　それから』（桜楓社、一九九一・九）でも読むことができる。

佐藤泉「『それから』—物語の交替—」（『文学』一九九五・一〇）

結論をごく簡単に言えば、『それから』は父親の世代が持つ世界観の物語が代助の世代が持つ世界観の物語に取って代わられる小説だということになろうか。佐藤泉は、そのことをこういう風に言っている。

長井親子の間の断層は父子間、世代間の齟齬といったものではなく、その語りの背後のよりおおきな歴史、社会関係の総体を示唆していると見なければならない。

長井得にとっても長井代助にとっても現在生きて、見ている世界は同じである。しかし、それを語る言葉がまったく違っている。長井得が語るのは国家に連なる大きな物語であり、長井代助が語るのは「神経」という言葉に代表される私的で繊細な物語である。世界を自らの物語として語るときの語彙が違うということは、世界が違うということにほかならない。しかし、それはそれぞれの個人の物語の交替ではなく、歴史の交替なのである。それを、佐藤泉はこう言っている。

代助の文体とは違う一揃いの語彙と文法をもった別の物語、とはいえ父個人のものでなく一定の社会構成体のものである物語。

こういう物語が、終わりを迎える。

日糖事件の危機に相当する事件が会社に持ち上がってその不正にもはや自ら目を閉じていられなくなった時、「国家社会の為」という物語が終わっていたことに気づいてしまうと、父ははじめて現在に生きなければならなくなり、老人になる。父は狡猾な人物であるより、滑稽で、哀しい人物であるかもしれない。代助と恩人の家との縁談は、父にとっては最後の過去の物語だっただろう。

代助に持ち込まれた佐川の娘との縁談が、家族のコードではなく、歴史のコードで意味づけられている。父の生きた過去の物語（＝歴史）の尻尾だというのだ。

この論文の功績は、『それから』論でほとんどはじめて父の長井得を代助と対等な存在として論じたことであり、『それから』を父と代助の個人の対立ではなく、物語（＝歴史）が交替する小説という大きな枠組で読んだところにある。それは『それから』に固有の出来事なのか、この時期の小説に群発して起きているのか、検証しなければならないようだ。これは、②型と④型の論文である。

なお、『それから』が「神経」という言葉が特別な意味を帯びはじめた時代の文学であることについては、一柳廣孝「特権化される「神経」―「それから」一面」（『漱石研究』第10号、一九九八・五）に詳しい調査があることを付け加えておく。

生方智子「「新しい男」の身体―『それから』の可能性―」（『成城国文学』第14号、一九九八・三）

『それから』には「進化の裏面を見ると、何時でも退化であるのは、古今を通じて悲しむべき現象だが」という一節がある。これは、漱石がイギリス留学中に読んだと思われる、ヨーロッパで大流行したマックス・ノルダウ『退化論』を踏まえた表現である。この論文は、徹底して『退化論』の枠組から『それから』を読む。

退化論は、言うまでもなくダーウィニズムの進化の逆を論じたもので、精神の荒廃が外見に現れるとしたり、退化によって女性化が起きるとしたりして、世紀末の退廃的な芸術を批判した一種の奇書である。日本では『現代の堕落』（中島茂一訳、大日本文明協会、一九一四・三）として翻訳されている。

毎朝鏡で自分の裸体をうっとりと見つめるナルシシスト代助にとっては、「美しい身体は健康な身体であり、それは精神の健全さを表象するもの」である。これは『退化論』を参照した自己肯定だと言うのだ。それは、周囲の人物に対する差別的な言葉となって表れている。自分を「上等人種」という進化論的パラダイム＝退化論の言葉で語る代助は、たとえば父親を「野人」や「劣等な人種」と差別的な言葉で語るのである。女性も同様の位置づけをしている。そのようにして、代助は自分を「新しい男」と位置付けていた。

代助において女性は表象の不可能性を覆い隠すための表象であり、二項対立的秩序を維持し、男性ジェンダーを確立するための補完物なのである。

またしてもマッチョな文体。こういうことだろう。世界には表象できないものがある。それらは不気味なものとして人間を脅かす。そこで、それらをとりあえず「女性」というカテゴリーに押し込んで目に見えるようにして、そのことで表象できないものなどなかったことにしてしまうことを、「女性は表象の不可能性を覆い隠すための表象」と言っているのである。

そういう代助は、三千代との愛においても距離を取るようにしている。三千代との愛についても「天意」という超越的な言葉で呼び、身体化することを避けている。ところが、終盤の愛の告白の場面では、「代助の言葉は官能を通り越して、すぐ三千代の心に達した」と距離が失われている。

そこで、三千代はヒステリーの発作のように泣き、その興奮が代助に伝染する。この時、代助は「『女性』化した人物として、まさしく『退化』した人物となる」。これは代助の内部崩壊とも言える。つまり、『それから』は退化論的パラダイムによって語られながら、差別する側にいた代助が「女性」化することで、内部から退化論を壊してしまうような小説だったのである。それを、生方智子は「可能性」と呼んだのだ。

現代社会は、逃れようもなくダーウィニズムに汚染されている。生方智子は『それから』を退化論的パラダイムで読むことで、ダーウィニズムを「内破」（制度の内部から制度を壊すこと）する「可能性」を持った小説と読もうとしたのである。それはほんのとば口で終わっているが、『それから』を『退化論』で読み切っただけでも、一つの功績である。

これは④型の論文だと言える。

林圭介「〈知〉の神話―夏目漱石『それから』論―」（『成城国文学』第16号、二〇〇〇・三）

『それから』は「知識人の文学」として読まれてきたが、この論文はなぜそう読まれてきたのかを、同時代の状況を参照して論じたものだと言うことができる。

『それから』は「知識人」という言葉がまだ使われていなかった同時代から、「知」と結びつけられた読まれ方をされていた。その理由の一つは、『それから』における、「旧時代の日本を乗り超えている」と自認し、過去の自分を否定するような、代助に関する記述自体に求められる。それらがいかにも「知識人」らしいのだ。

ここで注意すべきは、代助が父ばかりでなく、友人の平岡にも子供視されていることである。しかも、代助はそれを内面化している。

内面化が常に反発という形をとってなされる以上、代助が「子供」という他者からの自己同定に強烈に抗っていることは明白だ。この過剰な抗いこそ、代助の「子供」らしさを明確に浮彫りにするのである。代助は、他者の視線によって自らの位置を逆に明かしてしまっているのだ。

では、なぜ代助はこうした形で自分を子供視する他者の視線を内面化しなければならなかったのか。その理由は単純で、代助が東京帝国大学出身にもかかわらず、「職業」に就いていなかったからだ。しかし、明治四二年当時、大学卒業生は極度の就職難に見舞われていた。学歴神話の崩壊である。その結果、「就職」がもはや「学歴」によって保証されない一種の自立したステータス」となった。

そこで、たとえばその名も『成功』という雑誌では、「就職」こそが「成功」の証であるという言説が溢れることになる。こうして、〈知〉と就職が結びついた神話は崩壊したのである。

ところが、代助が「子供」として「大人」に批判の目を向けるために「知識人」らしく見えてしまう一方、代助自身は「大人」になる欲望を捨てられなかった。事実、平岡の失敗を「大人」の視線から分析できる代助は十分に「大人」でもあった。

論文の末尾の一節を引用しよう。

代助が三千代との「恋愛」を選ぶとき、突きつけられた問題としての「就職」は、まさに代助が職業を探しに行くという形で顕在化する。「就職難」は、当時の「青年」の中心的な問題として浮上していたのである。その意味で、『それから』は「知識人」の物語とのズレを孕んだ物語として読むことができる。代助もまた当時の「青年」の一人なのである。

もうすぐ三〇歳になる代助は「青年」とは言えない。しかし、「就職」もできないのに「大人」への志向を捨てきれない代助は「知識人」とも言えない。そういう象徴的な意味において代助は「青年」だと、林圭介は言いたいようだ。だとすれば、代助を「知識人」として読んだ同時代の知的階級にあった読者は、「大人」を批判できる「子供」の位置から『それから』を読んでいたのではないだろうか。そういう問題が、この論文から浮かび上がってくる。『それから』を「知識人の文学」と読むことへの疑問の提示である。これは、③型の論文である。

『門』（明43・3・1〜6・12）

【梗概】 学生時代に友人安井の内縁の妻を奪って社会から追われた野中宗助は、いまは下級官吏として、そのお米と崖下の借家で静かに暮らしている。彼らは一見仲のいい幸せな夫婦だが、暗い過去の影におびえ続けていた。そのため、宗助は高等学校に通う弟小六の学費問題で、父の遺産を管理している叔父と積極的に交渉もせず、小六を引き取ることになる。

子供の多い大家の坂井と親しくなった夫婦は、子供を持てない淋しさを感じた。三度妊娠して三度とも子を持てなかったお米は、過去の罪が祟っているからだと言う易者の言葉に、それを自分の責任のように感じた。さらに小六との同居の気苦労もあってお米は寝込んでしまう。それが軽く済み、無事年を越したところへ、宗助は坂井の家へ安井が訪ねて来ることを知り、苦悩のあまり一人鎌倉に参禅に出かけるが、悟ることはできずに帰京する。幸い安井は既に満州に去り、小六も坂井の書生となることが決まったが、春を喜ぶお米に、宗助はまたじき冬になるよと答えるのだった。

【ふつうの読み方】実は、前半部のしっとりとした幸せな夫婦生活の記述と、後半部の坂井の家に安井が訪ねて来ることを知ってから宗助が姦通を犯した罪の意識を抱えて参禅をするところが構成上分裂していてテーマを決めにくい小説である、というのが『門』においては「ふつうの読み方」なのかもしれない。理想的な夫婦愛を書いた小説と読む論者もいれば、夫婦の亀裂を書いた小説と読む論者もいる。あるいは後半部も含めて、平凡な幸せを味わっている夫婦を書いた小説と読む論者もいる。前半と後半とを重ね合わせれば、平凡な日常生活の裏に潜む人間存在の罪を書いた小説という、漱石文学にお決まりのテーマが読み込まれる。いずれにせよ、「夫婦」とは何かを考えさせられる小説ということになる。

前田愛「山の手の奥」(『講座夏目漱石　第4巻』有斐閣、一九八二・二)

都市論は前田愛の独壇場だったが、これはそのもっとも有名な論文の一つである。この講座に書かれた時のタイトルは「漱石と山の手空間―『門』を中心に―」だったが、のちに『都市空間のなかの文学』に収められた時に「山の手の奥」と改題され、そのタイトルで広く知られているので、あえて後者を項目として立てた。

前田愛は「初期三部作から『彼岸過迄』にかけての漱石の作品は、ゆたかな先住者と新来の生活者とのあいだに惹きおこされるドラマが、山の手空間の枠組のなかでシッカリ描きこまれている」のに、『門』に書かれた「山の手の奥」がどこかを決める直接的な手がかりが小説の中にないことを問題の糸口として論を立てている。都市論者前田愛の面目躍如たるところがある。

野中宗助・お米夫婦の住まいが直接指示されていないことは、この「山の手の奥」が特別な意味を持った場所、あるいは意味がねじれる場所だったからだという。

東京の周縁に位置する「山の手の奥」が生きられている世界の中心に、「中心としての町」がその周縁へと裏返されているのが、『門』のテキスト構造である。かれらの住まいが中心に定位されているからこそ、「山の手の奥」は、外側の都市空間にそくした座標軸によっては規定しえない場所、名づけられない場所になるのである。

ふつうの場所感覚ならば、「町」(=都市空間)が中心で、「山の手の奥」はその周縁になるだろう。しかし、「山の手の奥」に隠れ住むようにして生活しているこの夫婦にとってはその遠近法がひっくり返っていて、自分たちの住む「山の手の奥」が中心で、「町」(=都市空間)が周縁として意識されているだろうということだ。

「「山の手の奥」は、外側の都市空間にそくした座標軸によっては規定しえない場所、名づけられない場所になる」という言い方は、東京論において皇居を「空虚な中心」と呼んだ、ロラン・バルトの『表徴の帝国』を、たぶん意識しているのだろう。これが見抜ければ、このあと前田愛は、この夫婦の関係を「空虚」という言葉か、それに近い言葉で規定しようとしているのだろうと予測できる。

前田愛の基本的な捉え方では、「住まいの空間と身体的表現は互いに浸透しあっている」から、日常的なモノが夫婦にとって日常的な意味を表現する記号として収まっている限りにおいて、この夫婦は幸せでいられた。しかし、そうしたモノが日常的な意味から引きはがされていく物語だと読む。

『門』が季節を円環する時間の中に収まった小説だという指摘は以前からあった。前田愛は、二人が住む住宅も「宗助・御米・下女の部屋が三方に分肢しているという安定した居住空間の構造は、宗助夫婦の〈いま〉と〈ここ〉を見えないところで支えている」と言う。「住まいの円環の構造」が保たれているのである。これは、家の部屋の配置が家族の関係をある程度規定してしまう私たちの住まいの感覚から言っても、納得のいく説明だ。

ところが、この安定した構造は、小六がお米の部屋に住むことになってから崩れはじめる。お米の部屋は夫婦の「無意識」が棲まう場所でもあったからだ。「小六の同居は、宗助夫婦の家にたたみこまれていたこの無意識の領域への侵犯」だった。そこで、お米の体が変調をきたすことになる。住まいは主婦にとって身体そのものだと言っていいからである。一方、参禅から帰ってきた宗助も日常的なモノの意味から疎外されてしまっている。そこで、結論はこうだ。

安井は満州に帰還し、小六は坂井家に引きとられることで、宗助夫婦にふりかかった二つの危機が回避されるにしても、二人が共有していた〈いま〉と〈ここ〉にくいいった裂目は二度と修復されることがないだろう。『門』というテキストは、御米が〈ここ〉において、宗助が〈いま〉において、日常的な世界からの背離をそれぞれに体験してしまった劇として解読されるからである。

〈地〉としての住まいの形を浮かび上がらせるのが中心的な課題の一つなので、論文全体として宗助の分析が少ないし、日常的なモノからの乖離の分析も少ない。また、「日常的な世界からの背離をそれぞれに体験してしまった」からといっても、それを「修復」できる夫婦はいくらでもいるだろうと突っ込みを入れたくもなる。

しかし、『門』論の系譜の中では、お米と小六の関係に注目して立論したほぼはじめての論文だという点、物語の進行に即して「劇」が起きていると論じて、それまで根強かった前半部と後半部との亀裂の指摘を乗り越えている点で、大きな意義を持つことになった。この論文を境に、宗助お米夫婦の愛に疑問ありとする論文が優勢になった。

前田愛論文は決定的な読み換えを行っているわけではなく、『門』の「読み」としては根本的な新しさはないから、④型の論文と言えるだろう。完全な形は前田愛『都市空間のなかの文学』（筑摩書房、一九八二・一二→ちくま学芸文庫、一九九二・八）、『前田愛著作集　第五巻　都市空間のなかの文学』（筑摩書房、一九八九・七→目次から「山の手の奥」が脱落しているので注意）で読むことができる。

石原千秋「〈家〉の不在――「門」論」(『日本の文学』第8集、一九九〇・一二)

宗助の罪意識や夫婦の問題が論じられることの多かった『門』を、「家」という枠組から読み直した論文。「ふだん〈家〉を忘れて生活している宗助にふりかかって来るいくつかの雑事は、失われてしまった〈家〉をくっきりと浮かび上がらせる。また、宗助の家は、〈家〉を守る力と〈家〉をこわす力との葛藤の場ともなる」という問題意識から出発する。

冒頭の縁側にいる宗助の姿勢について「宗助のあの奇妙な姿勢は、現実を避けた退行としての〈胎児〉のイメージと、もう人生の終わりに近付いた隠居の〈老人〉のイメージとに引き裂かれている」が、いずれも責任をとらない意味において〈家〉の中でも社会的にも「子供」としてあるとする。そして、この冒頭部の場面に夫婦のあり方が象徴的に現れている。

この夫婦にあっては、交わりは言葉や表情に顕在化され、拒否は非言語的交通《ノンバーバル・コミュニケーション》や沈黙の底に押し隠されているのである。宗助の姿勢も御米の微笑も、そのようなダブル・バインドの表現なのだ。その裂け目に、彼らのそれぞれの主体がかけられていたのではないだろうか。

この夫婦は「結核性の恐ろしいもの」を抱えているが、それこそがこの夫婦が夫婦であるための存在証明だったということだ。ちなみに「ダブル・バインド」は、相反する二つのものの間で動きがとれなくなってしまうことを言う。

次に、「性としての〈家〉」と「金銭としての〈家〉」という枠組を導入する。

前者は小六同居問題で、野中家にとって小六は実質的な次男坊だが、『それから』論でも指摘したように、次男坊は〈家〉の中ではシッカリした位置づけが与えられておらず、かろうじて〈家〉の周縁に場所がある。ところが、その小六を〈家〉の中に引き入れてしまったことで、例えば小六がお米を見る視線には「何かが感じられ」、お米の「性」(当時、女性の「性」は〈家〉に閉じこめられていた)を浮かび上がらせてしまった。

後者は屛風売却問題で、叔父に使われてしまった遺産の唯一の名残として、宗助が叔父から取り戻した野中家に伝わる屛風がある。その意味で、この屛風は野中という〈家〉のしるしでもあるが、小六の同居によって家計の逼迫したお米は、みごとにその値をつり上げて売ってしまうのだ。これは野中家をこわす力がお米に働いていることを象徴的に示している。

以上の二つのケースは、野中家を内側からこわす力である。

『門』は、平日が書かれずに、主に土曜日の午後と日曜日が書かれる小説である(ちなみに、冒頭の日曜日は明治四二年一〇月三一日とほぼ確定している)。それは女性が主役の時間だと言っていい。宗助が町中に出ても彼の目につくのは、女性であり、女性たちのための広告ばかりだ。「しかし、宗助はこうした女の言説が成り立つ時空を生きていながら、それを組織化することができない」。簡単に言えば、労働者(あまり有能ではなさそうだが)にはなれるが消費者(自分に見合う買い物ができない)にはなれないのだ。

歯医者の待合室で立身出世のための雑誌『成功』を手に取り、当時の修養書だった『論語』を読む宗助は、「まちがいなく男の言説に生きている」のである。しかし、野中宗助の〈家〉の実質はもうないし、彼が参禅でなぞったのはまるで墓の中での「死」のポーズである。事実、小六は坂井の家に引き取られていき、宗助は戸主としても失格だった。『門』は宗助が「〈家〉の不在に耐えぬく身体」を獲得するまでの物語なのだ。もちろん、お米もそれに呼応している。
ところで、これまでの『門』論では、宗助は過去に友人安井の妻を奪った「姦通」の罪があったと読むのが一般的だったが、この論文では「安井とお米駆け落ち説」＝「お米内縁の妻説」を取っていて、以後『門』をきちんと読んだ論者にはほぼそれが踏襲されているので、少し長いがその根拠を説明した一節を引用しておく。

大学一年終了時の夏休み前に、安井は「一先郷里の福井へ帰つて、夫から横浜へ行く積り」だから「一所の汽車で京都へ下らう」（十四）と、宗助を誘っている以上、御米とのことは帰省後に突然持ち上がったのである。それに、その後の安井の世間を憚るような行動、御米を「妹」と紹介すること、御米が安井の郷里福井ではなく東京の出身であること、御米に所謂嫁入の仕度をしている様子のないこと等を考え合わせると、二人は、駆け落ちに近い形で京都に逃れて来て、内縁関係に留まっている可能性が高い。安井の生活にその後も不足がないところを見ると、この場合は、御米の方の「父母ノ同意」（明治民法第七七二条①）が得られなかったと考える方が自然だろう。安井も御米との同棲を郷里へは伝えていないはずである。御米に、どこか世を忍ぶ風情の見えるのは、たぶんこういう事情があるからに違いない。

宗助と一緒になった後にいたるまで、お米の実家との交渉がまったく書かれていないのも、彼女がこのとき明治民法の規定にある「勘当」でもされたにちがいないことを暗示している。だから、『門』では「徳義上の罪」と書かれているのであろう。私はテクスト論者だから漱石にはあまり言及したくないが、おそらく刑法上の「姦通罪」にあたる事実を書き込むことを周到に避けたのだろう。新聞社専属の小説家としての職業意識のようなものだったのかもしれない。

さて、新潮文庫のカバー裏表紙の解説文は……。こういう「ふつうの読み方」を覆すところに、研究の面白さがある。

この石原論文は②型と④型の論文だと言えるだろう。現在は、石原千秋『反転する漱石』(青土社、一九九七・一一)、『漱石作品論集成　第七巻　門』(桜楓社、一九九一・一〇)でも読むことができる。

余吾育信「身体としての境界──『門』論　記憶の中の外部／〈大陸〉の1904〜」(『愛知大學國文學』第31號、一九九一・七)

前田論文を受けて、「山の手の奥」の「外部」とは何かを考える試みである。

余吾育信が規定する「外部」とは「〈夫〉である宗助の俸給生活＝円環的な一週間のリズムと家庭での夫婦生活をワンセットとする、夫婦の日常空間、時間を〈内部〉と措定したところの〈外部〉」だと言う。要するに、宗助・お米夫婦の日常生活の時空の外が「外部」だということだ。ポイントは、「外部」という空間を表す言葉に、時間を組み込んで考察するところにある。

冒頭の伊藤博文暗殺の話題で、安井が渡った満州に関することにも言及される。ここで、夫婦と小六との会話はちょっとした齟齬をきたすのだが、余吾育信はその意味をこう分析する。

〈外部〉から遮断された〈空間〉でお互いだけを意識して日々の生活を循環することで、夫婦はお互いの身体の〈いま〉と〈ここ〉を共有している。前田の言うこの〈いま〉〈ここ〉は、夫婦の共有の〈過去〉によって潜在的に規定されている。いわば〈記憶〉の枠組が夫婦の〈空間〉を構造化しているのである。

これが、「外部」という空間に「過去」という時間を組み込んで分析することだ。安井との「過去」が、夫婦の現在の日常的な時空を規定しているということである。それは「外部」や「未来」を諦めることで成立している時空だった。ここで余吾育信は、宗助・お米がなぜ理想の夫婦だと捉えられてきたのかを、説明する。

『門』の〈語り〉、〈構成〉は宗助と御米を〈同一性〉の〈内部〉へと回収する志向性をもっており、先に示した〈記憶〉の枠組によって構造化されている夫婦の〈空間〉はこの志向性を読者が読み取ることによって成立しているのである。そしてこの〈内部〉に停まる限り、テクストは理想的な夫婦の「おとぎ話」として読めることになる。

独特な言葉のニュアンスを出そうとしてギュメ（ヤマカギ）が多用された時期の論文だが、その中でも余吾育信はギュメが多かった。いま読むと、ちょっとうるさい感じがする。要するに、『門』の語り手は夫婦を内部に留める志向性をもっているから、それに沿って読む限りは「理想的な夫婦の「おとぎ話」」になるというのである。そこで、『門』には「外部」が書かれていると論は進むはずである。

余吾育信は、冒頭で夫婦と小六が交わす伊藤博文暗殺の話題や、雑誌『成功』がさかんに「大陸」（満州）に渡ることを勧めていることなどを挙げて、宗助・お米夫婦の「外部」が書き込まれていることに注目する。この部分の説明は詳細なのだが、現在のポスト・コロニアリズムからの漱石研究ではすでに常識となっている事柄なので、省略しよう。

逆に言えば、余吾育信のこの『門』論は、ポスコロ的アプローチのさきがけだったと言うことができる。このあとの『門』に関するポスコロ的アプローチはこの論を注として挙げていなくても、基本的な構図はこの論をなぞったものにすぎない。

余吾育信は「大陸」という「外部」が現在の宗助を規定している様を、こう説明する。

内地から〈大陸〉へと安井を駆り立てた張本人が自分なのだと宗助は意識している。〈過去〉における恋の罪ではなく、〈現在〉の安井の在り様に対する罪として意識されているのである。とすると、〈過去〉の罪は〈現在〉の〈大陸〉に投影する形で存続しているということになりはしないか。

ここでの説明は、仮に現在の安井が幸福な生活を送っていて、それを宗助が知っていれば、宗助に現在の罪の意識はあり得なかったのではないかという問題提起として読むことができる。つまり、『門』は、語り手が導く「内部」から「外部」へという志向性を持つ物語と、作中人物が固有の理由で自己処罰をする物語とが「重層的に展開していく二重構造」を持っていると言うのだ。その「二重構造」のつなぎ目が、安井に対する宗助の罪意識なのである。いま引用した説明は、そう読むことができる。
最後に、いかにもポスコロ的なアジテーション。

門の向う側には、その身体像が投影して、自己コミュニケートを媒介として身体の内へ内へと導く禅寺／〈外部〉の〈空間〉がある一方、差異を追い求め盲目的に突き進んだ〈過去〉が現前化した〈現在〉の〈大陸〉、外へ外へと膨脹していく〈大日本帝国〉とそこで漂浪する安井のいる広大な〈大陸〉／〈外部〉が存在し続けているのである。

『門』には、内に導く「外部」と外に導く「外部」と、二つの「外部」があるわけだ。「内に導く「外部」」は作中人物によって生きられ、「外に導く「外部」」は語り手によって志向されているという見立てである。これがややアジテーションだけに終わっているのは、そういう像が焦点を結ぶ場所が特定されていないからである。

現在の『門』に関するポスコロ的アプローチは、『門』が連載されていた時期の朝日新聞の記事と『門』の記述がシンクロナイズしていて、それが朝日新聞の読者に結ぶ像を視野に入れて論じられている。進化しないポスコロも多いが、『門』に関するポスコロは進化しているのである。

余吾論文は、②型と④型の論文である。

山岡正和「『門』論—解体される〈語り〉」（『日本文學論究』第63冊、二〇〇四・三）

余吾論文でも、『門』には相反する志向性が働いていたことが指摘されていたが、これもその延長上にある問題意識による論文である。結論は単純で、「語り」と登場人物の志向性が齟齬を来していると言うのだ。

「語り」の志向性を検証すると、「〈語り〉は『門』を、過去に罪を犯した夫婦の現在の物語、として語る志向性を持っている」ことが確認できる。つまり、現在起きているさまざまな出来事を、「過去に犯した罪」の因果だと意味づけるように語っているというわけだ。これが、『門』を罪の物語と見せる。こうなれば、次はそれには収まりきらない「雑音《ノイズ》」を発見する方向へと論は向かうはずである。

たとえば野中家には子供がいないが、「野中家の淋しさの原因は子供の不在と捉えられている。（中略）決して夫婦の淋しさは罪意識に回収されるものではない」と言う。また、宗助の罪意識もお米を奪ったことよりも、そのことで安井の将来を台無しにしたことによるものだった。つまり、「きわめて男性的な〈立身出世〉主義を内面化したが故の罪意識であった」。そこで、「「成功」に対する屈折した思いを抱え込んだ宗助にとって、御米との生活は「忍耐」と捉えられている」。「語り手」は、すべてを罪の物語と語りたがっている。したがって、「「自分の罪や過失」を切り放した罪責感を伴わない参禅は、〈語り〉の側からすれば批判すべきものであった」ので、「〈語り〉は参禅の無意味さをひたすらに強調する」。

結論はこうだ。少し長いが引用しておこう。

> 『門』の〈語り〉は、「夫婦」や「過去の罪」に回収して意味づけようとする志向性を持ち、「姦通という罪の上に結ばれた夫婦の愛情生活と罪責感」として物語を語っていた。そして、

読者にもそして物語内の人物にもそのようなコードを持つことを要求し、「和合同棲」へと物語を収斂しようとした。しかし、このような〈語り〉の在り様は、逆にテクストに様々な雑音《ノイズ》を散在させてしまうことになる。そして、検討したようにその雑音《ノイズ》は、「山の手の奥」を相対化するという、〈語り〉の志向性とは相容れない物語内容であったのだ。物語内の人物と語られる人物とが乖離しているのだが、この乖離は、確認したように「物語としての統一的意味」をも解体する程のものだったのである。そして、このような事態に〈語り〉は、人物への批判という形で顕在化する。だが、〈語り〉の批判を人物が正当に受け止めたとしても、人物が「過去」そのものに疑問をもっている限りにおいて、〈語り〉に回収されることはない。『門』は、物語内容と語りの在り様とを統一しようとする、〈語り〉の営みが炙り出されてしまったテクストであるといえる。

これが結論なのでやや物足りない。『門』が二通りに読めてしまう構造と結びつけてほしかった。それを簡単に言えば、「語り」に即して読めば罪の物語になり、登場人物に即して読めば「過去の罪」から離れて日常を生きる理想的な夫婦の物語になるという具合にである。

注で余吾論文に言及しているが、これは明らかに余吾論文のバリエーションだ。余吾論文が「内部」と「外部」とした概念を、それぞれ「語り」と「人物」に振り分けたものだからである。これはナラトロジー（物語論）が語り手論を論じる技術を最大限に生かした論文で、②型と④型の論文である。

どの論者も『門』は論じにくそうで、言ってみればその論じにくさを論じているような趣がある。

『彼岸過迄』（明45・1・2～4・29）

【梗概】「風呂の後」就職活動に疲れた田川敬太郎は、風呂の後に同じ下宿の森本からおもしろい昔話を聞くが、森本はその後満州へ夜逃げしてしまった。

「停留所」友人の須永市蔵から叔父の田口を紹介してもらった敬太郎はある男の探偵を命じられるが、男が若い女と会って食事をしたという以外に、たいした情報は得られなかった。

「報告」田口にロクな報告のできなかった敬太郎は、その男に直接会って話をすることになった。それは松本という須永のもう一人の叔父で、高等遊民として暮らしていた。敬太郎の見た若い女は、田口の娘千代子であった。

「雨の降る日」松本は雨の降る日の来客中に、愛娘を急死させた経験があった。それ以来彼は雨の降る日には人と会わないのだと、千代子は語った。

「須永の話」須永は千代子とは許嫁のような関係にあったが、田口は許す気がない。須永も「恐れない女」と「恐れる男」との結婚を望んではいなかった。しかし、高木という男の出現に嫉妬を感じた須永は、愛してもいないのになぜ嫉妬をするのかと千代子に激しく難詰された。

「松本の話」須永は親戚の中にあって孤独を感じていた。松本は、それは実は、彼が母ではなく小間使いの子だからだと秘密を明かした。

【ふつうの読み方】いわゆる「修善寺の大患」で連載を一休みせざるを得なかった漱石が、その間に受けた好意に報いるためになるべく面白いものを書こうと、以前から腹案を持っていた「短編連作」という方法を用いて書いたが、はじめに登場する就職活動中の田川敬太郎は冒険譚を好み、探偵のまねごとを嬉々として引き受けてしまうような軽薄なところのある青年で、いわば本編である「須永の話」への案内役でしかない。その意味で前半部は長いわりにあまり有効に機能しておらず、全体として構成上の破綻がある。

ほんとうの主人公は敬太郎の友人である須永であって、彼の話は「恐れる男」須永と「恐れない女」千代子との運命的に避けられない男女の葛藤を語っていた。具体的には、千代子の態度を「技巧」としか受け取れない須永の不幸があった。そして、自意識に悩まされ、自我だけを頼りに生きる知識人須永にも、他者への嫉妬という名の我執が人間存在の奥深くまで食い入っている様をえぐり出していた。これは、後期三部作の知識人の苦悩というテーマにつながるものである。また、「雨の降る日」は漱石の五女ひな子の死を悼んで書かれた章で、漱石の哀切感が溢れている。

秋山公男「『彼岸過迄』試論―「松本の話」の機能と時間構造―」(『國語と國文學』一九八一・二)

『彼岸過迄』を論じるためにはまず解決しておかなければならない問題、あるいは直接論じなくても態度を決めておかなければならない問題がある。それは、小説の構成上の問題である。

簡単に言ってしまえば、『彼岸過迄』は敬太郎が経験する時間軸は小説の進行に沿っているが、敬太郎が聞く話の時間が錯綜していて、敬太郎の時間軸(すなわち、はじめから終わりに向かって読む時間軸)から受ける印象と、敬太郎の聞く話を真っ直ぐな時間軸に並べ直して読んだ印象とが異なるということだ。

すなわち、敬太郎の時間軸に沿って読めば須永は救済された印象が残るが、敬太郎が聞いた物語の内容の時間軸に沿って読むと（実際には、最後に置かれた「松本の話」を最初に置かれた「風呂の後」に接続させることになる）須永は救済されていないことになるのである。具体的に説明しよう。

『彼岸過迄』における「物語の現在」（敬太郎の時間軸）が明治四四年の晩秋から翌年の春にかけてであることは、いまではほぼ共有された認識となっている。ここで山田有策の作成した物語年表を借りよう（「『彼岸過迄』敬太郎をめぐって」竹盛天雄編『別冊國文學　夏目漱石必携Ⅱ』一九八二・五→山田有策『制度の近代』おうふう、二〇〇三・五）。敬太郎の時間軸に沿ったものである。この年表の明治四十何年とあるのが、いまでは明治四四年とほぼ確定できているのである。宵子の死は書き込まれていないが、これは明治四四年一一月のこととほぼ共通理解ができている。

作品内過去			
前年	夏休み	Ⓐ須永の過去、とくに千代子との関係史。	（「須永の話」）
		Ⓑ須永、鎌倉へ行く。	（「須永の話」）
明治四十何年	四月	Ⓒ須永、松本から出生の秘密を聞く。	（「松本の話」）
		Ⓓ須永、旅行に出る。	（「松本の話」）
	夏	Ⓔ須永、敬太郎ともに大学を卒業する。	

作品内現在

晩秋　ⓐ敬太郎と森本の交渉。（「風呂の後」）

冬　ⓑ敬太郎、須永を通して田口を知り、彼の依頼で探偵をする。（「停留所」）

ⓒ敬太郎、田口を通して松本を知る。（「報告」）

ⓓ敬太郎、田口の世話で就職。同家と親しくなる。（「雨の降る日」）

翌年　正月　ⓔ敬太郎、田口家の歌留多会に出席。

ⓕ敬太郎、田口家の書生から千代子の縁談を聞く。（「須永の話」）

二月　ⓖ敬太郎、須永の家で千代子から「雨の降る日」の出来事を聞く。

ⓗ敬太郎、須永から過去を聞く。（「須永の話」）

三、四月（？）　ⓘ敬太郎、松本から須永のことを聞く。（「松本の話」）

「作品内現在」以降が敬太郎の時間軸であり、同時に「物語の現在」時間軸である。ところが、それに「作品内過去」が敬太郎が聞いた物語内容としてある。この二つの時間の関係が構成上の問題となっているのである。

敬太郎の時間軸＝「物語の現在」の時間軸に沿って読むと、松本に出生の秘密を聞いた須永が旅行に出て、旅先から松本に宛てた手紙の内容から、須永が自我の地獄から救われた印象が残る。ところが、須永が旅行に出たのは明治四四年の夏のことだった。そこで救われたように見えたが、その後に敬太郎が会った明治四四年冬の須永はますます「退嬰主義」に陥っていると語られている。旅行に出た須永は救われていないのだ。

須永は救われたのか救われなかったのか、この問題が構成上の問題と相まって研究者を悩ませているのである。秋山公男は、漱石が二つの時間の関係をきちんと把握できていなくて、錯誤を犯したのだとする。すなわち、須永救済説である。以下の引用文中の「須永の錯覚」とは、旅行に出て自分が「改良」されたと須永自身が「錯覚」したことを言う。

作者は須永の錯覚や挫折の描出を意図していたのではなく、逆にその救済をこそ図ろうとしていたものと考えられる。そしてそれは、小説時間の前後に無自覚のまま強行された。旅先での「改良」にまつわる錯覚は、須永のものではなしに、実は作者のものであったということになろう。

漱石は須永を救済したいあまりに、時間的な錯誤を犯したというわけだ。そもそも『朝日新聞』でこの連載を毎日読んでいた読者が小説の錯綜した時間が把握できたはずがなく、小説の最後に置かれた須永の旅行の場面から、須永が救済されて終わったと思っただろうとも言う。これは、もっともな意見である。

しかし、『彼岸過迄』の読者は新聞だけではなく、単行本でも読んでいたし、いまでは文庫本でも読んでいる。「読者」という概念を導入するのは難しいのだ。レベルを設定しないで導入すれば「私はこう読みました」と言っているのとさして変わらないし、逆にレベルを限定しすぎて導入すれば他の読者が「読み」から排除されてしまうからである。

酒井英行「『彼岸過迄』の構成」(『国文学研究』第75集、一九八一・一〇→酒井英行『漱石

その陰翳』有精堂、一九九〇・四）は、表現の詳細な分析から漱石に「錯誤」はないが、それでも漱石の意図は須永の挫折を書くところにはなかったとする。つまりは、漱石は小説の時間的構成にあまり関心がなかったということにでもなろうか。かなり不思議な論である。

これらの論文で行なわれているのはあくまでも作家論的パラダイムにおける議論であって、漱石が須永を救うつもりがあったかなかったかは決められないだろう。たとえば、他の小説でも「錯誤」を犯しているからと言って、あるいはこの時期の漱石の他の発言が救済するように読めたからといって、それが『彼岸過迄』の「錯誤」の根拠になるわけではない。

万が一「須永救済」と書いたメモが出て来たとしても、それはメモ以上でもメモ以下でもない。学問的厳密さから言えば、漱石がメモ以降にその構想を捨てた可能性を否定できないからである。どれだけ根拠らしきものを出してきても、作家論的パラダイムから発想している限り水掛け論になるだけの話である。だから、私は作家論的パラダイムに参加しようとは思わないのだ。

「物語の現在」の時間軸に沿って読めば須永が救われた印象が残り、敬太郎が聞いた物語の内容の時間軸に沿って読めば須永は救われなかった印象が残る。事実として、そのような構成になっている。それ以上でもそれ以下でもないのではないだろうか。したがってどちらを採るかは、はじめに書いたように、『彼岸過迄』を読む「態度」の問題なのである。真理の問題ではない。真理は、「物語の現在」の時間軸と敬太郎が聞いた物語の内容の時間軸とでは須永の印象が異なるような構成になっていることだけである。

秋山論文は特に何型の論文とは言えない。現在は、秋山公男『漱石文学論考』（桜楓社、一九八七・一一）、また酒井論文とともに『漱石作品論集成　第八巻　彼岸過迄』（桜楓社、一九九一・八）でも読むことができる。

前田愛「仮象の街」（『現代詩手帖』一九七七・五）

この雑誌に書かれた時のタイトルは「謎《ミステリイ》としての都市『彼岸過迄』をめぐって」だったが、これも『都市空間のなかの文学』に収録されたときに「仮象の街」と改題され、そのタイトルで広く知られているので、後者を項目として立てた。

前田愛の論文は、多くの論文が〈図〉として捉える登場人物を〈地〉に反転させ、都市空間を〈図〉として浮かび上がらせるところに面白さがあった。しかしその反面、都市空間さえ解明すれば、小説の分析などしなくても、もう登場人物の性質や小説の構造はわかったとするような短絡的なところもあった。面白さと単純さは一枚のコインの裏と表の関係にあったのである。

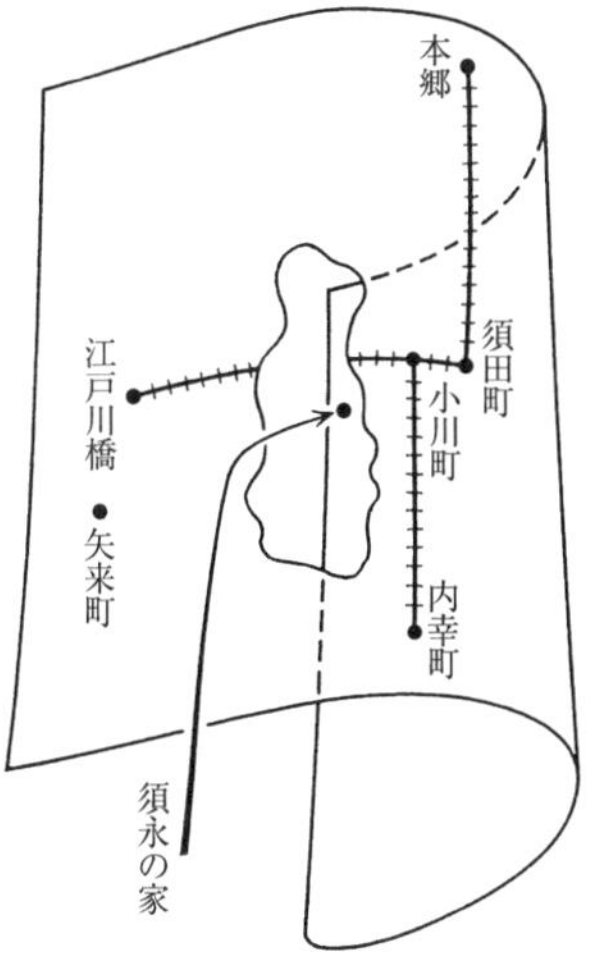

この「仮象の街」と題された『彼岸過迄』論も同様で、まず須永の住んでいる場所を特定するところからはじまる。『彼岸過迄』の主な舞台は本郷の台地で、当時もっとも栄えていた街の一つである。前田愛の作成した図を挙げてから、その説明を聞こう。

ただし、須永の家はこの図形の中心に近い位置を占めながら、そこの所だけ奇妙な工合に空間が裏側へねじれこんでいるといった見立てになるだろうか。市電という新時代の交通網を張りめぐらした都市の表層とはうらはらに、「家並の立て込んだ裏通り」にあって、忍び返しや手斧目のついた板塀に囲まれている須永の家は、むしろ江戸のおもかげをのこす都市の古い基層を指し示していると見ていいからである。

敬太郎が「若旦那」と形容する須永の人柄が、須永の家の場所から規定されるとでも言いたげな説明だ。現実には、須永のような家に住んでいても「新時代」に生きる青年はいくらでもいるだろう。しかし、これは小説である。だから、家の位置や佇まいが須永の人柄を現していると読む必然性がある。前田論文の出現まで、そのことに誰ひとり気づかなかったのだ。須永の人柄と家との対応関係の指摘、それだけで新鮮だった。

しかし、前田愛がこの論文で焦点を当てたのは敬太郎だった。まるで漱石のロンドン体験が反映されているかのように、敬太郎が都市の中を冒険者のように歩き回る意味を、こう説明している。

『彼岸過迄』の敬太郎は、『新アラビア夜話』のボヘミアの王子よろしくロマンチックな冒険を夢みる都市空間の探索者として行動を開始するだろう。しかし、スティヴンソンとはうらはらに散文的なロンドンを見てしまった漱石は、敬太郎に約束された冒険が、結局、虚妄の産物にすぎなかったことを証明してみせる。敬太郎の期待するロマンチックな都市のイメージが、おびただしい記号と情報の集積体に、そしてまた家と個人のドラマへと変貌して行く過程——

それが『彼岸過迄』のもうひとつの主題なのである。

敬太郎の冒険は探偵ごっこにすぎなかったし、探偵から得た情報は一つの物語に収斂するわけでもなく、断片的な情報の束になるにすぎない。そして、それら断片的な情報は須永の家のねじれた物語に変貌してしまう。前田愛はそう言いたかったのだろうが、文章がカッコつけすぎでややわかりにくい。

その探偵の意味については、こう説明している。

> マルチン・ブーバーの言葉をかりるならば、他者にたいしてわれ―それという冷やかな認識のまなざしをふりむける以外の関係を結ぶことのできない近代人の不幸が、「探偵」の観念に要約されているのである。敬太郎に探偵の役割を演じさせ、虚体としての都市空間を探索させるプロットを案出した漱石の意図は、思いの外に根深いところから発しているのだ。

須永の物語は都市の中での場所と家の様子を明らかにしただけですませ、あとは敬太郎の探偵の意味を中心に論じた点で画期的な論文だった。

これは②型と④型の論文で、現在は完全な形は前田愛『都市空間のなかの文学』（筑摩書房、一九八二・一二→ちくま学芸文庫、一九九二・八）、『前田愛著作集　第五巻　都市空間のなかの文学』（筑摩書房、一九八九・七）で、また『漱石作品論集成　第八巻　彼岸過迄』（桜楓社、一九九一・八）でも読むことができる。

長島裕子「「高等遊民」をめぐって―『彼岸過迄』の松本恒三―」(『文藝と批評』第5巻第3号、一九七九・一二)

明治四四年から明治四五年にかけて、大学を卒業しても就職口がない青年が「高等遊民」と名づけられて社会問題化した。政府は明治四三年の大逆事件を受けて、彼らがいわば「不満分子」となるのを恐れたのである。その時代を「作品中の現在」とした『彼岸過迄』では、漱石は須永の叔父松本恒三に自分を「高等遊民」と言わせている。その意味を探ろうとする論文である。長島裕子は、『彼岸過迄』で敬太郎と松本恒三が対面する場面を引いている。

「実は田口さんからは何にも伺がわずに参ったのですが、今御使いになった高等遊民という言葉は本当の意味で御用いなのですか」

「文字通りの意味で僕は遊民ですよ。何故」(「報告」十、傍点長島)

この一節について、長島裕子はこう言っている。

ここで注意したいのは、敬太郎が松本の自称した「高等遊民」の「本当の意味」を心得ているということだ。だが、それと目の前の松本との間には懸隔があったために、わざわざ「本当の意味」で用いたのかと念を押したのである。これに対して松本は「文字通りの意味」で「遊民」だと答えているのである。

そこで、「「高等遊民」の「本当の意味」と松本との有機的な関係」について論じなければならなくなるのである。

時代背景を考えれば、「高等遊民」の「本当の意味」とは、社会に対する「危険人物」かどうかということだ。しかし、松本は自分は「家庭的」だと言う。松本恒三は、自分は「高等遊民」だと言って敬太郎を驚かせているだけで、社会に対して働きかける人物ではない。

「高等遊民」という一つの在り方が、「職業」と「道楽」のいずれにも属さない、その両方から退き逃がれたものであることに気づく。「高等遊民」の松本は結局「偽物贋物」なのである。漱石が作品に登場させた「高等遊民」の松本は、決して肯定的な存在ではない。

これまで松本恒三はどちらかといえば肯定的に捉えられていたが、長島裕子は「高等遊民」という枠組から見る限り、そうではないというのである。松本恒三という人物を考えるのに「高等遊民」という一つの枠組だけでいいのかという問題はあるし、『彼岸過迄』の中での彼の言動の問題もある。しかし、長島裕子の論文は松本恒三という作中人物の評価に一石を投じた。大逆事件後にあえて「高等遊民」という言葉を小説中に使った漱石の思惑にも関心が向けられていい。

長島論文は③型の論文で、現在は石原千秋編『日本文学研究資料新集14　夏目漱石　反転するテクスト』（有精堂、一九九〇・四）、『漱石作品論集成　第八巻　彼岸過迄』（桜楓社、一九九一・八）でも読むことができる。

工藤京子「変容する聴き手―『彼岸過迄』の敬太郎―」(『日本近代文学』第46集、一九九二・五)

『彼岸過迄』の敬太郎については、先に触れた山田有策論文をほとんど唯一の例外として、少し強調していえば、あまり意味のない登場人物、ただの話の聞き手という評価が多かった。そういう評価に対して、作品の時間の推移に従って徐々に意味の深い話を聞く聴き手に成長しているという評価を与えた論文である。

それまで中心的に論じられていた登場人物から周辺と見られてきた登場人物に論点をずらすのは研究史の展開としては常道だが、この論文発表以降、大学院で『彼岸過迄』を取り上げると、多くの大学院生が須永はほっぽらかして敬太郎を論じるようになった。研究でもそういう傾向があって、敬太郎の経験をめぐる論文が多くなってきた。

工藤京子の認識は、話し、そしてそれを聞く時空間は相互的なものであって、「話し手」は「聴き手」の質によって話す内容が変わる。本当に話したいことが話せるのは「聴き手」との信頼関係があってこそであって、「それぞれバラバラに見える話の背後には、むしろ〈聴き手〉の物語とでもいうべきものがあった」というところにある。これは、私たちの日常ではむしろ常識として実践していることではないだろうか。そういう常識から『彼岸過迄』の敬太郎について考えてみる試みである。

敬太郎ははじめ同じ下宿にいる森本から話を聞きたがるが、この時には「ただ面白く聴ける話がありさえすればいい」状態だった。小川町の探偵ごっこには「目的」がなかったがために「ごっこ」に終わったのだが、それは森本に対する敬太郎の態度と同じものだとして説明される。

思えば森本の話を聴くことも、この探偵行為によく似た行為だった。敬太郎は森本に聴きたい話はあっても、「聞きたい事」はなかった。

みごとな説明だ。森本から話を聴くことには「目的」がなかったのである。それが、松本恒三と対面したときには、「その場で敬太郎自身が聴きたいことを聴くという実践を通して、彼は相手の「本体」という、新たな人間認識を持つようになる」（傍点原文）と言うのだ。事実としては、松本恒三はただ自分の話したいことを話したにすぎないだろうが、「聴きたいこと」をもって聞いた敬太郎は、話の向こうに人間の「本体」があることを悟ったのだった。

敬太郎は、千代子から「骨上げ」の時の話を聞いた。須永は「不人情」だと言われた。この話は当の須永も聞いていた。そこで、須永は「千代子の話を自分の物語として書き換えようとする」。

だからこそ須永は千代子も知らないであろう、彼のいびつな親子関係から説き明かしていくのだ。とすれば須永の話の統辞の方向を左右するのは、一週間前の千代子の話であり、その話を須永と共に聴き、また今眼の前で彼から話を聴こうとしている敬太郎だということができよう。

敬太郎は須永の話も松本の話も聞き終わる。「彼は物語られた話を単に聴くという、あくまで客体の位置から動かぬ〈聴き手〉から、話す主体と関わりうる〈聴き手〉というもう一方の主体へと変化したのである」。

〈話し手〉の背後に、〈聴き手〉敬太郎の気配は濃密に立籠めている。彼は物語の磁場に確かに存在し、〈話し手〉の綴る話を統べ合わしながら、彼らの「本体」に出逢っていきつつあるのだ。

この論文では「敬太郎の気配は濃密に立籠めている」ことを明らかにする具体的な言説分析まではできていないが（それが一番きつい仕事なのである）、敬太郎という一人の登場人物を『彼岸過迄』のもう一人の主人公の位置につける、そのスタートラインまでは示した論文だった。それで、大学院生が惹きつけられてしまうのだ。この工藤論文は②型の論文だと言うことができる。

押野武志「〈浪漫趣味〉の地平　『彼岸過迄』の共同性」（『漱石研究』第11号、一九九八・一一）

ここで「お約束」のポスコロ系の論文である。

押野武志は『彼岸過迄』に書き込まれた地名が「日露戦争以後の日本の植民地主義の実態をみごとに写しだしている点において、植民地文学といえる」とする。上海にいる高木をも含めれば、「当時日本が実質的に植民地化したところのほぼすべてが出そろっている」からである。

漱石の小説に登場する大陸放浪者が「家庭」や「定住」「小市民」という価値を揺るがしう

る〈過剰なもの〉を帯びているというのは、あまりにもロマン派的な解釈である。大陸へと渡っていった日本人は誰であれ、植民地においては周辺どころか中心となって振る舞えたのだから。日露戦争後の大陸は、日本人にとってのフロンティアとして見出され、だから漱石の不遇な者たちは、日本を離れ大陸へと渡る。大陸はもはや、外国、日本の外部ではなく、誰でもが自由に行き来できる日本の延長として認識されていたのである。

これが『彼岸過迄』の「読み」とどう関わるのかという問題はこの論文の目的ではないようなので、「ご指摘ごもっともです」と言っておくしかない。それに、『門』と『彼岸過迄』が植民地小説であることは、もはや常識に属する事柄である。問題は、それが小説にとってどういう意味を持つかということだ。

ところで、押野武志ははるか以前にもっとあけすけな指摘があったことを知っていただろうか。林四郎という日本語学者の『漱石の読みかた』(至誠堂、一九六五・一一)の中の「俗物列伝」の一節である。現在なら「差別用語」と言われるだろう言葉が中心的な話題なのだが、思い切って引用しておこう。

「満ごろ」なんていうことばは今はないから、若い人は知らないだろう。へんな野心と覇気だけがあって、おとなしく人の下で働いてはいられないが、これといって身についた力も芸もないので、内地をあきらめ、満州あたりで一旗あげようと出て行く人間である。定職もないくせに大きなことばかり言って、人に相手にされない人間である。満ごろにはかならず「失敗」の影がある。安井（『門』の登場人物―石原注）の内面がどうなっているかはまったくわからないが、おかれている立場は満ごろにちがいない。安井だけなら、とりたてて言うことはないのだが、漱石の人物のなかに、満ごろの系列がひとつ、たしかにあるので見のがすことができない。『草枕』の那美さんの前夫は、これから満ごろになる男。『彼岸過迄』の森本は、もっとも完璧な満ごろであり、『明暗』の小林も、充分この資格をもった人物である。

あっけらかんとした記述である。私は大学生時代に読んで、かなり驚いた記憶がある。「政治的正しさ」から「植民地文学」と呼んでみることと、「内地」の感覚から「満ごろ」という差別的な言葉で呼んでみることと、どちらが私たちの心を打つだろうか。特に、「大陸へと渡っていった日本人は誰であれ、植民地においては周辺どころか中心となって振る舞えた」という記述と、「満ごろにはかならず「失敗」の影がある」という記述との対比は見逃せない。どちらが、漱石文学が持っていたテイストに近いだろうか。

この論文には後半もあるが、省略した。押野論文は言うまでもなく③型の論文で、現在は、押野武志『文学の権能　漱石・賢治・安吾の系譜』（翰林書房、二〇〇九・一一）でも読むことができる。

柴市郎「あかり・探偵・欲望　『彼岸過迄』をめぐって」（『漱石研究』第11号、一九九八・一一）

次も「お約束」のカルスタ系の論文である。これは、注記してある藤井淑禎「あかり革命下の『明暗』」（『立教大学日本文学』第65号、一九九一・三）に触発されて書かれた論文のようだ。

柴市郎は、明治末年に電灯が急速に普及したことを示し（柴市郎の挙げた図を参照）、『門』の「洋燈《らんぷ》」と『彼岸過迄』の「電燈」とを比較して、こう論じている。

> ひっそりと暮らす夫婦を照らし出す「洋燈《らんぷ》」のあかりと下宿で独り暮らしをする男の顔に注がれる「電燈」の光。漱石のテクストは、「洋燈《らんぷ》」と「電燈」の差異を、単純な旧―新、貧―富の二分法ではなく、あかりが照らす〈場〉の意味性そのものの質的な違いとして描き出しているのだ。かくして、漱石のテクストにおいても明治四十年代は照明の転換期であった。

第百九十三圖

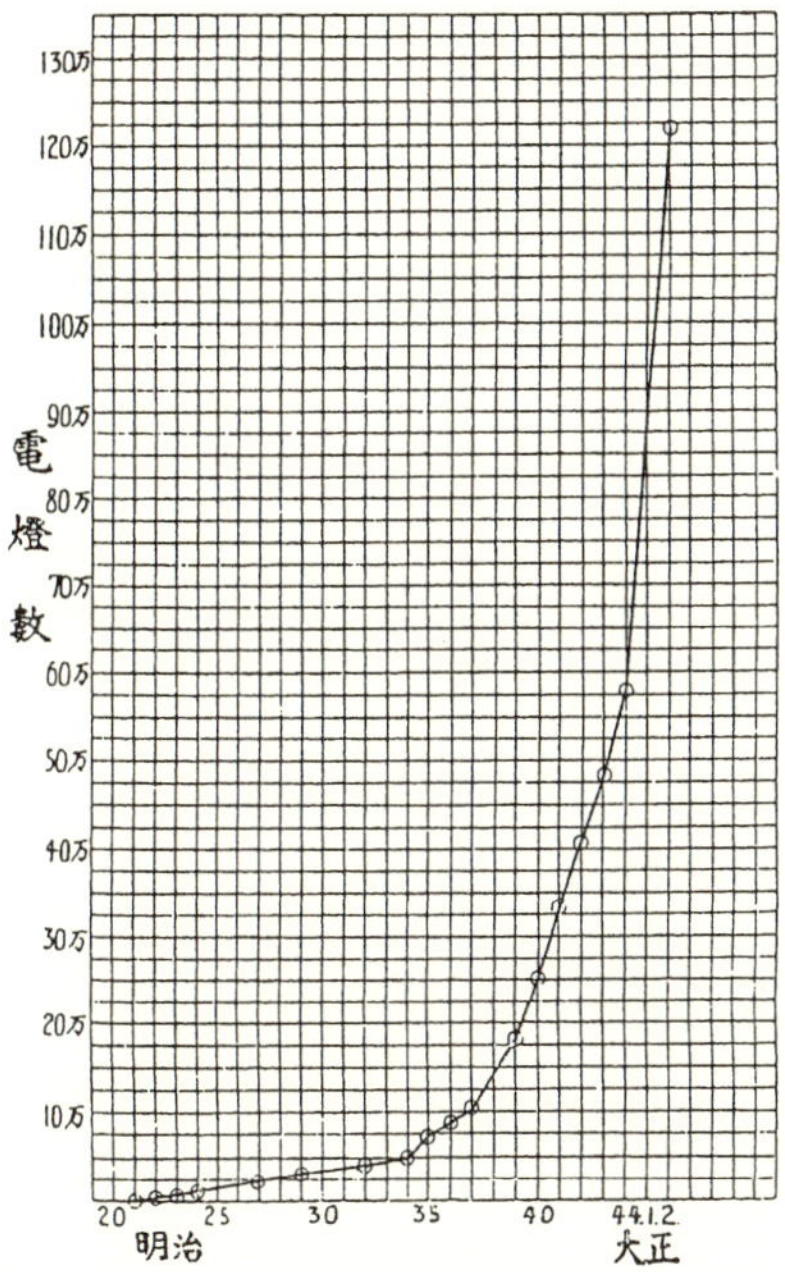

東京電燈會社電燈增加圖

前田愛の論文を彷彿とさせる文章だ。意識していたのかもしれない。若いときにはこういうことがよく起きる。決して悪いことではない。そうして、何年もかかって自分の発想や自分の文体を手に入れるのだから。

柴市郎は、敬太郎が田口を訪れたとき、玄関先で田口が逆光に立つ位置関係からある象徴的な意味を引き出している。

ここにあるのは、いわば自分を相手から分離する光、自分と相手との〈見る—見られる〉という相互関係の均衡をやぶり、そこに非対称性を呼び込む光である。それは、『門』における「洋燈」のような、濃密な関係性の〈場〉を浮かび上がらせるあかり、ひとつの〈場〉を〈いま、ここ〉で共有し合っていることを互いにかみしめるためにともされているかのようなあかりとは、全く対照的なあかりである。『彼岸過迄』における電燈の光は、融合的というよりは分離的、離散的な〈場〉との親和性を帯びているように見受けられるのである。

こういう『彼岸過迄』の光は見ることを楽しみ、品定めをもするウィンドーショッピングの光である。例の探偵ごっこでも、敬太郎は見ることが自己目的化し、彼の「欲望＝視線」が自己目的化すると言う。つまり、敬太郎が光に照らし出された夜の街で千代子と松本の関係に見ているのは、敬太郎自身の欲望なのである。そうである以上、敬太郎の欲望＝視線はいかなる真実とも出合うことはできないというのが、結論である。論文の後半は、敬太郎の「浪漫趣味」や須永への態度も、「光」に照らし出されたように敬太郎の「欲望＝視線」に晒されているという論旨である。

先の工藤論文とはまるで逆の結論だが、いくつかの理由が考えられる。

第一に、枠組が違っているからである。「見ること」は遠感覚と言って見る対象を客体化する作用が強く働くのに対して、「聴くこと」はそれよりも近い感覚であって「話し手」との共同性を伴う。どちらの感覚で『彼岸過迄』を「読む」かによって、結論まで違ってきてしまうのである。どちらかの論文に決定的な不備があるというわけではない。

第二に、柴論文が『彼岸過迄』前半の敬太郎しか論じていないからである。後半の敬太郎は「聴き手」としてしか出てこないのだから、分析しようがない。したがって、柴論文は前半の成長以前の敬太郎の姿であって、工藤論文はそれ以後も分析していると考えれば、この二本の論文は接続可能なのである。

第三に、前田愛以後の文化研究＝カルスタの特徴でもあるが、言説分析がほとんど行われずに、文化的な背景がそのまま小説の「読み」として提示されてしまう傾向が強くなったからである。柴論文も言説分析が不足している。「光」に照らし出された敬太郎の「欲望＝視線」をそのまま他の対象に拡げても大丈夫なのですか」と突っ込みを入れたくなる。

ただし、繰り返すが、基本はあくまでも枠組の違いである。研究論文とはこういうものだ。柴論文はもちろん③型の論文である。

井内美由起「「白い襟巻」と「白いフラ子ル」——『彼岸過迄』論——」（『日本近代文学』第81集、二〇〇九・一一）

研究にも流行がある。一時期の学会誌『日本近代文学』は「カルスタ、ポスコロにあらずんば研究に非ず」という様相を呈していた。学会政治の露骨な現れのようでもあって、いや～な感じがしたものだ。だから、この論文が掲載されたときには驚いた。研究のモードが少し変わってきたなとは思っていたが、それよりもこういう繰り返されるモチーフ（絵画で言う意味での）を追っていくスタイルの論文を掲載した編集委員会の度量に敬意を表したいと思ったものだ。

言葉遊びのような趣のある、ちょっと変わったテイストの論文である。井内美由起が注目するのは、敬太郎が探偵ごっこをしていたときに女（千代子）の首に巻かれた「「羽二重の白い」襟巻」である。これが小説の中でモチーフの連鎖を引きおこして、ある種の物語を形作っていると言うのだ。ただし、先の探偵ごっこの時に、敬太郎はたしかに「「羽二重の白い」襟巻」に注目しながら、探偵を依頼した田口へはそれを報告していない。この敬太郎の意識化への抑圧が、あり得たはずの物語を不全に終わらせたと言うのである。

先のモチーフは、「いるはずのないところにいる花嫁の着物＝「羽二重の白い」襟巻＝須永の「白いフラ子ル」＝千代子の喉に巻いた「湿布」＝須永が千代子から受け取った「白いタオル」」という連鎖を引きおこしている。「いるはずのないところにいる花嫁の着物」とは、敬太郎が森本から聞いた「浮世話」の中にでてくる。この連鎖が千代子と須永のセクシャルな関係と花嫁とを結びつけ、「読者の期待を千代子と須永の結婚へ誘導する」のだと言う。しかし、敬太郎がそれらを結びつけられないために、読者の期待を裏切ってもいると言う。

荒唐無稽な論文なので、もう少し説明しておこう。

千代子が風邪を引き喉を痛めて声がでないので、須永に電話口に出てもらって、電話の相手に話を伝えてもらう場面がある。二人で一つの電話に出ていたこの時のポーズは、千代子の方が上で、優位に立っているような形だった。その場面を、井内美由起はこう説明する。

千代子の風邪に伴う一連の出来事を身体化によるコミュニケーションとして捉えるならば、この時千代子が喉に巻いていた「湿布」は、彼女のセクシュアリティの表現であることが明らかである。また、その病いは千代子の葛藤の表現であると同時に、須永が千代子との関係において抱える葛藤の反復でもあったのであるから、一年あまりの間隔があるにもかかわらず、須永があたかも千代子から風邪をうつされたかのように同じ症状を患うことの理由も説明がつく。つまり、須永の風邪は千代子のセクシュアリティに感染し、彼の性的規範がおびやかされていることの証なのである。

これでも何が「明らか」で、「説明」がついて、「証」なのかサッパリわからない人にはわからないだろう。要するに、「白い襟巻」のモチーフが反復して現れる場面を仮にモチーフの「連鎖」としてつなげて読み込んでいくと、いずれもセクシュアリティに関わる場面であり、この場面では須永の「性的規範」(男性性)が揺らいでいると読めると言っているのである。この場面から言えることは、須永は千代子に「男」として対応することができないということだ。

モチーフがそこまで意味を持ち、小さな物語を作り出すはずがないと思う人には無縁の論文だ。それは、しかたがないだろう。それでも、審査をパスして学会誌に掲載された論文なのである。小説の「読み」は登場人物論やカルスタ、ポスコロだけではないという好例だと言っていい。井内論文は④型の論文である。

『行人』(**大1・12・6〜2・11・15**)

【梗概】「友達」お手伝いのお貞の結婚相手と会うために関西に旅行した長野二郎は、胃潰瘍で入院した友人の三沢を看病することになったが、美人の患者をめぐって妙な暗闘を感じた。

「兄」母と大学教授の兄一郎と直夫婦も関西に来たので、和歌浦見物に出かけると、直が二郎を好いていると疑う一郎が、二人で一泊旅行をして直の貞操を試してくれと依頼した。日帰りのつもりが台風で一泊した二郎は、直から死の覚悟や意味ありげな言葉を聞いたが、何一つ答えることができなかった。一郎には、直の人格に疑うところはないとだけしか報告しなかった。

「帰ってから」東京に帰ってからも一郎夫婦はしっくりゆかないが、二郎は詳しい報告をしなかった。一郎に強く求められて、再度一郎の疑惑を否定すると、一郎は父と同じでお前も信頼できない男だと激怒した。ついに二郎は家を出て下宿をした。

「塵労」二郎の下宿を訪ねた直は、自分は立枯になるしかないと言う。二郎は兄の友人Hさんに、一郎を旅行に連れ出してもらう。Hさんは手紙で、一郎が自分は絶対だと主張し、このままでは死ぬか、気が違うか、宗教に入るしかないという苦悩を語ったと伝えて来た。

【ふつうの読み方】前作の『彼岸過迄』と同様に、前半と後半とでテーマが割れてしまっている小説である。前半はいわば結婚をめぐる物語で、見合い結婚をした一郎は、大学教授という当時として最高の知識人であるにもかかわらず、妻である直の心さえつかめずに苦しんでいる。知性が人の心を理解するためには何の役にも立たないどころか、かえって当人を苦悩させるだけなのだ。後半はその苦悩を抱えた一郎が旅先で、とどまるところを知らない近代文明の中で「絶対」の境地を手にしようとすることの不可能性に苦悩する姿が、Hさんの手紙によって報告されている。

伊豆利彦「『行人』論の前提」(『日本文学』一九六九・三)

後に「二郎説話」と呼ばれることになる、二郎と直との関係については、橋本佳「『行人』について」(『國語と國文學』一九六七・七)が触れていたが、それを本格的に論じた画期的な論文である。かなり古い論文だが『行人』論のためには逸することができない一編だ。

伊豆利彦は、漱石の胃潰瘍の悪化でいったん中断した『行人』が、中断以後に書き継ぐことになった最終章「塵労」では、当初の構想が変わった可能性を指摘する。そこで、「塵労」以前と以後とでは「おおいかくすことのできない裂け目が生じている」と読む。それを前提に、伊豆利彦は「とくにHさんの手紙をこの作品からきり離す」という離れ業をやってのける。そのことで浮かび上がってくるのが、二郎と直との「愛」なのである。

つまり、一郎という「知識人の苦悩」がHさんの手紙によって語られるいわば〈図〉の部分を切って捨てることで、それまで〈地〉として見過ごされてきた「二郎説話」を前景化することに成功したのだ。荒技である。伊豆利彦が注目するのは言うまでもなく和歌山行きである。もともと直は「夫婦ですもの」とか「妻《さい》ですもの」とは口にするが、慎重に「愛」といった言葉を使うのを避けていた。しかし、この夜に同じ部屋に泊まった二郎と直は「二人は一郎を話題にしながら、その言葉の向こうで、はっきりと心のひびきあいを確認してしまった」と言う。

ところが、二人は心の中でさえ結ばれることはなく、「悲劇的結末がはっきりと予告されている」と言うのだ。

二郎は真実を恐れ自分自身の心を恐れ、それから逃げ出した。その時お直の正体は謎と化した。お直が謎なのではない。二郎が謎にしたのである。その時二郎の心もまた二郎自身に対して謎となった。

この「謎」が、以後の『行人』論の主要なテーマの一つとなっていくのである。この伊豆論文は典型的な②型の論文で、現在では、『日本文学研究資料叢書　夏目漱石』（有精堂、一九七〇・一）、『漱石作品論集成　第九巻　行人』（桜楓社、一九九一・二）でも読むことができる。

山尾（吉川）仁子「夏目漱石『行人』論—構想の変化について—」（『叙説』第19号、一九九二・一二）

『行人』には、たとえば「自分は今になって、取り返す事も償う事も出来ないこの態度を深く懺悔したいと思う」（「兄」四十二）といった二郎の「語る今」が言葉としてはっきり表れているところが何ヶ所かある。これはいつとは決められない時間なので、佐藤泉は「象徴的〈今〉」と呼んだ。一方、小説の現在としての「今」も書き込まれている。佐藤泉はこれを「その都度の〈今〉」と呼んだ（「『行人』の構成—二つの〈今〉二つの見取り図—」『国文学研究』第百三集、一九九一・三）。吉川仁子は「象徴的〈今〉」は一郎の物語を構成し、「その都度の〈今〉」は二郎の物語を構成すると読んだ。

吉川論文は、伊豆論文と佐藤論文とを踏まえて、大胆な構想の変化を論じている。現在読むことが出来る『行人』は、当初予定していた〈悲劇〉を回避したのだと。吉川仁子は、この「〈悲劇〉の後の〈今〉」がはっきり書き込まれる「兄」四十二節以前にも、たとえば「その時はただお兼さんに気の毒をしたという心だけで、お兼さんの赤くなった意味を知ろうなどとは夢にも思わなかった」（「友達」六、傍線石原）という具合に、「小さな〈今〉」（これは私の造語）が何度も顔を見せていることを指摘する。
そして、「兄」四十二節の「〈悲劇〉の後の〈今〉」は「二郎に深い後悔を抱かせるほどの事件が起きた後の時点であることを想像させる」が、「小さな〈今〉」はそういう「今」ではないと言う。さらに伊豆利彦が指摘するように、『行人』ははじめ「塵労」を欠いた三章構成の予定だったことを重視する。

「兄」四十二節の段階での〈今〉は、三章で終わるはずだった「行人」の持っていた〈今〉ということになるのである。それでは、三章構成の「行人」の〈今〉は、どのようなものになるはずだったのだろうか。（中略）
三章構成の「行人」の〈今〉は、〈悲劇〉の後の〈今〉になるはずだったのである。
『行人』には二種類の「今」が並列して走っている。「兄」四十二節にはっきり顔を見せる「〈悲劇〉の後の〈今〉」は、文字通り「悲劇」が起きた後の「今」である。その証拠に「〈悲劇〉の後の〈今〉」は、九例のうち一例を除いて三章までに集中している。しかし、『行人』全体に散見される「小さな〈今〉」は「悲劇」を想定していない。つまり、「悲劇」を回避した時点で、「〈悲劇〉の後の〈今〉」は構想力を失って、宙に浮いたということだ。

即ち、意味の収束点を目指す方向と、意味の収束点の拘束から自由になろうとする方向の二つが、一つの作品の中に混在していることになる。

では、〈悲劇〉はなぜ回避されたのだろうか。吉川仁子は、「一郎は、お直の示す態度を自分への愛情の表現であるとする解釈の可能性を初めから捨てて仕舞っている」ためにお直を疑わずにはいられないが、「その疑いは、疑っている自分自身だけは正しいという意識」、すなわち自己の絶対化がなければならない。これが一郎を「孤独」に陥れている。その果てに「悲劇」が予定されていたわけだが、「構想の変化には、一郎を相対化する意図が込められていた」と言うのである。

この論文は、現在私たちが読む『行人』の中で、一郎をどのように位置付ければいいのかという問題について一つの解答を与えてくれる。吉川論文は②型の論文と言えそうだ。

藤澤るり「「行人」論・言葉の変容」(『國語と國文學』一九八二・一〇)

『行人』は二郎の「手記」であるようだ。ところが、この論文はその書き手である二郎の言葉を信じないところから発想されているのである。はたしてそんなことができるのだろうか。論文は、こういう風に書き出される。

長野二郎——「行人」の記述者はこう呼ばれるのだが、この呼称は自づから彼の二つの属性を示している。すなわち長野二郎は長野家なる家の一員であり、かつ何者かを兄に持つ存在であるということである。このようなことを何故殊更に言い立てるかと言えば、「行人」で長野二郎が生きてしまうことになる劇とは、彼がこの二つの属性からどんな風にはじき出されて行くかの劇に他ならないからである。

長野家で使われているのは「家族的共有言語」であって、それは「事の本質を明確にする」ことを避けるような言葉だった。二郎はそれを自在に操ることができた。それは長野家の人間関係に敏感であることでもあって、二郎は気の利いた青年だったということになろう。「ただ二郎に欠けているのは、それが長野家の他の家族員の目にどう映っているかに対する目くばりである」。だから、一郎の「直は御前に惚てるんじゃないか」（「兄」十八）という言葉は、二郎にとっては「突然」でも、他の家族には公然の秘密だったのではないか。

和歌山での一夜、直は饒舌だった。「彼女は〈長野家〉の、ではない自分の言葉で語っているのであって、二郎はこの彼女の言葉の変容に着いて行きようもない」（傍点原文）。それは、こういうことだったと言う。

> 直と二郎との間に演じられたのは、事柄のドラマではなかったのだ。そこに在ったのは、ただ何かを語った言葉たち―それ丈なのだ。和歌山で演じられたのはまさにこの言葉たちについてのドラマに他ならない。すなわち〈長野家〉の言葉の圏内に生きてきた二郎と彼の言葉とが、初めてその圏外の言葉、つまり他者の言葉に出会い、それによって解体へと進行する腐蝕に見舞われるのである。

江藤淳以後、「他者」は文学論のマジックワードだ。「他者」が理解できたと判定されればＯＫ、理解できなかったと判定されればOUT。江藤淳以前は「近代的自我」が評価基準になっていたが、それが「他者」に取って代わられたのである。「みんな仲良しがそんなにいいのか」とは言わないでおこう。そこで、「孤独」な一郎である。

一郎とは〈長野家〉の裡に在り、その家族的空間も言語も一応は共有しつつ、かつ日常的に他の家族員の誰もが属していない場所に身を置いてしまっている存在だということである。

当然他の家族からは「隔り」の感覚を持たれるが、Hさんだけは言葉を越えた交わりができたのだと言う。

多くの論文が「事柄」のドラマを論じるのに対して、「言葉」のドラマを論じたところが新鮮だったが、「直はよそもので、一郎は孤立」といった「読み」の大枠が変更されたわけではなかった。その意味でこれは④型の論文である。現在は、『日本文学研究資料叢書　夏目漱石Ⅲ』（有精堂、一九八五・七）、『漱石作品論集成　第九巻　行人』（桜楓社、一九九一・二）でも読むことができる。

水村美苗「見合いか恋愛か―夏目漱石『行人』論」（『批評空間』第1号、一九九一・四、第2号、一九九一・七）

後に挙げる単行本に収める際にかなり加筆されているので、ここでは単行本の本文によって紹介しよう。

『行人』を「西洋文芸」の文脈を参照しながら読む試みで、水村美苗ならではの指摘が多く、なるほどと思わせられる。

見合い結婚という制度があるからこそ、「西洋の文芸」の洗礼を受けた日本の若者は、誰と結婚するかという問題以前に、どういう結婚をするのかという問題にまずぶつかったのである。（中略）『行人』において漱石は「見合い」と「恋愛」の対立を描いただけではない。彼はその盲点自体が生みだすドラマに焦点を当てたのである。

たとえば、二郎が「見合い結婚」を「お手軽」だと感じるのは「すでに恋愛という観念にとらわれているからにほかならない」。ただし、二郎は独身だからまだいい。しかし、すでに見合い結婚をしていながら、「西洋の文芸」に親しんだ一郎が同じような観念にとらわれたところに『行人』のドラマがあった。

「西洋の文芸」においては、恋愛は「自然」として特権化されており、父権という「法」によって強制された結婚と対立関係にあった。そこに、一郎の盲点があった。

一郎の狂気とは二項対立のないところに二項対立を見いだそうとするところにある。恋愛は〈自然〉と〈法〉の対立する世界観を前提とするが、見合いとは逆に〈自然〉と〈法〉が対立しない世界観を前提とするのである。一郎とお直の関係はそもそもの起源において、〈自然・法〉という二項対立を排除したところで成り立っているのである。その起源を忘れた一郎がそれとも知らずに突き当たっているのは、〈自然〉と〈法〉が対立しない世界と、〈自然〉と〈法〉が対立する世界との間の対立――二項対立のない世界と二項対立のある世界との間の対立にほかならない。それこそが「見合い」と「恋愛」の間の対立なのである。そして、それこそ「西洋の文芸」にからめとられてしまった人間には見えない対立である。

一郎は見合い結婚をしたのだから、「自然」とも「法」とも関わりがない。ところが、「西洋の文芸」に絡め取られた一郎は、自分の結婚には「自然」と「法」との対立があると思いこんでしまっている。そして、「自然」を求めてしまっているのである。簡単に言えば、見合い結婚をした相手に、自分に恋をしろと求めているのだ。水村美苗は、構造上それはできないことだと言う。

〈自然〉と〈法〉という二項対立の基本にあるのは、〈自然〉においては本来主体であるべき女を、父権という〈法〉の力が、その主体性を抑圧して交換してしまうという図式にほかならない。当然のこととして、そこでは抑圧された主体、自分の主体性を外在化するのを禁じられた主体として、女の心＝内面の問題がでてくる。女の心というものは、通常は父親や夫の〈法〉のもとに隠されており、恋人があらわれ、〈自然〉が回復されたとき初めて明るみに出るものなのである。

したがって、一郎が直の「本体」を知ろうとすることは、心理的な問題でも人間的な問題でもなく、見合い結婚という制度上不可能だということになる。

『行人』とは、テキストの構造そのものが、問うことを不可能にしているまさにその問いを、作中人物に問わせようとするテキストなのである。

そうである以上、直は「『行人』というテキストのアポリアそのものをさししめす存在として機能するようになる」というわけだ。「アポリア」とは「難問」という意味である。さてさて、私たちはこれを「破綻」と呼ぶべきだろうか、それとも不可能な問を問う小説を楽しむべきだろうか。私は楽しむ方を選ぶ。

水村論文は②型でも③型でも④型の論文でもあるように思う。現在は、水村美苗『日本語で書くということ』（筑摩書房、二〇〇九・四）でも読むことができる。

石原千秋「『行人』——階級のある言葉」（『國文學』一九九二・五）

『行人』の長野家はいま過渡期にある。そのことをはっきり指摘したのは小森陽一だった。

長野家は二つの家に引き裂かれている。というよりも、父から一郎へ家が譲渡される過程、父が家長であった家から一郎が家長となる家への交換の過程、父が統率していた大家族から一郎を中心とした核家族へ変換する過程に長野家はあったといえる。（「交通する人々」『日本の文学』第8集、一九九〇・一二）

戸主の代替わりの時期にある家庭を書くのは、漱石の十八番でもあった。『行人』もその一つだ。これが、私の論の前提だ。
『行人』の冒頭の一節を引用しよう。

梅田の停車場《ステーション》を下りるや否や自分は母から云い付けられた通り、すぐ俥《くるま》を雇って岡田の家に馳《か》けさせた。岡田は母方の遠縁に当る男であった。自分は彼が果して母の何に当るかを知らずに唯《ただ》疎い親類とばかり覚えていた。

『行人』は二郎の「手記」なのだから、後で調べて「岡田は母の～であった」と書けばすむ話である。しかも、青年時代の岡田は書生として長野家に居候をしていたのである。それなのに、二郎はなぜか母方を疎んじるような書き方を選んでいる。いま戸主の代替わりで不安定な時期にある長野家は母が動かしているが、それはまちがった状態だと暗示するためだろう。事実、岡田は長野家にいた頃から、一郎と二郎には「一段低い物の云い方」をしていた。一郎と二郎は長野家の跡継ぎ候補だからだ。長野家には言葉にも階級があって、父方が優先されていたのである。
一郎が直を疑う理由はなかったわけではないが、問題はそれを血縁の言葉で語っているところにある。一郎が、直の「節操」を試してほしいと二郎に頼む場面。

「おい二郎何だってそんな軽薄な挨拶をする。己と御前は兄弟じゃないか」（中略）
「兄弟ですとも。僕はあなたの本当の弟《おとと》です」（傍点石原）

家制度にあっては長男は特別な存在、まるで「貴種」だった。長男は家の外部にいて家を統率しなければならないような存在だった。それが高じると「継子幻想」が現れてしまうのではないか。一郎と二郎が争っていたのは直ではなく、父の座だったのではないか。この時の一郎の奇妙な言葉を意味づけるとそうなるかもしれない。それが、家制度の力学だったのである。

と、コンパクトにまとめてみた。これは「家制度」という枠組から、ちょっと無理をして『行人』を読み換えたもので②型の論文である。現在は、石原千秋『反転する漱石』（青土社、一九九七・一一）でも読むことができる。

小谷野敦「「女性の遊戯」とその消滅―夏目漱石『行人』をめぐって」（『批評空間』第9号、一九九三・四）

これは、男にとってなぜ女が恐怖の存在となるのかを説き明かした論文である。

小谷野敦は「『行人』のテクストは、そもそも、「女」がなんらかの抑圧された「内面」を持っているという想定のもとに、周囲の人間たちがそれが何であるかについて思いめぐらし、探り出そうとする、という探偵小説的な構造を持っている」とする。たしかにそうで、だからこそ男には女が恐怖の存在になるのだ。

『行人』には「「恋する男」は出てこず」に「女に「恋する主体」を見いだそうとする男ばかりが現われる」。こういう状態を支えているのは、どのような思想だろうか。

「女」の「愛」は、ある一人の男へ向かって流れ込むべきものとして想定されており、そうである限りにおいて「結婚」の論理に抵触しないのである。この単線的な論理こそ、「結婚（一夫一婦制）」と「西洋的な恋愛」の結びつき、すなわち「恋愛結婚」の思想を可能にしたものなのではないのか。そこからは、漱石作品のヒロインたちがときに見せる、複数の男に対する「媚態」が不可解なものとして排除されてしまう。

漱石文学の根底にある恋愛観、女性観をみごとに語っている。これで、漱石文学は女の「技巧」を非常に嫌悪する理由がわかる。ところが、小谷野敦は漱石文学のヒロインが見せるのは「技巧」ではなく「遊戯」ではないかと言うのだ。「「技巧」は何らかの目的のための手段であり、「遊戯」はなんら目的を持たない」。だとすれば、女が男の気を惹くために「技巧」を用いることは、父権制的秩序と何ら矛盾しない。「技巧」を結婚制度という秩序に回収すればいいだけの話だからだ。

ところが、「遊戯」となると話は違ってくる。「「技巧」の話によって漱石が隠蔽し、漱石批評がそれに加担してきたのは、何の目的も持たない女のセクシュアリティーではないのか」。「何の目的も持たない女のセクシュアリティー」は「遊戯」のことだ。それを「技巧」と呼び換えることで、父権制を守ってきたのではないかと言うのだ。

「技巧」なら答えははじめから出ている。しかし、「遊戯」には「内面」がない。だから、いくら「内面」があるものとして「想定」して「探偵」しても答えは出ない。それが『行人』の構造だと言うのである。「技巧」と呼ばれてきたものを「遊戯」と読み換えるだけで、『行人』だけでなく、漱石文学の基本構造までもが見えてくる。これは②型の論文で、現在は、小谷野敦『男であることの困難』（新曜社、一九九七・一〇）でも読むことができる。

森本隆子「『行人』論　ロマンチックラブの敗退とホモソーシャリティの忌避」（『漱石研究』第15号、二〇〇二・一〇）

漱石文学とホモソーシャルといえばすでに語り尽くされた感さえある。この論文はホモソーシャルを枠組としながら、ちょっと捻ったアプローチを試みている。

森本隆子は小谷野敦と同じようなことを言っていて、男たちが中身のない「スピリット」という言葉に「勝手な思惑や好みを恣意的に投影」しているとする。しかし、これがよりよく当てはまるのは二郎だと言うのである。その基本構図はこうだ。

二郎系の挿話群が、共通して、〈女〉を男たちのホモソーシャルな関係を構成するために交換、消費され続ける記号としてのみ流通させていることは明らかである。物語における女たちの存在意義は、男性間の絆を堅固に綯《な》い合わせるための触媒にすぎず、実体としては徹底的に排除されればされるほど、よりいっそう、男たちのホモソーシャルな関係を分厚く豊かなものへ再生産しているといっても過言ではない。それは、ロマンチックラブの幻想に囚われた一郎が、妻、直の魂を徹底して求め、敗れることで、男として挫折し、ホモソーシャルな共同体からみずからを放逐していく物語とは、あまりに鋭く拮抗している。換言するならば、一郎が男として敗北することで、逆説的に炙り出すことになるホモソーシャリティの正体こそが、二郎系の挿話群だということになるだろう。

一郎の敗北を見ておこう。一郎が聞き出したいのは「一、郎、に、向、け、ら、れ、た、直の心の〈本体〉」（傍点原文）だが、ロマンチックラブを信じる一郎の不幸は、一郎と直との間でしかわからないはずの事柄を、こともあろうに「〈嫂／義弟〉というホモソーシャルな親密性のコードを解釈枠として直の心を解読する欲望へとすりかえられてしまっ」たことにある。有り体にいえば、みすみす妻の直を男たちの解釈ゲームの餌食にしてしまったということだ。しかも、一郎自身は長野家の親和的な空間から拒まれている。実は、一郎の嫉妬はその点にあったのではないか。

一方、二郎の挿話群は次のように説明される。

関係の裂目に顔を見せる女の性に恐怖し、その恐怖をホモソーシャルな関係性で防衛しようとするのが、二郎自身のセクシュアリティである。そして、『行人』全編につねに底流している二郎と三沢の友情関係こそ、実は二郎のこのようなセクシュアリティを無意識に支えるホモソーシャルな人間関係を表象するものではなかったのだろうか。

面白いのは、結論である。Hさんと旅行に行った一郎は、最後に深い深い眠りに落ちる。その眠りを利用してHさんは二郎に手紙を書くのだが、一郎が深い眠りに至った以後のことは手紙に書けなくなるはずで、一郎は自分が手紙によって二郎とHさんというホモソーシャルな関係に手渡されることを、無意識のうちに拒んでいたと言うのだ。一郎は家族から孤立しているだけでなく、男たちのホモソーシャルな関係からも孤立したユニークな人間として意味づけられたのである。この森本論文は②型と④型の論文だと言えるだろう。

『こころ』（大3・4・20〜8・11）

【梗概】「上　先生と私」「私」は鎌倉の海岸で「先生」と知り合い、帰京してからもしばしば訪ねたが、「先生」に対して不思議な感じが消えなかった。「先生」の奥さん（静）も同様の感じを持っているらしかった。そこで、「私」は「先生」に「先生」の過去を話してくれと頼んだ。「私」の真面目さを信じた「先生」は話す約束をした。

「中　両親と私」「私」が大学を卒業して帰省すると、腎臓病で倒れて死を覚悟したらしい父はことのほか喜んだ。しかし、「先生」の遺書を受け取った「私」は、危篤の父を残して東京へ向かった。

「下　先生と遺書」両親を亡くした「私」（=先生）は、叔父に遺産を横領され、人間不信に陥って故郷を捨てた。東京帝国大学に通ううちに下宿先の一人娘（静）を愛するようになるが、猜疑心ゆえに告白できない。ところが、援助するつもりで同居させた友人のKに彼女への恋を先に告白され、動揺した「私」はKを出し抜いて結婚を決めてしまった。Kはそのことに関しては何も言わず自殺した。結婚後も、人間の罪と寂寞とを感じ続けた「私」は、ついに明治の精神に殉死する決心をした。

【ふつうの読み方】親友のKに静への恋を打ち明けられた「先生」は、恋と友情の間で悩むが、Kを出し抜いて静との結婚を決めてしまった。Kはその直後に自殺してしまった。当時最高の知識人の一人でありながら、恋において親友を裏切った「先生」は、自分も叔父と同じように人を裏切ってしまったと、自分や妻さえも信じられないほどの人間不信に陥った。そして自分の我執を見つめ、罪の意識にさいなまれるが、そういう自分はもはや「時勢遅れ」だと感じて、ついに「明治の精神」に殉じたのだった。青年はそういう「先生」とは精神的な親子のような関係にあり、その懺悔の書である「先生の遺書」の誠実な受取人であった。『こころ』は、「己れ」を過信し、他人を疑うことを止められない知識人の自我のあり方を問うており、さらに知識人でも避けることができない近代人の我執とそれに気づいた「先生」の苦悩を書いた小説である。

山崎正和「淋しい人間」(『ユリイカ』一九七七・一一)

『こころ』には「淋しい人間」という言葉が頻出する一節がある。自分(=先生)に近づこうとする青年に、「先生」がそれはあなたが「淋しい人間」だからではないかと問いかけるように語る場面である。山崎正和は、この「淋しさ」は、「空虚感の表現」であり、他人と関わる力の欠如と認識されているようだと言う。この言葉を手がかりに漱石文学、特に『こころ』の特異な罪意識の理由を説明してみせた、みごとな論文である。

山崎正和は、「先生」には自らの情念に受動的に身をまかせて女性を愛する能力が不足していたために、他者を介在させた嫉妬に身をまかせるしかなかったと言う。しかも、こうした「不思議な恋愛のかたち」は漱石文学に繰り返し現れていて、『それから』では代助が平岡から三千代を奪い、『門』では宗助が安井からお米を奪い、『彼岸過迄』では須永が高木に嫉妬し、『行人』では一郎が弟の二郎を恋敵に仕立て上げている。『こころ』では「先生」がKから静を奪う形をとっている。それが、「先生」の罪だったと言うのだ。

本当に、自分の内部から湧きあがる決定的な衝動がないのに、にもかかはらず、あたかも一人の女を愛するが如くに振舞つたこと、しかも、その擬似的な感情を作るために、一人の友人を利用したことが、いふならば彼の唯一の罪だつたといへます。

つまり山崎正和は、漱石文学の恋愛は主人公がむりやり三角関係に持ち込むと言っているのである。それはこれら主人公たちの内面の空虚さの自覚からきている。その結果、奇妙な事態が起きる。「先生」は「罪の意識が薄れかけるのに反比例して、あたかもそれを恐れるかのやうに、自己処罰の意識を強めて行く」のである。山崎正和は、「先生」が「人間の罪」といった概念を持ちだしたことについて、「罪の意識が具体的な事件から離れ、自己処罰が罪の意識から遊離して、ほとんどそれ自体が目的と化してゐる」と指摘している。

なぜそんなことが起きるのかと言えば、漱石文学の主人公たちは「近代的自我といふ観念の根本的な前提」、すなわち自我は永続的で同一的な実体であるという前提を疑っていたからだ。二〇世紀の代表的な哲学者たちであるフッサールやハイデガーやベルグソンも、この近代的な自我を否定することから彼らの思索をはじめたとさえ言っていい。そう考えると、「二十世紀の最初の十年に登場した夏目漱石が、ほとんど独力で、この世界的な問題意識にたどり着いてゐた」ことになる。

漱石は、自我の観念を疑ふ人物をあれほどの確信をもつて描き、早くから「性格なんて纏つたもの」は存在しないと見きはめながら、なほかつ一方では、さうした内面の空虚感をどこか病的なものと見なしてゐたにちがひありません。潔癖な内省から、みづからの内部に自我と呼び得るやうな実体のないことに気づき、そこから近代的自我の観念の否定まであと一歩の地点に立ちながら、彼は同時に、さういふ実体なしに人は生きて行けないといふ、時代の固定観念をまぬかれてはゐなかつたのです。

「淋しい人間」とは、こういう不安定で実存的な「自我」の観念を表現した言葉だと言うことができる。自我の空虚を暴いた実存哲学が流行するのは戦後になってからなので、いわば漱石は早すぎた実存主義者だったことになる。これを「読み」のレベルで言えば、『こころ』においては「先生」の過剰な罪意識の謎に一つの解答が与えられ、漱石文学においてはなぜ不自然なかたちで何度も三角関係が作られるのかが理解できることになる。

これは漱石文学全体を見渡す、柄の大きい④型の論文である。現在は、山崎正和『淋しい人間』(河出書房新社、一九七八・八)でも読むことができる。

作田啓一「師弟のきずな—夏目漱石『こゝろ』(一九一四年)」(『個人主義の運命—近代小説と社会学—』岩波新書、一九八一・一〇)

作田啓一は、社会学者。おそらく山崎正和が踏まえていただろうと思われるフランスの思想家ルネ・ジラール『欲望の現象学』(古田幸男訳、法政大学出版局、一九七一・一)の理論を使って、『こころ』における三角関係の意味を解いたエッセイ。『個人主義の運命—近代小説と社会学―』の第三章の1に当たる。

ルネ・ジラールの理論をごく簡単にまとめれば、人の「要求」は（媒介者なしに）自然に起きるが、「欲望」は「主体―媒介者―客体」の関係の中で生まれるということだ。つまり、「主体」の「欲望」は「媒介者」の「欲望」を「模倣」することによって生じるというのである。この図式を使うと、「先生」の恋が実に簡単に説明できてしまう。

「先生」にとってKは「媒介者」、つまりお手本であり同時にライバルだった。「先生」の恋は静の母の「策略」（と「先生」が感じたもの）の前で立ち往生していたので、「「先生」は、たとえ策略のいけにえになったとしても、お嬢さんが結婚に値する女性であることを、尊敬するKに保証してもらいたかったのです。そしてまた同時に、このような女性を妻とすることをKに誇りたかったのです」。

そこで、「先生」は危険を冒してもKを静と近づける挙に出た。その危険とは、Kが静を認めなければ「先生」は静を諦めなければならないし、Kが静を認めれば恋のライバルとなってしまうことを指す。結果として、Kは静を認め、静に恋をして「先生」のライバルとなったが、「先生」はKに勝った。しかし、それは「先生」に新たな不幸をもたらした。

「先生」の結婚後の禁欲僧に似た淋しい生活を、Kに対する彼の罪悪感だけで説明することはできません。「先生」のお嬢さんに対する独占の情熱は、Kがライヴァルとしてあらわれたから燃え上がったのです。「先生」は内的媒介者であるKのお嬢さんに対する欲望を模倣したのです。この内的媒介者がいなくなれば、「先生」の情熱が鎮静するのは当然の成り行きでした。

それゆえ、「先生」の結婚生活は未来への希望の上に構築されたものであるというよりも、過去の行為によって生じた負い目を返すためのものでした。「先生」のお嬢さんへの愛は、モデルでライヴァルであるKの媒介なしには、結婚へ導くほどの力はありませんでした。「先生」はお嬢さんとの関係の中に、Kとのかかわりを持ち込むことによって、お嬢さんとの結婚にみずからを追い込みました。

「「先生」はまず媒介者に依存し、次いで彼から独立しようとした」のだ。Kへの「依存」とKからの「独立」である。しかし、そのプロセスは「先生」自身には充分に自覚されないまま行われた。それは「先生」が、人間は本来自律的であると錯覚する「ロマンチックな虚偽」に陥っていたからだと言うのである。

このエッセイでは、なぜ「先生」には内的な欲望がないのかということは問われていないが、ルネ・ジラールの理論によれば「欲望」とはそもそも他者から与えられるものだということになるし、このエッセイを山崎正和の論文につなげれば、人間はそもそも自我の空虚を抱えている実存的存在だからということになる。

これは社会学の知見を用いて『こころ』を読んだ④型の論文だと言うことができる。

石原千秋「眼差としての他者――「こゝろ」論――」(『東横国文学』第17号、一九八五・三)

「先生」はKの自死について、なぜあれほどまでに深い罪の意識を持たなければならなかったのか。そのことを問おうとした論文である。

論文の書き出しでは「先生とKとの葛藤は、Kの恋によって偶然起こってしまったのだろうか。もっと具体的に言えば、先生はほんとうに善意だけでKを自分の下宿に同居させたのだろうか」と言う。勘のいい読者にはわかるだろうが、「先生」には「K殺しのモチーフ」があったからこそあれほど深い罪の意識を持たざるを得なかったというのが、この論文の結論である。もちろんこの論文の下敷きになっているのは、フロイトのオイディプス・コンプレックス理論だ。

論文では、先生の遺書の、たとえば次のような一節に注目する。「先生」がKを出し抜いて、静の母（奥さん）に静との結婚を申し入れる場面である。

私は突然『奥さん、御嬢さんを私に下さい』と云いました。奥さんは私の予期してかかった程驚ろいた様子も見せませんでしたが、それでも少時《しばらく》返事が出来なかったものと見えて、黙って私の顔を眺めていました。一度云い出した私は、いくら顔を見られても、それに頓着《とんじゃく》などはしていられません。『下さい、是非下さい』と云いました。（下四十五、傍線石原）

問題は言うまでもなく傍線部で、「先生」は他人の視線に過度にこだわる人間のようだ。こういう場面は他にもあるが、視線による他者との関係は、眼差で自分の内面を見すかされるような感覚に襲われ、「先生」の「潔癖」な性格とも相まって非常に不安定にならざるを得ない。その意味では、「先生」は幼いと言うこともできる。

それは父親に早く死なれ、叔父に裏切られた「先生」が大人になる儀式、すなわち象徴的な意味での「父親殺し」を行っていなかったからではないだろうか。「先生」はその「儀式」をKを相手に行おうとするのである。それはKを善意で自分の下宿に引き取ることからはじまった。Kに勝つための仕掛けはお嬢さんの存在だった。「先生」には勝算があったのだろうか。

本ばかり買っている「先生」に、奥さんは着物でも買ってはどうかと勧め、奥さんとお嬢さんと「先生」と三人で出かける場面がある。その翌々日、奥さんと「先生」は静を前にして静の結婚について話し合う。恥ずかしがった静は部屋の隅に行ってしまう。その後ろ姿を「先生」は見ていた。

> その戸棚の一尺ばかり開《あ》いている隙間《すきま》から、御嬢さんは何か引き出して膝の上へ置いて眺めているらしかったのです。私の眼はその隙間の端《はじ》に、一昨日《おととい》買った反物を見付け出しました。私の着物も御嬢さんのも同じ戸棚の隅に重ねてあったのです。（下十八）

これが自分自身の結婚問題についてのお嬢さんの答えだろうし、重ねられた二人の着物は二人の運命の暗示だろう。「先生」にはそれがわかった。そして、お嬢さんを見ている「先生」を、さらに奥さんは見ていたのである。この時、お嬢さんの結婚問題についての答えを、暗黙のうちに三人が共有したのだ。「奥さんと御嬢さんと私の関係がこうなっているところへ、もう一人男が入《い》り込まなければならない事になりました」（傍点石原）。その「男」こそがKである。

これでもう明らかだろうが、「先生」ははっきりした勝算があってわざわざKをお嬢さんに近づけたのである。学問や容貌でかなわないと思い続けていたKに、恋において勝つためにである。それが「先生」の「K殺しのモチーフ」、すなわち「大人」になるための儀式だった。

もっとも、Kは「先生」の「裏切り」のために自死したのではないようだ。Kはお嬢さんへの恋の告白後、「先生」との部屋の襖を二度開けている。一度目はまだ「先生」がKを出し抜く以前、上野で「先生」に「精神的に向上心のないものは馬鹿だ」と激しくなじられた日の晩だったが、このときもし「先生」が眠っていたら、Kはこの晩に自決していた可能性が高い。この晩たまたま「先生」がまだ起きていたので、自決が「先生」が出し抜いた後にずれ込んでしまったと思われる。

だからと言って、「先生」が無実だったわけではない。ナルシシストのKを他者と関わらなければならない恋の場に引き出し、自分が「たった一人」だとKに自覚させたのは、ほかならぬ「先生」だったからである。人は他者を意識しない限り、「孤独」を感じないものだ。これが、「先生」が過剰なまでの罪意識を持つ理由である。これは「先生」とKとの友情を葛藤に読み換えた点で、②型の論文と言える。

私にはこのほかに三本の『こころ』論がある。「『こゝろ』のオイディプス　反転する語り」（『成城国文学』第1号、一九八五・三）、「高等教育の中の男たち　『こゝろ』」（『日本文学』一九九二・一一）、「テクストはまちがわない」（『漱石研究』第6号、一九九六・五）である。このうち「テクストはまちがわない」以外の、「眼差としての他者」を含めた三本は石原千秋『反転する漱石』（青土社、一九九七・一一）で、「『こゝろ』のオイディプス　反転する語り」のみは『漱石作品論集成　第十巻　こゝろ』（桜楓社、一九九一・四）で読むことができる。また、これら四本すべてを高校生でも読めるようにやさしく書き直した『『こころ』大人になれなかった先生』（みすず書房、二〇〇五・七）がある。いまはこの本が一番手に入れやすい。

小森陽一「「こころ」を生成する「心臓《ハート》」」(『成城国文学』第1号、一九八五・三)

『こころ』の「読み」を出しにしたアジテーション、アジテーションのスタイルを採った『こころ』の「読み」の試み。『こころ』研究、漱石研究のみならず、近代文学研究そのものを震撼させた論文だったが、それは『こころ』の大胆な「読み」の更新もさることながら、これまでに書かれたすべての「研究論文」こそがイデオロギーの表明だったことを鮮やかに暴き立てたからだった。

小森陽一の論文はつねにこういう傾向を持つが、これはそれが鮮やかに出ている。それまでの『こころ』論の多くが、たとえば「先生」と青年は「精神的親子」だと意味づけたときにほとんど無意識に依拠してきた「家族」というイデオロギーを撃ち、新しいイデオロギーを対置した論文である。『こころ』論でどれか一編と言われれば、迷うことなくこの論文を挙げる。反発を感じながらも、そう思う研究者は多いだろう。

小森陽一は、それまでの『こころ』論と、『こころ』論者と、国語教育の中の『こころ』を、一気に撃つ。

従来の『こゝろ』の論者は、日本浪漫派から「進歩的」知識人まで、方法や観点の違いはあれ、結局は何らかの形で、「先生」の死を美化せずにはいられなかったのである。かくして『こゝろ』という〈作品〉は、「倫理」「精神」「死」といった父性的な絶対価値を中心化する、一つの国家的なイデオロギー装置として機能することになってしまったのであった。若い読者たちは、「先生」の「倫理」的、「精神」的な「死」の前に跪かされ、萎縮し、自己の倫理性と精神性の欠如を、神格化された〈作者〉の前で反省させられてきたのだ。

そこで、小森陽一は「私」(=青年)が「自らの手記の中に遺書を引用」することで、いわば「私」の書く行為を通して「先生」の遺書を読者に開いていく運動が、『こころ』というテクストだと見る。そして、「私」は「先生」とは書く行為を通して差異的に関わろうとしていると説く。ここで、『こころ』の冒頭の一節を引用しよう。

私《わたくし》はその人を常に先生と呼んでいた。だから此所《ここ》でもただ先生と書くだけで本名は打ち明けない。これは世間を憚《はば》かる遠慮というよりも、その方が私に取って自然だからである。私はその人の記憶を呼び起すごとに、すぐ「先生」と云いたくなる。筆を執っても心持は同じ事である。余所《よそ》々々しい頭文字などはとても使う気にならない。(上一、傍線石原)

この論文が発表されたときには、これが「私」の「手記」だということさえ認めたがらない研究者が少なからずいたが、いま傍線を施したところに注目すれば、まちがいなく「私」自身が書いていることがわかる。さらに付け加えれば、「世間を憚かる遠慮」という一節からは、これが「公開」を前提として書かれた「手記」だということもわかる。

この一節に対する小森陽一の説明を聞こう。

このわずか数行の表現は、その短かさにかかわらず、「下」における「先生」の遺書の表現構造全体を差異化するものとなっている。「先生」は最も核心的な告白を、「私はその友達の名を此所にKと呼んでおきます」（下—十九）と書きはじめていた。まさに「先生」は、自分の心に決定的な刻印を残した親友のことを、「K」という「余所々々しい頭文字」を使って書き記したのであった。

「私」は「先生」の遺書の書き方を「差異化」してはいるけれども、同時に「今—あなた—と—共に在るという二人称的なまじわり」を持っているとも言う。それは相手を「冷たい眼」で「研究」するように見ないことだが、「先生」の遺書こそが「冷たい眼」で「研究的」に人を見た人間の告白だった。それが「先生」とKとの関わり方だった。

「私」はそういう「先生」のようには生きなかった。たとえば、実家の父との関係である。「私」は、死の床にある父を捨てた。

最終的に臨終近い父を捨て、「先生」のもとへ否、たった一人残された「奥さん」のもとへはしることになるのだ。

ここには、父親を捨てることに対し「不自然」さや非合理性を感じるような論者たちの、やわな家族的倫理観を越えた、新たな「血」の論理が獲得されているといえよう。

「私」は「単なる反復者ではなく、その生を差異化する者」だとされる。家族とは、一般的には親から子へ、さらに孫へと「血」が「反復」される集団、いやそのように信じている思想の一形態だと言っていい。小森陽一は、「私」はそういう家族の思想を「差異化」していると言う。それが「他者―と―共に在ること」だというわけだ。

　小森陽一は、「上八」の子供をめぐる対話（特に「子供を持った事のないその時の私」（傍線石原）という表現から、「私」が「手記」を書いている「いま」は「子供」を持っていることが暗示されていると読む）や、「上三十四」のどちらが先に死ぬかといった対話から、「「先生」の「奥さん」に対する「愛」」においては「身体的領域、禁止と欠如の枠に囲い込まれた欲望（性欲と生欲）」が「排除」されていて、その「排除」された関係を「「奥さん」―と―共に―生きること」を選んだ「私」が引き受けるのだと結論する。

　小森陽一の言い方はいわば「寸止め」になっているのだが、要するに「私」が「手記」を書いている「いま」は「奥さん」との間に「子供」がいるということなのである。これがスキャンダルのような反応を生んで、驚きに似た共感を得ると同時に、激しいバッシングにも晒された。

　ただ、小森陽一はあくまで「家族の領土の一員には決してなることのない、自由な人と人との組合せ」と言い、周到に「結婚」という言葉を避け、「「奥さん」―と―共に―生きること」と書いたが、これを「私」と「奥さん」との結婚」と読んでしまった研究者が非常に多かった。いまでも、この『こゝろ』論を語るときに「結婚」と口にする人は少なくない。「結婚」では「家族の領土の一員」になってしまうのであって、決して「結婚」ではない。

　実は、私の「『こゝろ』のオイディプス　反転する語り」も同じ『成城国文学』の創刊号に掲載され、結論部において、静が処女のままだった可能性と、青年（＝「私」）と静（＝奥さん）との性的な関係を暗示したので、同じような共感とバッシングを受けた。現代思想に通じていないと、同じことを言っているように読めたのだろう。

しかし、私はフロイトの理論を枠組にして、「「先生」とK」、そして「青年と「先生」」という具合に、象徴的な「父親殺し」がまさに「反復」されると読んでおり、ドゥルーズ＝ガタリのアンチ・オイディプスの思想を枠組に論じた小森陽一とは思想的には対立していたのだ。それでも、その後かなり長い間に渡って、この二本の『こころ』論をめぐる『こころ』論が書かれ続けた。

その一つに、この「手記」は「公開」(誤解のないように言っておけば、青年が「手記」を「公開」したのはあくまで小説の中の出来事であって、『こころ』を『朝日新聞』に発表したのはもちろん夏目漱石である）されたのではなく、「誰の目にも触れさせず、久しく筐底深く秘していたものといえないか」(佐々木雅發『漱石の「こゝろ」を読む』翰林書房、二〇〇九・四）という意見がある。

この意見を読んだときにはさすがに吹き出してしまったのだが、しかしこれには「読み」という営みに関する重大な問題が内包されていたのである。と言うのは、『こころ』の表現に従って厳密に考えれば、「青年は公開するために書いている」とまでしか言えないからである。この点に関しては、すでに高田知波「『こゝろ』の話法」(『日本の文学』第8集、一九九〇・一二→猪熊雄治編『夏目漱石『こころ』作品論集』クレス出版、二〇〇一・四）がすでに指摘していることに、今回気づいた。

「青年は公開するために書いている」――それから先は、つまり「公開した」とするのは文学的想像力の世界の話なのだ。問題は、「読み」としてその文学的想像力を働かせた論文の語る世界の、どちらが面白く感じられ、どちらが説得力を持つように感じられるかというところにある。遺書の「公開」を契機に青年と静が新たな関係を生きると「読む」ことと、遺書は「久しく筐底深く秘していた」と「読む」ことのどちらが面白いかということだ。それから先は、文学的想像力の世界の強度を競うしかない。

　小森論文は劇的な読み換えで典型的な②型の論文である。この論文にはいくつもバリアントがあって、ちくま文庫版『こころ』（一九八五・一二）の「解説」として書き直され、これが小森陽一『文体としての物語』（筑摩書房、一九八八・四）に収録された。初出形では、漱石の『こころ』からの引用文は文庫からだったが、岩波版『漱石全集』本文に差し替え、「『心《こゝろ》』における反転する〈手記〉—空白と意味の生成—」と改題して小森陽一『構造としての語り』（新曜社、一九八八・四）に収録された。さらに初出形は『漱石作品論集成　第十巻　こゝろ』（桜楓社、一九九一・四）に再録された。現在最も手軽に手にはいるのは、ちくま文庫版である。

押野武志「「静」に声はあるのか—『こゝろ』における抑圧の構造—」（『文学』第3巻第4号、一九九二・一〇）

　これはある意味では「お約束」的に出現した、小森陽一と石原千秋の『こころ』論批判である。小森論文も石原論文も、それまで「先生」の遺書の誠実な受取人としか見られていなかった青年を「読み」の表舞台に引き上げた功績があった。また、その青年と静との関係を未来形で論じたところにも新鮮さがあった。しかし、それはあくまで男たちの物語の側からの「読み」であって、静は「読まれて」いたのかという、フェミニズム批評の要素が入った批判である。この展開は近代文学研究の流れそのもので、だから「お約束」と呼んだのである。

押野武志の問題設定を、具体的に見ておこう。

『こゝろ』における男性相互の対称的コミュニケーションにおいては、「静」は「たつた一人の例外」（下―五十六）として、つまり、共通のコードを持つことが出来ず、男たちとは非対称的な関係にあり、差別されている。（中略）先生があれほど、「静」の純白にこだわるのは、裏返せば「静」は純白ではない、ということを含意《コノート》してしまう。そして、それを認めまいとして、純白という男性が作りだした神話の中に封じ込めようとしている。（中略）言葉を与えられていないために却って彼女は不気味な存在となり、先生は「静」の笑いなり、ポーズなりを実体化・固定化しようと企てることになる。しかし「静」の声は男たちの網の目をくぐり抜けて確実に届いてくる。その声に耳を傾けることで、男たちが何を隠蔽しようとしたのかが露呈してくる。

二、三の注釈を。

「非対称」という言葉は、この時期に柄谷行人が使いはじめて一気に流行した。本来のコミュニケーションや教育は「非対称」な関係においてなされるというのである。言われてみればその通りで、仮にまったく同じ情報しか持っていない「対称的」な関係ならば、対話をしても教育をしてもお互い何ら新しい情報は得られないのだから、それをコミュニケーションや教育と呼ぶのは難しいだろう。したがって押野武志の論述の含意は、男性たちは静とこそコミュニケーションを取るべきだったということになる。

『文学』のこの号は『こころ』特集で、小森陽一も「〈私〉という〈他者〉性――『こゝろ』をめぐるオートクリティック――」で、「先生」にとって青年は「他者」だったのだと論じているが、そこで小森陽一は「非対称」を連発している。柄谷行人が「非対称」とクシャミをすれば、近代文学研究者が「非対称」風邪に罹るといった構図があったのである。

「不気味な存在」とは元はフロイトの用いた用語で、なにも「気味が悪いもの」といった意味そのままではない。これは一般的には「他者」の言い換えだと理解していい。

もうこうなれば結論は見えたも同然で、静は男性たちとは「非対称」で「不気味」な存在なのだから、「〈静〉は他者性を顕在化するトポス」ということになる。あとは、その「他者性」をいかに具体的に指摘できるかにかかっている。

静はKについて具体的に語ることを「先生」によって禁じられている。しかし、静は「然し人間は親友を一人亡くしただけで、そんなに変化できるものでしょうか」（上十九）という疑問を青年に投げかけている。

叔父の裏切り行為も屈折点の一つであろうが、またKの死因がなんであろうと、結局先生は親友が一人死んだだけで変わったのであってみれば、Kの死もまた「静」によって相対化されている。

静の疑問それ自体が、男性たちにとっては「他者性」の具体的な現れだったことになるというのである。そして、静は男性たちの罪の物語にとっても「他者性」（＝ノイズ）を発揮する。

先生もかつてKに対して策略家として振る舞った。御嬢さん＝「静」も同じように、策略家であった。しかし、先生は「おれは策略で勝っても人間としては負けたのだ」（下―四十八）と言う。それを罪と感じているのだ。しかし、御嬢さんには罪の意識が全くない。先生はそれに密かに苛立っているかのようだ。女性の技巧、あるいはコケットリーとは、男が女性に与えた自由であり、逆に言えば、女性はそのような形でしか、無意識的にしろ、自己を表現する事が出来なかったのである。

ここでも男性たちの罪の物語は「相対化」されることになる。女性を抑圧した報いが、こういう形で男性に回帰したのである。「他者」のポジションから、ある種の（つまりは男たちの）共同体を批判しているのだ。近代小説における「他者としての女性」探しは常道の一つなので、これは先行論文批判の模範答案と言うべきだろうか。少しインパクトが弱いが、静からの読み直しなので、②型の論文だと言えよう。現在は、押野武志『文学の権能　漱石・賢治・安吾の系譜』（翰林書房、二〇〇九・一二）、猪熊雄治編『夏目漱石『こころ』作品論集』（クレス出版、二〇〇一・四）でも読むことができる。

『道草』（大4・6・3～9・14）

【梗概】 遠い所から帰って来て大学の教師となっている健三は、学問一筋の生活を送っているが、それが妻お住からは手前勝手で理屈っぽい変人に見えている。一方、健三の目にはお住が理解と同情心のないしぶとい女と映り、お互い求めるところがありながら、夫婦仲はしっくりゆかない。

ある日、一五、六年前に別れたはずの養父島田が健三の前に現れ、以後金の無心をするようになった。健三は過去のいきさつから、厭々ながらも要求に応えてしまう。そのうち、島田と離婚した養母のお常まで現れ、健三から小遣いを受け取るようになる。小遣いは姉お夏にもやっており、兄や義父までもが何かと無心して来るなど、不本意ながらも、健三は親戚中から「活力の心棒」のように思われている。

一方、夫婦仲も悪化し、健三は妊娠中のお住を一夏実家へ帰したこともあった。お住はヒステリーの症状を現わし、それは健三にとって大学の講義よりも大きな問題とも感じられていて、お住を懸命に介抱するときだけ、健三にはお住との深い関わりを実感できる。また、突然の出産に産婆が間に合わず、健三が赤ん坊を取り上げた事件もあった。

まとまった金を無心して来た島田には一〇〇円を渡して絶縁を確約させた。すっかり片付いたと喜ぶお住に向かって、健三は「世の中に片付くなんてものは殆んどありゃしない」と吐き出すように答えた。

【ふつうの読み方】漱石唯一の自伝的小説で、洋行帰りのエリート大学教師に、親戚中が無心するなどして関わってくることに苛立ち、彼らは何のために生きているのだろうといった感想まで持つが、彼らとの関係を絶つことができない。顧みて自分は知識人となるために多くのものを犠牲にしてきたことを悟らされる。そして、結局は彼らと自分とは同じ人間でしかなく、彼らとの関係はいつまでも続くのが人生だという境地に達する。近代知識人が、近親者との煩わしい人間関係の中で、自己の優越性を相対化するまでの物語である。

清水孝純「方法としての迂言法《ペリフラーズ》――『道草』序説――」(『文学論輯』第31号、一九八五・八)

『道草』だけでなく、漱石文学に特徴的な表現方法について考察した重要な論文である。かなり長い論文なので、申し訳ないが、おいしいとこ取りをさせてもらおう。

タイトルに言う「迂言法《ペリフラーズ》」はロシア・フォルマリズムが高く評価した表現方法で、その代表者ボリス・トマシェフスキーの『詩学小講義』という学生用の教科書には、「この比喩の特質は、なんらかの概念を、その名称で呼ぶことを避けるという点にある」と定義されていると言う。これは日本では一般的に「異化」と呼ばれている手法で、ロシア・フォルマリズムでは、こうすることによって意味を理解するまでの時間が余計にかかった方が、表現そのものに注意を払う時間が長いわけだから、すぐれた手法だとされている。

漱石唯一の自伝的小説、自然主義的な要素の濃い小説と言われ、「淡々とした記述」がなされていると思われていた『道草』にこの異化表現が多用されていると、清水孝純は具体的に指摘して見せた。いくつか例を挙げよう。

大きな落ち込んだ彼女の眼の下を薄黒い半円形の暈《かさ》が、怠《だる》そうな皮で物憂げに染めていた。
(四、傍線石原)

これは健三の姉お夏に関する記述。傍線部は「目の隈」と書けばすむところである。

彼はただ厚い四つ折の半紙の束を、十《とお》も二十も机の上に重ねて、それを一枚毎に読んで行く

努力に悩まされていた。彼は読みながらその紙へ赤い印気で棒を引いたり丸を書いたり三角を附けたりした。（九十四、傍線石原）

これは「採点をした」と書けばすむところである。

『それから』にも異化表現は多いが、『道草』にはこの異化表現が非常に多いと指摘している。これは、健三が感じている日常生活への違和感をみごとに表現していると私は思うが、つまりは、健三から日常生活における「通常の意味」が剝奪されていることを表現していると言う。しかも、これは『道草』の方法そのものではないかと言うのだ。

『道草』とは、このような根源的な生の意味の欠如という、中核に空白を秘めた健三の生認識により、その空白を包絡すべく試みられた、全体としてひとつの迂言法《ペリフラーズ》ということになる。

表現方法とテーマとが一致していることを指摘したみごとな考察である。結局、多くの『道草』論はこの健三の「空白」の意味を論じることにほかならなかったのだ。

これは④型の論文で、現在は、清水孝純『漱石　その反オイディプス的世界』（翰林書房、一九九三・一〇）、『漱石作品論集成　第十一巻　道草』（桜楓社、一九九一・六）でも読むことができる。なお、ここでの清水孝純の文章は誤植が訂正された単行本によった。

蓮實重彦「修辞と利廻り――『道草』論のためのノート」（三好行雄編『別冊國文學　夏目漱石事典』一九九〇・七）

ふつうの研究者や文芸評論家には思いもよらない評論だ。タイトルに示されているように、『道草』に用いられた「修辞」と健三の経済的要因とがなんらかの意味で結びついているということを明らかにしている。蓮實重彦のことだから、なぜそうなっているのかは問わない。ただそうなっていると、指摘してみせる。

ただ、この評論が研究者の注目を集めたのは、そういう指摘についてではなかったように思う。大学の教師をしているよりも原稿を書いた方が儲かるという、『道草』における厳然たる事実を明るみに出して見せたことだった。文学が「利廻り」のために選ばれたかのような指摘が、十分な自覚がないまま、文学を金銭とは無縁な崇高な芸術として崇めていた文学研究者を驚かせたのだと思う。少なくとも、私はそうだった。

健三とは、何よりもまず、「首の回らない程高い襟」で全身をこわばらせ、「多くの人より一段高い所に立」ち、また、「赤い印気を汚ない半紙へなすく」ることを日々の義務とした存在なのであり、こうした一連の換喩的な比喩形象が、居心地の悪さ、憐れさ、救いのなさといった概念を想起させるものであることは見落さずにおこう。

清水孝純も「修辞」には注目していたわけだが、蓮實重彦はそれと健三の存在様態とを結びつけている。換喩《メトニミー》は密接な関係にある事物による言い換えであり、隠喩《メタファー》は類似する関係にある事物による言い換えである。蓮實重彦は、このような「修辞」が「利廻り」と結びついているというのだ。

もっぱら換喩的に語られている「職業」がもたらす収入は一家の生活費の支出と正確に等価であるからには、「始終机の前にこびり着い」ていることからいかなる利潤をも導き出しえず、その意味で健三の毎日は、経済的にみても文字通り「首の回らない程高い襟」で自由な身動きを禁じられているように窮屈きわまりないものなのだ。

「換喩的世界にあっての収支決算は、どこまで行ってもゼロのまま」である以上、健三はそれを隠喩的世界へと移行させなければならない。そのきっかけを作ったのが、ほかならぬ健三に強請《ゆすり》のようにして金をせびる養父の島田だったのだ。島田は、健三が昔書いた「反故同然」の証文を一〇〇円で健三に売りつける。健三はそのお金をさる雑誌に書いた原稿料で得た。「「自分の血を啜」るようにして言葉で埋められた原稿用紙と「反故同然」の紙片とが、金銭を介して等価」(「自分の血を啜」るという表現が隠喩的であることに注意したい)だったが、このことが健三に「講義ノートの準備とは異質の執筆行為がもたらす有利な交換の可能性に目覚めさせた」のである。次の引用文中の「帽子を被らない男」とは島田のことである。

島田の存在は『道草』の物語にとって必要不可欠である以上に、健三に利潤を生む書き方を教えた恩人であるとさえいえるだろう。「帽子を被らない男」は、いわば、彼の新たなエクリチュールの起源なのである。

蓮實重彦は「健三にあってのこうした言葉の生誕が、芸術を信じる者の孤独な善意によってではなく、金銭との交換を期待する者の差引勘定によって可能となっている点が『道草』の特異さ」だと言う。これは、「芸術崇拝の思想」をみごとに打ち砕いている。その意味で、単に『道草』論にとどまらずに、「芸術」の物質的基礎を暴き、私たちが「芸術」に持っている「純粋」といった言葉で表現できそうなある種の先入観を撃った評論だった。

これは島田の意味を読み換えた点で②型の論文であり、書くことの意味を再定義した意味において④型の論文だと言える。現在は、蓮實重彦『魅せられて　作家論集』(河出書房新社、二〇〇五・七)でも読むことができる。

吉田凞生「家族=親族小説としての『道草』」(三好行雄他編『講座夏目漱石　第三巻　漱石の作品(下)』有斐閣、一九八一・一一)

『道草』を、知識人が彼に無理解な身近な人びととの人間関係に苦悩する文学ではなく、ふつうに「家族=親族小説」として読むとどういう風に見えるのかを映しだしてみようと試みた野心的な論文である。

吉田凞生の問題設定を聞こう。

『道草』は一つの家族=親族説話と見なすことができる。主人公健三が「帰って来た男」であることはこれまでしばしば指摘されて来た通りであるが、彼が帰って来たのは現実の生活および回想と記憶における家族＝親族の世界であって、それ以外の場所ではない。この世界は無知と我欲に支配され、「頽廃の影」（二十四）と「凋落の色」に彩られている世界である。しかも健三は一時的な滞在者としてこの世界を通り抜けるのではなく、その内側に否応なく組み込まれ、役割を与えられるのである。その役割とは、島田に元の養子として金銭を与えることであり、親族から経済的に頼られることであり、お住には夫として情緒的満足を与えることにほかならない。

説話としての『道草』の主題は、このように暗鬱な家族＝親族世界に対する健三の心的葛藤にある。

したがって、『道草』の物語は健三の気分の「上《あが》り下《さが》り」（五十四）が決定する。『道草』は、健三をめぐる人間関係という縦糸と、健三の気分という横糸が複雑に絡み合って織り上げられていることになる。

吉田凞生は、これを青木和夫の「互恵的交換」という概念を使って説明する。「互恵的交換」とは、第一に金銭のようなハードなものだけではなく、愛情といったソフトが含まれ、第二に契約ではなく、返礼は当然とは考えられてはいるが等価交換ではなく、第三に返礼は間接的で好意のような示し方もあり、第四にこういった事情にもかかわらず社会的規範としては適正な交換となっていることだと言う。『道草』はまさに「互恵的交換」の物語だが、それはソフトな「交換」の側面が伴わないために、円滑に機能していないのである。

私はこれを踏まえて、「健三はより情緒的なレベルでの欠如感のために他者に〈接近〉し、より論理的なレベルでの道徳的な嫌悪感によって他者から〈離反〉するという自己矛盾を繰り返している」（傍点原文、「劇としての沈黙『道草』」『反転する漱石』青土社、一九九七・一一）と考えた。健三は、言ってみれば「淋しいけど、あの人たちは嫌い」という状態にある。これでは関係は膠着するばかりである。

吉田凞生は、ほぼ同じ時期に「『道草』―作中人物の職業と収入」（竹盛天雄編『別冊國文學 夏目漱石必携』一九八〇・二）において、タイトルにあるように「作中人物の職業と収入」について徹底的に調べ上げ、彼らが〈官〉と関係が深い「言わば社会的な血族」ということをつきとめたが、その結論部でこういう問題提起を行っている。

彼等は健三よりも相対的に貧しい。しかし、貧しいということは健三を頼ってもよいということではない。にもかかわらず、島田も岳父も健三に隙を見出してつけ入ろうとする。健三はまた、彼等の眼に映った自己の像が虚像であることを知りつつ、できる限り彼等の働きかけに応えようとする。なぜそうしなければならないのか、彼自身にもそれは明らかではない。〈金銭〉から見た「道草」の最大の主題はそこにある。言いかえれば、本来抽象的で計量可能な金銭という存在が、具象的で計量不可能な〈血と肉と歴史〉（二十四）に転じてしまうことへの嫌悪と愛着である。

「家族＝親族小説としての『道草』」は、この問題提起に対する一つの解答だったようだ。その意味でも、これは④型の論文である。

江種満子「『道草』のヒステリー」（『國語と國文學』一九九四・一二）

『道草』のお住はヒステリーの発作を起こす。それがふだんはギクシャクしたこの夫婦の緩和剤となっていると、語り手は語っている。その語り手の語り方に沿って、私はお住のヒステリーを「非言語的交通《ノンバーバル・コミュニケーション》」（言葉によらないコミュニケーション）だと読んだ。江種満子は、そうではないと言うのだ。

健三は語られる主人公でありながら、ひそかに語り手の内にあって語る健三としても存在し、三人称小説『道草』のなかで二重に一人称的存在性を持っている。そのような語りの構造のなかで、御住のヒステリーは語られている。

お住が『道草』の中で「細君」と呼ばれていることに注意を促したのは東郷克美（「『道草』――「書斎」から「往来」へ」『國文學』一九八六・三）だが、江種満子はこの呼称も語り手の中に健三が入り込んだ結果だと見る。「細君」という呼称は夫と対等ではなく、対等ならば「妻」であるべきだと言うのである。それに現実の健三とお住夫婦は、こういう関係にあった。

開明的な家庭に育ち、しっかりした気性で判断力もあり自己主張もする妻、だが、小学校の学歴しか持たない妻、最高学府で教鞭をとっている学問のある夫、という夫婦間の大きな知的落差のなかで、自身の家庭の経済のみならず、夫婦それぞれの係累から求められる経済的負担の一切までを、夫一人の過重な働きに依存する夫婦関係では、知力・金力ともに夫の優位性は否めず、日常生活に生起する出来事をめぐり、妻の意見はたとえ夫にも妥当と思われる場合でも、夫によって採用されることはなく、夫の意志によって拒絶され封じ込められる。

だとすれば、お住のヒステリーはそもそもコミュニケーションであるはずがないと、江種満子は言うのだ。厳しい批判である。では、何なのだろうか。

彼女のヒステリーは彼女自身の裏返されたアイデンティティへの欲求にはちがいないが、しかしその欲求は、構造としては、夫との権力関係に敗れ、倒錯的に夫の欲望に従うことによって自分の欲望を満たそうとする捩じれた形である。

それを、語り手が誤魔化して「捩じれた」ようには見えないようにしているというわけだ。『道草』のテクスト自体が、ヒステリーを夫婦の権力の戦いとして読ませるにもかかわらず、それを「自然」の摂理に帰着させる語り手の言説は、お夏やお常が自分の利得のためにする巧みな「弁口」と変わるものではない。

江種満子は「女＝社会的弱者」という図式で読む。したがって、こういう結論になる。

女という、権力として弱いジェンダーを内面化して生きなければならなかった存在がこうむる、ジェンダーの病にほかならなかったことを露呈した。

江種論文は、はじめから答えの見えている、やや図式化されたフェミニズム批評だと思うが、批判するなら振り子は思いっきり反対に振り切った方がいい。これを契機に「ヒステリー」という「病」に限らず、『道草』の夫婦関係について再考を促した論文だと言える。これは②型の論文である。最後に、江種論文とは相容れない論文を紹介しておこう。

藤森清「語り手の恋──『道草』試論──」(『年刊　日本の文学』第2集、一九九三・一二)

すてきなタイトルだが、内容は大胆不敵である。実は、藤森清も江種満子のように、『道草』においては語り手と健三とをはっきりわけることができないのではないかと疑問を投げかけている。これも東郷論文を踏まえて、こう言っている。

『道草』の地の文では、健三の妻御住は「彼女」という代名詞で呼ばれる以外「細君」と呼ばれている。この「細君」という呼称に代表される、『道草』の地の文の呼称の体系は、その関係の中心に位置し作中人物と実体的な関係をもつような語り手を想定させてしまっている。

藤森清ははっきり言っていないが、「その関係の中心に位置し作中人物と実体的な関係をもつような語り手」とは健三その人だろう。しかも、藤森清はこの語り手が奇妙な振る舞いをしていることを「発見」しているのである。藤森清は、健三の養父母島田とお常の結婚生活を壊した、島田とお藤との関係について健三お住夫婦が話題にする、次のような場面に注目する。

「一体あの人はどうしてその御藤さんて人と――」

細君は少し躊躇した。健三には意味が解らなかった。細君は云い直した。

「どうしてその御藤さんて人と懇意になったんでしょう」

御藤さんがまだ若い未亡人であった頃、何かの用で扱所《あつかいじょ》へ出なければならない事の起った時、島田はそういう場所へ出つけない女一人を、気の毒に思って、色々親切に世話をして遣ったのが、二人の間に関係の付く始まりだと、健三は小さい時分に誰かから聴いて知っていた。然し恋愛という意味をどう島田に応用して好《い》いか、今の彼には解らなかった。

「慾も手伝ったに違ないね」

細君は何とも云わなかった。（六十一）

この場面での語り手は、「然し恋愛という意味をどう島田に応用して好いか、今の彼には解らなかった」という具合に、わざわざ「今の」と語ることで「この文は、この時の健三には解らなかったことを、この語り手が語っていますよ」とでも言いたげに、「語り手の存在を顕在化」させている。語り手は、自己顕示しているのだ。これをどう理解すればいいのだろうか。長くなるが、藤森論文の中核部分なので引用しておこう。

この件では、語り手はその介入によって読者に御住の抑圧を読む視角を与えてくれる。フロイトを持ちだすまでもなく、御住の「躊躇」と「いい直し」という行為から御住の抑圧を読みとることは容易であろう。語り手はその抑圧の正体を「恋愛といふ意味」と言いあててみせるのである。島田と御藤の関係は、島田御常夫婦の結婚の外で生じその結婚を壊す原因となった関係、つまり結婚という制度に対立するものとしての「恋愛」である。御住は話し手である自分と聞き手である健三の間にそのような関係を問うことが憚られるような抑圧を共有していると暗黙のうちに感じているのである。言い直せば、御住は健三が彼女を表面的には夫婦関係における妻という役割に閉じこめようとする傾向をもつために、「特有な因果関係」をもった男と女という関係として、つまり結婚に対立する「恋愛といふ意味」で自分たちの関係を考えることを抑圧している。二人はそれを「冥々の裡に自覚してゐた」のである。

語り手は、こうして二人の間にある抑圧に気づかせることによって、御住の問が御住と健三の関係に対する自己言及性を持つことを示してみせる。このコンテクストが、「恋愛といふ意味を何う島田に応用して好いか」という疑念を、「恋愛といふ意味」をどう健三と御住の関係に応用していいかという疑念に反転させるのである。ただし、確認しておけば後者の疑念は、その時の健三には意識されることのない可能態としてだけあった疑念であり、それを自覚できているのは語り手だけなのである。

自己顕示した語り手が、この場面でお住が「恋愛」の一言を言い出せなかったことを暴いている。お住が言い出せなかったのは、自分と夫との関係において「恋愛」という言葉を使っていいものかどうか迷ったからだ。このお住の心理を知っているのは語り手だけである。そして、『道草』において「恋愛」という言葉は「健三と御住の関係によってしか定義できない」。もし『道草』に「恋愛」という言葉が使えるなら、それは健三とお住との関係をおいて他はないということだ。

　語り手は、またこういうこともしている。健三が勤めから帰ってきたとき、お住はうたた寝をしていた。そこで語り手は「御住という名前さえ呼ばなかった」（三十）と、健三のしなかったことを語るのだ。『道草』のなかで、語り手が「お住」の名を呼ぶのはここだけだ。健三にとっては「細君」だが、語り手にとってだけはその女性は「お住」なのである。それは「お住」が語り手にとって特別な「この人」であることを示している。

　藤森清はそれを「語り手の恋」と呼んだのだ。そして、それが『道草』の唯一の「「自伝的」な要素」だとしている。藤森清はそれ以上は言わないが、これが「漱石の恋」であることはあからさまに暗示されている。かなり手の込んだ論の運びだが、言説分析としてみごとな成果だと思う。「漱石の尻尾を捕まえた」といった趣だ。健三がお住によって「相対化されている」などといった公式通りの「他者としての女性」論よりも遥かに魅力的だとも思う。

　これは④型の論文だが、同時に②型の論文でもある。現在は、藤森清『語りの近代』（有精堂、一九九六・四）でも読むことができる。

『明暗』（大5・5・26〜12・14）

【梗概】会社員の津田由雄と妻のお延は、結婚後半年程経つ夫婦。話は、津田の痔が再発し、入院手術を受けることになったところから始まる。

津田はその費用のあてがないまま入院してしまうが、夫婦の贅沢を快く思っていない父からは月々の送金を止められ、妹のお秀とは大喧嘩をしてしまう。津田がお延に甘いのは、見栄ばかりではなく、お延が社長吉川の知人の姪だからであり、また、以前に振られた清子への未練という弱味があるからでもあった。

それに感付いている一人、旧友の小林は、津田やお延にそれとなく臭わせるなどして津田から朝鮮行きの餞別をせびり取る。やはり同じ考えを持つ仲人の吉川夫人は、清子が流産の予後を養っている温泉に、手術後の療養の名目で行って、心変わりの理由を聞いて未練を晴らすようにと津田に旅費を渡した。さらに夫人は、その間にお延を妻らしく「教育」するとも言う。

この頃には、お延も津田の過去にはっきりと女の影を感じ取るようになり、それをお秀から聞き出そうとするが、果たせない。一方、津田は身心に不安を残したまま温泉に赴き、ついに清子と対面した……。

【ふつうの読み方】漱石文学の中では珍しく「俗物」である津田を主人公とした『明暗』は、彼が妻のお延を中心とした人物から徹底的に相対化される物語である。また、見栄っ張りの夫婦である津田とお延は、互いの日常生活の中でエゴを剝き出しにし、まるで心理戦のような毎日を送っている。一見平凡に見える夫婦の日常に潜むエゴを「則天去私」の境地から鋭くえぐり出し、最後にその「則天去私」の境地を体現したような女性清子が登場することで、津田の病んだ精神にも「根本的手術」が施され、お延も虚栄心とは無縁の主婦として教育され、ある種の「救い」を希求するとも感じさせる、未完に終わった大作である。

藤井淑禎「あかり革命下の『明暗』」(『立教大学日本文学』第65号、一九九一・三)

『明暗』は心理劇の様相を呈しているという見方は常識だと言えるが、その心理劇がどのような物質的条件から可能になったのかを提示した、多くの『明暗』論の虚をつくような論文である。その物質的条件とは、明治の終わりから起きたタングステン電球の普及による「あかり革命」だと言うのだ。「漱石晩年の傑作群」は「あかり革命下に生きる同時代の読者たちに向けて次々と送り出されていった」という指摘は重要だ。

藤井淑禎は「『明暗』ほど表情のクローズ・アップが多く、かつそれが重要な意味を担わされている作品も珍しい」として、そうした場面を検証した後にこう言っている。

表情が心の動きの表現であるのは当然だが、それよりも何よりも、今見てきたようなことが可能であるためには、クローズ・アップの描写、注視し詮索する相手人物の設定もさることながら、夜の場面においては、あかり革命の完成こそがすべての大前提であったといわねばなるまい。現に、今あげた箇所のほとんどは夜の室内の場面なのだけれども、かりにこれがおぼつかない燈火のもとであったとしたら、お延の思わせぶりな小細工も津田の懸命な努力もことごとく無効になってしまうだろう。はじめにまずあかり革命ありき、なのだ。

しかし、電燈の明るさがそのまま心まで明るくするとは限らない。藤井淑禎はそういう機微を見のがさない。『明暗』五十七章に、津田が入院していなくなった家に、お延が帰って来る場面がある。

下女は格子の音を聞いても出て来なかった。茶の間には電燈が明るく輝やいているだけで、鉄瓶さえ何時ものように快い音を立てなかった。今朝見たと何の変りもない室《へや》の中を、彼女は今朝と違った眼で見廻した。薄ら寒い感じが心細い気分を抱擁し始めた。その瞬間が過ぎて、ただの淋しさが不安の念に変りかけた時（後略）

この場面についてのコメントはこうだ。

明るく輝く電灯に照らし出されることによって無人の室内はその淋しさを浮き彫りにされ、それはただちに、夫婦睦まじく過ごした過去のある日の茶の間での満ち足りた情景を想い起こさせずにはおかない。現在の淋しさと過去の幸福感とは互いに相手を強めあい、そのコントラスト、落差がお延を心細さへと、不安へとひきずりこむのである。

明るく輝く電燈がお延の「淋しさ」を際だたせてしまうこの場面は、まさに「あかり革命」以後の世界、「あかり革命」以後の感性だろう。

藤井淑禎は「光と闇のコントラスト」は、『明暗』全体の構図だったのではないかとも言う。『明暗』について「明暗双双」とはよく言われることだが、そういった思想上のレベルだけではなく、物質的基礎として「あかり革命」を指摘したところにこの論文の面白さがあった。それにとどまらず、「相反するものが、にもかかわらずお互いを打ち消し合うこともなく同時に存在しうるのだという〝思想〟、それこそが『明暗』の眼目」だとも言う。平凡だが、大切な思想だと思う。

こう言う藤井淑禎が、「「明暗双双」の浮上、といったような事件を前にすると、従来問題とされてきたようなおはなしが俄然色あせてみえてくるのは、如何ともしがたい」（傍点原文）と言うのは奇妙だ。少なくとも、現代のほとんどの読者は「あかり革命」のことは知らなかったわけで、だからこそこの論文が書かれた意味もあった。「あかり革命」に驚く読者も「おはなし」を楽しむ読者も「同時に共存しうる」ような「思想」は、『明暗』の「思想」ではあっても、藤井淑禎の「思想」ではないということなのだろうか。

これは典型的な③型の論文で、現在は、藤井淑禎『小説の考古学へ　心理学・映画から見た小説技法史』（名古屋大学出版会、二〇〇一・二）、『漱石作品論集成　第十二巻　明暗』（桜楓社、一九九一・一二）でも読むことができる。

石原千秋「『明暗』論―修身の〈家〉／記号の〈家〉―」（『解釈と鑑賞』一九八八・一〇）

「一流の俗物」（荒正人）とまで言われた津田由雄から、妻のお延が「家」の思想を離れた「感謝」の言葉を受けることができるのかどうかが『明暗』の結末の問題だとする、「家」の枠組から読んだ論文である。

明治三一年に公布・施行されたいわゆる明治民法は、封建的な家族道徳を制度として規定したために、まがりなりにも個人という概念を用いざるを得なかった。たとえば、家督の長男単独相続がそれである。家督という財産に還元できない「家」を、長男という個人に相続させるからである。実の親に育てられなかった津田・お延夫婦は家族道徳から少し離れた地点で大人になったわけで、それだけにこの明治民法の規定の矛盾を生きることになってしまった。

お延は当時憧れの存在だった主婦だが、「〈家庭〉に取り残された主婦の「孤独の感」（五十七）を、日常生活の一齣として諦めることができない」。そこで、家庭を劇場空間のようにしてしまう。

お延は、それが女の手腕＝「女として男に対する腕」（四十七）だとばかりに、「非常に能く働」（四）く眼にこの特徴を絞り込んで、都市の人間関係を〈家庭〉の中に持ち込んでしまうのだ。それは、「日常瑣末の事件」を意識的に対象化し、「手腕」として方法化することなので、ルーティン・ワークであるはずの家事労働は、演技《パフォーマンス》として異化されてしまうのである。彼女が「主婦として何時も遣る通りの義務」（五十八）を自分の「親切」と感じるのはそのためでもあるが、これは、〈家族〉である津田を他者にしてしまいかねないきわどいやり方だ。

「ルーティン・ワーク」が「親切」に変わるとき、お延は津田からの「感謝」の言葉を期待するだろう。しかし、津田はそういう「感謝」を口にする人間だろうか。明治民法は、先に触れたように長男単独相続を規定し、親族の間に扶養の「義務」を課した。後者は、まさに家族道徳を制度化した規定である。そこで、こう思う人間がいても不思議ではない。

津田から見れば、節約や自立の美徳を説いて送金をケチろうとする父や、その父からなすり付けられた「義務」を「親切」に言いくるめようとするお秀は、偽善者以外の何者でもないからである。

津田は明治民法の規定を徹底的に利用しようとしている。しかも、「津田は藤井夫婦に育てられながら、岡本夫婦に育てられたお延を嫁にすることで、「上流社会」へと成り上がって行こうとしている」人間だ。つまり津田は、「家」を家族道徳によって結びついた共同体などとは考えずに、制度として徹底的に利用することのできる、「家」の外部の人間なのである。津田の作り上げた人間関係のルートは「家」を利用してはいるが、家族道徳とは無縁だから、小林に利用されて金を巻き上げられてしまう。

『明暗』の登場人物たちはそれを見抜いている。だから、津田には「兄さんらしく」とか「男らしく」とか「夫らしく」といった「〜らしく」道徳を求める。「〜らしく」道徳とは、「中学生らしく」などといった言葉を思い起こせばわかるように、保守派の道徳観である。温泉場で清子と会った津田は、この「〜らしく」道徳とどう折り合いをつけるのか。たとえば、「男らしく」振る舞ったりするのだろうか。それとも、津田個人として振る舞うのだろうか。どちらの振る舞いをするかで、お延への「感謝」の言葉の質が変わってくるだろう。

以上は、特権を行使して、この論文では暗示的にしか書かなかったこと（書けなかったこと）を、はっきり書いてみた。徹底して「家」の枠組から読んだのが取り柄である。これは④型の論文で、現在は、石原千秋『反転する漱石』（青土社、一九九七・一一）、『漱石作品論集成　第十二巻　明暗』（桜楓社、一九九一・一二）でも読むことができる。

飯田祐子「『明暗』論―女としてのお延と、男としての津田について―」（『文学』第5巻第2号、一九九四・四）、「『明暗』論―〈嘘〉についての物語―」（『日本近代文学』第50集、一九九四・五）

ほぼ同時期に発表された二本の論文は、その後飯田祐子『彼らの物語　日本近代文学とジェンダー』（名古屋大学出版会、一九九八・六）で一つの章にまとめられたので、ここではこの単行本の論文「『明暗』〈嘘〉の物語・三角形の変異体」を取り上げよう。

飯田祐子は「『明暗』は、〈嘘〉をめぐって、彼らが前提とする対称的なコミュニケーションという幻想の崩壊を語るテクスト」だと読む。「彼ら」とは、もちろん津田とお延である。そもそもこの二人は「〈嘘〉つき」だという。なるほど、この二人は〈嘘〉を肯定しさえしている。

津田の〈嘘〉は、「承認された解釈コード」のもとで効果を引き出すためにつくもので、相手をコントロールするために用いられるから、常にメタレベルに立とうとする。お延も彼女が育った岡本の家で、「語り方についてのコード」を学んでいる。問題は「語られた内容」にはない以上、「語り方」さえ守られていれば、それが〈嘘〉であってもかまわないわけだ。

ところが、こういう「対称的なコミュニケーション」を揺るがす人物、すなわちコミュニケーションの「非対称性」を露呈させる他者が現れる（またもや、「非対称」風邪が流行っている！）。一人は小林で、彼は津田やお延の解釈コードをわざと無視して、自分のコードで語る。その結果、解釈ができない「硬直したディスコミュニケーション」の状態が生じる。もう一種類の他者は女たちである。独自の解釈コードによって言葉のやりとりというゲームを行っている男たちに対して、（お延以外の）女たちは「事実」を持ち出してくる。これでは、すれ違うだけである。

こういう状態が『明暗』の「前提」だと、飯田祐子は言う。

『明暗』の物語進行によって津田とお延にとってはもっと深刻な事態が起きる。たとえば、津田は父に毎月援助してもらったお金をボーナス時に返済することになっている。しかし、これは津田にとってはいわば口約束であって実行が伴わないのはむしろ当然のことだった。周囲もそう思っているものと想定していた。ところが、それは「親子だって約束は約束」という周囲のコードによって〈嘘〉となってしまう。津田は解釈コードをコントロールすることに失敗したのだ。しかも、お延が〈嘘〉つきから離脱してしまう。

「「誰でも構わない、自分の斯うと思ひ込んだ人を飽く迄愛する事によつて、其人に飽迄自分を愛させなければ已まない」／彼女は此所迄行く事を改めて心に誓つた。此所迄行つて落付く事を自分の意志に命令した」（七十八）。そのような意味で（お延が彼女の理想に向けて動いていること―石原注）、この一節は、純粋な「愛」への信仰を表しているのではない。ここでお延は、明らかにすれ違っている津田との関係を動かし、「愛」という言葉へ〈現実〉を一致させていくことを宣言しているのである。「誓」いとは、言葉が絶対の力を持って〈現実〉を引き寄せる行為にほかならない。彼女はそれを「自分の意志に命令」する。そのとき言葉は「嘘」であってはならないのである。

飯田祐子は、こういう「変容」するお延に「可能性」を読む。要するに、『明暗』は固定した「解釈コード」がお延という一人の女性によって壊されていく物語だと、飯田祐子は読んだのだ。『明暗』を徹底して言葉のドラマとして読んだ点で、ユニークな位置を占める論文だと思う。ただ、飯田祐子の論文は言説分析が十分ではないし、あえて言うが、悪文家だとも思っている。いつも論点は面白いのだから、何とかならないものだろうか。これは②型と④型の論文だと言える。

池上玲子「女の「愛」と主体化　『明暗』論」（『漱石研究』第18号、二〇〇五・一一）

これは「お約束」のフェミニズム批評だが、ひと味違っている。それはこの論文が、お延を肯定する論文の「夫と対等な位置から妻が声を発することができれば平等であり、主体的に行動すれば解放であるといったナイーブな近代主義」を撃つことに目標を設定しているからである。

大正期の主婦は「そうであるものから、憧れてなるもの」（傍点原文）に変化したが、その一人であるお延には、この時代の女性として「性別役割へと接続する〈良妻賢母〉的な「愛」と、性別役割から切断する〈新しい女〉的な「愛」という反対のものが併存している」と言う。この二つの「愛」をどのように変えていくかが『明暗』の物語だというわけだ。

「資本制の原理を内面化」しているお延は、こういう認識を持っていた。

新しい主婦が、資本主義の発達によって、夫単独の収入で家計を支えうることによって成立した華やかな職業である反面、妻の行う家事、性、愛を含めた奉仕が自己を商品として売ることに他ならないことに、お延は意識的であった。

そこで「お延は、「親切」という名のこちらからの「愛」にたいして、「報酬」という名の相手からの「愛」を求めるのである」。これは、現在の社会学で「感情労働」と名付けられたものに近い。マクドナルドの店員の笑顔も「感情労働」なのである。お延の「親切」がある種の「感情労働」であることは言うまでもないだろう。

ここまでは、公式通りのフェミニズム批評である。問題は、お延が津田との関係に「非対称性」（ハクション！）を感じとっているところにある。そこで、お延は未来へ自己を賭けるが、たとえば彼女の「千里眼」は「男の眼の力によって認定されることによってしか自身を証明できない矛盾したもの」でしかない。

また、津田の「愛」を感じられないお延は、京都にいる両親に自分がいかに「幸福」であるかと手紙を書くが、これはまだ手に入れていない理想の未来への「契約書」のようなものだった。それは、お延が「語る「私」（現在）を、語られた「私」（理想の未来）へと近づける無限運動を、自分の「意志」に命令している」ことになる。それは、こういう事態を招く。

お延が投げかける言葉は、お延自身の存在を否定する方向へ機能する。そして、自己否定こそが主体化を駆動させる契機なのであった。お延が主体的な意志をもつことは、〝解放〟をもたらすどころか、無限の未来に向けて自己を鍛錬しつづける勤勉な近代の主体へとお延を導いていくのである。そして、お延にとっての鍛錬とは、夫の意志を自分の意志として生きる「愛」の実践であった。

『明暗』の可能性とは、自らの声を発するお延という女の主体性にあるのではない。そうではなくて、女性が主体的であることが、いかにシステムを補完する主体への〈従属化〉と密接に結び合わされているかを暴露している点にあるのである。

したがって、お延にとっての「『明暗』とは、自己の眼が気づく津田の、結婚生活での個々のノイズを封印し、自己の意志によって自らを夫に従属する主体へと教育していく物語」と読む。女が理想の主体を形成することがむしろ男への従属を生んだという結論は、営利を禁じる精神が実は資本主義の誕生に寄与していたと説く、マックス・ヴェーバー『プロテスタンティズムの倫理と資本主義の精神』を思わせる。この「逆説」的な構造の「発見」がこの論文の眼目である。その意味で、公式フェミニズム批評とは一線を画している。これは②型の論文である。

長山靖生「不可視と不在の『明暗』」(『漱石研究』第18号、二〇〇五・一一)

英文学者の富山太佳夫に「漱石の読まなかった本　英文学の成立」(『ポパイの影に　漱石／フォークナー／文化史』みすず書房、一九九六・一)という、日本文学の研究者にはまず書けない秀抜な論文がある。イギリス留学中の漱石が、書店ではすぐに目に付いたはずなのに、どうして

、、、、、、
この本やあの本を買わなかったのかという指摘なのだ。そこから、漱石の「英文学」の特質を明らかにする試みだ。この「不可視と不在の『明暗』」もそんな趣のある『明暗』論である。
長山靖生は、まず津田が「弱者」であることを最大限に利用しているから「品性」を欠いた人物なのではないかと、私たちの度肝を抜く。

少なくとも津田という人物は、健康を損なうことで「弱者」という立場を獲得し、この状況を利用することで、自らの欲望を正当化する術を持っていた。もし津田が弱者でないのなら、職を得て妻を持ち一家を構えながら、親からの仕送りなしには一ヶ月の生活も立ち行かないことは、畢竟、彼の責任となるだろう。だが病気による入院、その後の転地療養という「不測の事態」が生じたからこそ、彼がその都度必要な金を他人から引き出してみせることは彼の自尊心を傷つけず、社会的にも公然と非難されるまでには至らずに済むのだ。

多くの研究者は津田は「俗物」だと言ってきたが、「弱者」だったとは気がつかなかった。それは津田が東京帝国大学出身のエリートサラリーマンだったからだろう。しかし、一時的にせよ、津田は弱者なのである。なるほど、この時もし津田が病気でなかったら、同情するものはいなかったかもしれない。いや、少なくとも同情する振りをして彼を援助するものはいなかったかもしれない。「弱者」であることが、津田にお金が集まる前提だったのである。
次に長山靖生が私たちを驚かせるのは、『明暗』には書かれなかったことがあるという指摘だ。

『明暗』には書かれていないことがたくさんある。(中略) 何より気になるのは、大正四年の晩秋を舞台に設定していると思しい『明暗』のなかで、大正天皇の即位礼大典がまったくふれられていないことだ。

長山靖生は、書く場面はいくらでもあったことを指摘する。しかし、実際にはまったく書かれていないのだ。

ここには書かないことによって、暗に何事かを批判する者の視線があることを感じずにはいられない。

日本が世界に誇る映画監督小津安二郎の映画には、戦時中にもかかわらず軍人がまったく登場しないことが指摘されたことがある。これが小津の軍国主義批判であることは明白だろう。それと同じことが言えそうなのだ。

長山靖生は、やはり『明暗』には書かれなかった津田の父の「物語」を想像し、明治に生きた父の世代と大正期に生きる津田の世代とを比較する。たとえば小林――。

富裕層の在り方に批判的な小林もまた、大陸への利権を自明のものとしているからこそ、その利権を前提として朝鮮に然るべき収入の道を求めて旅立とうとしている。放恣に生きようとする青年たちは進んで制度に密着し、からめ取られていく。まるで彼らの欲望自体が、制度によって喚起され、管理されているかのようだ。

最後に、長山靖生はお延の「愛」の在り方に疑念を提出する。

お延が目指す「愛させる」という強制もしくは誘導の結果が「絶対」的であり得るかという問いを喚起するところに、既に『明暗』のひとつの企みが潜んでいるかもしれない。これは国家によって仕向けられた「愛国」や「忠勤」が、本当に自発的で絶対的なもの足り得るかという問いをも引き出す危険な問いなのではあるまいか。

漱石は書かなかったのか、書けなかったのか。新聞小説家としての職業観もあっただろう。しかし、長山靖生の論文を読んでいると、書かなかったことによって書いていることがどれほど多いかに気づかされる。たとえば『明暗』という小説の向こうには、書かれなかったことで書かれた広大な世界が広がっている。私たちは漱石文学を読んできたのか、読んでこなかったのか。痛切な問いが突きつけられている。これを何型の論文というのはもう止めておこう。

あとがき

私自身の世間知らずと思い上がりをさらけだすようだが、あえて書いておこう。

私が初めての漱石論集『反転する漱石』(青土社)を刊行したのは、一九九七年だった。もう四〇歳を過ぎていた。初版は二七〇〇部だった。私の漱石論が学会で評価されていたかどうかはともかく、少なくとも話題にはなっていたから、ほどなく増刷されるものと思いこんでいた。ところが、実際には初版が売り切れるまでに数年を要した。そして、絶版になった。

その時私は、学会という世界の狭さを思い知らされた。また、学会向けの文体や書き方が自己満足にしか過ぎないことを思い知らされた。学会は世間とは違うことにようやく気づいたのである。文学研究が学会の内部で閉じられている以上、世間が相手にしてくれないのはあたりまえのことだ。それから、私は自分の文体を変えた。世間に向けて書くように心がけるようになった。自分の読み方を多くの人に知って貰いたかったからである。これは、まず自分のためだった。しかし、もう遅かったのかもしれない。

そもそも文学部が昭和四〇年代に拡大したのは女性の急激な大学進学率の伸びの受け皿としてだったし、日本の経済が右肩上がりで、文学部でも就職できたという条件があったからでもある。この時期に、文学部は文学部の内部だけで言葉のやりとりができる、いわば自給自足できるだけの規模を獲得したのである。研究者は学会と文学部に向けて言葉を発していればよかった。それは世間という「外部」を持たない文学部を生きる感性だと言える。文学研究にとって幸福な時代。しかし、それはいまや戦後史の一齣に過ぎなかったことが明らかになった。

近年文学部の衰退傾向が顕著だが、それはある意味では「政治的正しさ」（雇用における男女の差別撤廃）の結果である。一九八六年に施行された男女雇用機会均等法以後、徐々にではあるがそれまでと比べて女性の就職の機会と社会的成功の機会が確実に増えたために、家政学部と文学部と教育学部に閉じこめられていた女子学生が他の学部に進出するようになったからである。文学部は次々と四文字学部に改組されていった。もちろん、その間の好景気の影響もあった。

逆に、その後の不況は「文学部では食べていけない」状況を生み出した。その結果、文学部の勢いは急速に失われた。ひとたび「政治的正しさ」が実現すれば、好景気でも不景気でも文学部は衰退する運命にあったのである。これが、現在文学部が置かれている物質的基礎だ。

現在でも、文学は広く読まれている。しかし、文学部はしだいに必要とされなくなってきた。こういう危機意識ならほとんどすべての研究者が持っているはずだ。単なる既得権の確保のためではなく、文学部に現代的な存在意義があると考えるなら、それを社会に向けて発信していかなければならない。研究にしかできない仕事があることは否定しないが、学会向けの自己満足と言うよりは自家中毒と呼んだ方が適切な文体はもう通用しないだろう。

文学部は必要がないなどとは思わない。文学という文化の記憶の場として、是非必要だと思っている。しかしいまになって思えば、一九八六年以降、文学部は構造的に危機に瀕するようになったのである。そういう形で危機意識を自覚した方が、文学研究者の文体は早く外部に開かれたかもしれない。文学部での教育はこれまでの研究の蓄積を踏まえてキッチリ行うべきだが、研究の成果を公開するときには開かれた文体が求められる時代になったということだ。私は教育学部に所属しているが、教えているのは近代文学である。文学部の問題は決して他人事ではない。学会は文部科学省の大学院拡充政策（愚策である）を受けて、若い研究者（大学院生）の入会で膨張し続けている。しかし、彼らの就職先がない。私たちから上の世代は幸福な時代に職を得て既得権の上にあぐらを掻いているだけにすぎないことが明らかになった。それならば、文学研究の成果を世間に開いていくのが私たちから上の世代に課せられた義務ではないだろうか。

「あなたの書くものは迷惑なだけだ」という声が聞こえるようにも思う。「あなたに漱石研究を代表してもらいたくない」という声はもっと聞こえるように思う。漱石研究を代表してなどいないことは言うまでもないが、それでも私は「学会ではこんなに面白い読み方が試みられていますよ」と多くの人に伝えたいと思っている。しかし、その「面白い読み方」が「商品」にならなければ意味がない。「はじめに」に書いたことを繰り返すが、だからこの本は「面白い読み方」の「商品カタログ」になることを夢見て書かれたのだ。

なぜ私などが「商品カタログ」を書こうと思い立ったのか、その経緯と思いをこうして正直に告白しておく。科学には上質なサイエンスライターが何人もいる。文学にもそういう人がいてくれればと思う。そうすれば、私などが下手な「商品カタログ」を書かなくてすむのにと思う。

もっとも、この本を書くことで漱石研究の流れを復習し、新たに学んでもっとも得をしたのがたぶん私自身であることは言うまでもない。気になったのは、この一〇年ほどの漱石論の質が確実に落ちていることだ。力のある研究者が漱石文学を論じて実力を試す時代が終わった、という感慨もあった。ただ「はじめに」でも書いたが、それにしても紹介したくてもできなかった論文が多すぎた。紹介できた喜びよりも、紹介できなかった悔しさの方がはるかに強く残った。漱石研究という大海に漕ぎ出して、ほぼ沈没してしまったような感じが残った。

最後に老婆心（というほどの年齢でもないが）から三つのことを書いておこうと思う。ようやく下火になってきたが、カルチュラル・スタディーズ系、ポスト・コロニアル系の論文にはずいぶんあらっぽいものが多かった。調べるのは結構だが、文化的背景、時代的背景を書き込めばそれだけで論文として成立していると思いこんだ安易なものが多かった。そういう文化的背景や時代的背景が小説の中でどのように語られているかを分析するのが「読み」の論文の仕事である。文化的背景や時代的背景を知りたいのなら、歴史の本を読めばすむことだ。

調査には時間がかかるだろうが、時間をかければすぐれた論文が書けるなら苦労はない。これはどんな研究にでも言えることだ。文化的背景や時代的背景に関する情報を小説の言葉と関連づけられなければ、文学の「読み」に関する論文にはならない。調査に時間をかければそれだけで達成感があるだろうし、植民地問題に触れたりすると自分が政治的に正しい立場にあるようないい気分にもなれるだろう。

しかし、「たしかに植民地の地名が書き込まれてはいますが、それは小説の中でどのように機能しているのですか?」と聞きたくなることがある。極端に言えば植民地論ではあっても漱石の小説論ではないのだ。そういうレポートや論文には「情報の羅列にすぎない」とか「政治的なプロパガンダにすぎない」といった批判がなされてもしかたがないと思う。それが文学研究ではないとは言わないが、それだけが文学研究ではない。

一方、「読み」に関する論文は感想文程度のものやストーリーのまとめ程度のものや研究史をまとめただけのものや定説に一票入れただけといったものが少なくなかった。才能がないのではなく、勇気がないのではないかという気がしてならない。その中で、「読み」の枠組がはっきりしていて、小説の言葉を論文の言葉にきちんと「翻訳」できていて、新しい「読み」の喜びを与えてくれる論文を選んだつもりである。ところが、そこにも落とし穴がある。

それは、それぞれの論文で引用したのはその論文のいわば「決め言葉」の部分、一番かっこいい部分にすぎないということだ。この「決め言葉」を言うために、地道な調査や詳細な言説分析や文学理論と現代思想を身につける努力がある。その中でも、特に難しいのが本文の表現の分析＝言説分析なのである。

学生や大学院生には、このもっとも難しい言説分析を避けて、あるいは逃げて、「決め言葉」だけを並べたようなレポートや論文を書く人が少なくない。そういうレポートや論文には「理論の祖述にすぎない」とか「西洋の文学理論を当てはめただけ」といった批判がなされてもしかたがないと思う。

あえて言うが、この本で紹介した論文のなかでも、そういう「決め言葉」だけというものが決して少なくはなかった。たとえば、「たしかに「貨幣」はそういう機能を持つだろうが、漱石の小説において実際に「貨幣」がそのように機能していることを分析できていますか？」とかと聞きたくなることがある。

これらは、極端に言えば「貨幣」論ではあっても漱石の小説論ではないのだ。理論的なことを書けば頭がよくなったような気分になれるだろう。漱石の小説から類推して妥当性がありそうだと思ったものを紹介したが、論文としては失格に近いと言っていい。だから、レポートや論文を書く準備をしている人は、まず言説分析をキッチリ身につけてほしい。それができなければ、文学をわざわざ大学や大学院で学ぶ意味がない。

最後に言いたいのは、論文のタイトルについてである。私だけでなく、いま大学に勤務している研究者は日々の仕事に忙殺されているのだ。やっと就職できたら研究する時間がなくなった、といった現実があたりまえなのである。だから、まだ名前も知らない若手の研究者の「『三四郎』論」とか「『三四郎』研究」などというタイトルの論文はとうてい読む気にはならない。実際、そういう時間もない。

だから論文のタイトルは、多忙な研究者でも手に取ってみたくなるような、論の内容をきちんと表現できたカッコイイものでなければならない。それは「商品名」だからだ。あまり複雑なのも独りよがりで嫌みったらしいが、「『三四郎』論」などというタイトルでも読んで貰えるなどと思っているのは、謙虚なのではなく、自分の名前だけで世間で通用すると思っているという意味で傲慢と言うべきだろう。名前を見ただけで読む気が失せる場合も少なくはないのだが、若い人の論文はまずタイトルが判断材料になる。

もっとも、これは（漱石論以外の論文において）この一〇年ほどの間にずいぶん改善されて来た。若い人たちに、たとえいまは値がついていなくても「論文は商品である」という意識がようやく浸透してきたのだろうか。

「商品カタログ」を書こうとしても、そもそもそういう時間と場がなければ、私の思い上がりから出た試みも実現しない。この三月まで早稲田大学から「特別研究期間」（サバチカル）の機会を与えてもらったのはありがたかった。しかし、それ以上に大切なのが場の問題である。その意味で、こういう場を与えてくれた新潮選書編集部編集長の中島輝尚さんの度量には心から感謝している。これは新潮選書で何冊か計画されている私の漱石論の一冊目なのである。

実務を担当してくれたのは新潮選書編集部の辛島美奈さんである。分厚い漱石研究の海に溺れて原稿が遅れに遅れ、自分でも信じられないくらいご迷惑をおかけしてしまった。準備と執筆に四か月かかったが、引用文にまちがいが多く、文章も少し乱れていたので校閲の方々にはずい分助けてもらった。辛島さんにも引用文の点検その他でずい分とご苦労をおかけしてしまったが、特別態勢で進行してくれて、何とか間に合わせてくださった。辛島美奈さんにも心から感謝している。

二〇一〇年四月

石原千秋

新潮選書

漱石《そうせき》はどう読《よ》まれてきたか

著　者………………石原千秋《いしはらちあき》

発　行………………2010年5月25日
2　刷………………2017年12月15日

発行者………………佐藤隆信
発行所………………株式会社新潮社
〒162-8711 東京都新宿区矢来町71
電話　編集部 03-3266-5411
　　　読者係 03-3266-5111
http://www.shinchosha.co.jp
印刷所………………錦明印刷株式会社
製本所………………株式会社大進堂

乱丁・落丁本は、ご面倒ですが小社読者係宛お送り下さい。送料小社負担にてお取替えいたします。
価格はカバーに表示してあります。

ISBN978-4-10-603659-0 C0395